KB122336

BLACK MONEY

ROSS MACDONALD

블랙
머니

BLaCK MONEY

블랙
머니

로스 맥도널드 | 박미영 옮김

황금가지

로버트 이스턴에게

이 소설 속 인물과 사건은 전부 상상의 산물이며,
실제 인물이나 사건을 반영하지 않는다. R.M.

1장

테니스 클럽 얘기를 들은 지는 몇 년 되었지만, 안에 들어가 본 적은 없었다. 클럽의 테니스 코트와 방갈로, 수영장과 카바나(옷을 갈아입거나 쉬는 용도로 쓸 수 있는 작은 오두막 — 옮긴이)와 부속 건물은 로스앤젤레스 카운티 경계선 몇 킬로미터 남쪽의 태평양 만을 따라 배치되어 있었다. 테니스 코트 옆 아스팔트 주차장에 차를 세우니 부유층 떨거지가 된 기분이 그나마 좀 덜했다.

주 건물 프런트 데스크의 곱게 치장한 여자는 피터 제이미슨이 아마 스낵바에 있을 거라고 했다. 나는 삼면이 카바나로 둘러싸인 50미터 수영장 주위를 빙 돌아서 걸어갔다. 네 번째 면에는 3미터 높이의 철조망 너머로 바다가 마치 그물에 갇힌 파란 물고기처럼 빛나고 있었다. 일광욕하는 사람들 몇이 마치 노란 태양에 홀리기라도 한 듯 누워 있었다.

스낵바 밖의 양지 바른 정원에서 예비 의뢰인을 봤을 때 나는 그를 금방 알아보았다. 그는 자수성가한 부자에게서 3대쯤 내려온 자손처럼 보였다. 아직 이십 대 초반일 텐데, 통통 붓고 미안해하는 기색을 띤 중년 남자의 얼굴이었다. 잘 재단된 아이비리그 정장 아래 허술한 갑옷처럼 지방이 자리하고 있었다. 눈은 근시일 거 같은 옅은 갈색이었다.

내가 다가서자 그는 얼른 자리에서 일어나다가 하마터면 더블 몰티드 잔을 엎지를 뻔했다.

"아처 씨 맞으시죠?"

나는 맞다고 답했다.

"반갑습니다." 그는 크고 뭉실뭉실한 손으로 나와 악수를 나눴다. "뭐 드셔야죠. 월요일 따뜻한 점심 메뉴는 뉴 잉글랜드 보일드 디너입니다."

"고맙습니다만, 로스앤젤레스에서 출발하기 전에 점심 먹었습니다. 커피 한 잔이면 되겠군요."

그는 일어나서 커피를 가져다주었다. 테니스 코트 한쪽 벽을 뒤덮은 푸밀라 고무나무에서 작은 새 한 쌍이 지저귀고 있었다. 이윽고 몸 앞쪽이 붉은 수컷이 일하러 떠났다. 새는 철망에 갇힌 푸른 하늘을 가로질러 그 바깥으로 사라졌다.

"좋은 날씨군요." 나는 피터 제이미슨에게 말했다. "그리고 이 커피도 괜찮고."

"그래요, 여기 커피가 괜찮죠." 그는 침울하게 음료를 홀짝거리다가, 뜬금없이 말했다. "그녀를 제게 돌려주실 수 있을까요?"

"여자분이 원치 않는다면 손님께 돌아가게끔 할 수는 없지요. 그

점은 전화로 말씀드렸습니다만."

"알아요. 말을 잘못 했네요. 나한테 돌아오지는 않더라도 자기 인생을 망치지 못하게 구해 줄 순 있겠죠." 그는 테이블에 팔을 올리고 내 쪽으로 몸을 기울이며 나에게 기사도적인 열의를 심어 주려 했다. "그 남자와 결혼하게 둘 순 없어요. 그리고 질투 때문에 이런 소리 하는 거 아닙니다. 나하고 잘 되지 않더라도, 그녀를 지켜 주고 싶어서 그래요."

"다른 남자로부터 말이죠."

"난 진심입니다, 아처 씨. 그 남자는 경찰에 수배 중인 게 분명해요. 본인 말로는 프랑스인, 그것도 귀족이라고 하지만 실제 정체나 출신을 아는 사람이 아무도 없어요. 아예 백인이 아닐 수도 있고."

"어째서 그런 생각을 하셨습니까?"

"아주 가무잡잡해요. 지니는 아주 하얗고. 같이 있는 모습을 보면 역겹다고요."

"하지만 그 여자분은 역겨워하지 않겠죠."

"그래요. 물론 지니는 나만큼 그 남자에 대해 모르니까. 아마 수배 중인 범죄자일 겁니다."

"어떻게 알아내신 건가요?"

"수사관에게서요. 그자에게 들켜서…… 그, 요전날 밤에 혹시 지니가 그자와 함께 돌아오는지 보려고 지켜보다가요."

"마텔의 집을 지켜보는 습관이 있으십니까?"

"저번 주말만 그랬어요. 둘이 주말에 돌아오는지 몰라서."

"그 남자와 함께 주말여행을 떠났습니까?"

그는 침울하게 고개를 끄덕였다.

"떠나기 전에 지니가 내 약혼반지를 돌려줬어요. 이젠 자기에게 필요 없다고. 나도 그렇고."

그는 주머니를 뒤져 마치 증거라도 되는 양 반지를 꺼냈다. 어떤 면에선 그렇기도 했다. 백금 반지에 세팅된 다이아몬드는 수천 달러는 나갈 게 틀림없었다. 그걸 돌려준다는 건 지니가 마텔에 대해 진심이란 의미였다.

"그 수사관이 뭐라던가요?"

피터는 내 말을 못 들은 기색이었다. 반지에 정신이 팔려 있었다. 그는 반지를 천천히 돌려 다이아몬드에 햇빛이 반사되게 했다. 그러더니 그 차가운 불길에 손가락을 데기라도 한 양 움찔했다.

"수사관이 마텔에 대해 뭐라고 했습니까?"

"사실 분명히 말해 준 건 없어요. 나한테 차에 앉아 뭘 하는 거냐고 묻기에 마텔을 기다리는 중이라고 했죠. 마텔이 어디 출신인지, 몬테비스타에 온 지는 얼마나 되었는지, 어디서 돈이 났는지 알고 싶어 하더라고요."

"마텔에게 돈이 있습니까?"

"그런 것 같아요. 잘 쓰고 돌아다니긴 하니까. 하지만 수사관에게도 말했듯이, 돈의 출처나 그의 출신에 대해선 모릅니다. 그랬더니 그 남자가 지니에 대해서 몇 가지 물으려고 하더라고요. 지니가 마텔과 함께 있는 걸 본 게 분명해요. 내가 지니 얘기는 안 하겠다고 했더니 놓아줬어요."

"이 지역 수사관이었습니까?"

"몰라요. 무슨 배지를 보여 주긴 했는데 어두워서 못 봤거든요. 갑자기 내 차 옆자리에 올라타더니 말을 걸더군요. 아주 말이 빨랐어요."

"어떻게 생겼는지 말해 봐요. 젊어요, 늙어요?"

"그 중간, 서른다섯이나 그보다 좀 더 많아 보였어요. 무슨 트위드 재킷 차림에 밝은 회색 모자를 눌러썼어요. 키는 178센티미터인 나랑 비슷한 거 같은데 체중은 그렇게 나가진 않아 보였고요. 얼굴은 정말 어떻게 생겼는지 설명을 못하겠는데, 말투가 영 거슬렸어요. 처음엔 노상강도가 날 털려는 줄 알았다니까요."

"총을 갖고 있었습니까?"

"그럴지도 모르지만 난 못 봤어요. 질문을 마치고는 나더러 가 보라고 하더군요. 그때 나도 탐정을 사야겠다 싶었죠."

그 표현에는 약간의 오만함이 묻어 있었고, 나는 그에게 사람이든 물건이든 돈으로 사는 습관이 있음을 새삼 깨달았다. 하지만 그 젊은이는 내가 알던 다른 부자들과는 조금 달랐다. 그가 자기 말투를 깨닫고는 사과했다.

"죄송합니다. 그런 뜻으로 한 말은 아니었어요."

"괜찮아요, 돈으로는 날 고용하는 게 전부라는 것만 알아주신다면. 지니는 어떤 여자입니까?"

그 질문에 그는 잠시 입을 다물었다. 반지는 아직 테이블에 놓여 있었고, 그의 갈색 눈은 눈동자가 가운데로 몰릴 정도로 거기에 꽂혀 있었다. 스낵바에서 환풍기가 털털거리는 소리와 말소리가 들려와, 고운 새소리와 어우러졌다.

"아름다운 여자죠." 그는 꿈꾸는 듯 멍한 눈을 하고 말했다. "그리고 정말 굉장히 순진해요. 똑똑하지만 나이에 비해 미숙하죠. 지금 무슨 상황에 발을 디뎠는지 알 리가 없어요. 아무런 배경 정보도 없는 남자와 결혼하는 게 얼마나 위험한지 설명해 주려 했어요. 하지만 듣지를 않더라고요. 내가 무슨 말을 하든 그 남자와 결혼하겠대요."

"이유를 말하던가요?"

"자기 아버지 생각이 나서, 그게 이유 중 하나죠."

"마텔이 나이가 있는 편입니까?"

"몇 살인지는 몰라요. 최소한 서른은 되었을걸요, 어쩌면 그보다 더."

"돈이 매력 중 하나인가요?"

"그럴 리 없어요. 그런 이유라면 나와 결혼해도 되는 거고, 사실 우린 다음 달 결혼할 예정이었어요. 그리고 난 가난하지 않고요." 그는 부를 물려받은 사람 특유의 조심스러운 태도로 덧붙였다. "우리 집이 록펠러 가문은 아니지만, 그렇다고 가난하지도 않습니다."

"좋아요. 비용은 하루 100달러와 필요 경비입니다."

"그거 액수가 꽤 되지 않나요?"

"아니라고 생각합니다. 사실 겨우 생계를 꾸릴 만큼이죠. 늘 일이 있는 게 아닌 데다, 사무실을 유지해야 하니까."

"알겠습니다."

"선금으로 300달러 받겠습니다."

경험적으로 부자일수록 일이 끝난 후에 수금하기가 제일 힘들었다.

그는 금액에 움츠러들었지만 반대하진 않았다.

"수표를 써 드리죠." 그는 안주머니에 손을 넣으며 말했다.

"먼저, 비용을 치러 가며 알고 싶으신 게 뭔지 말씀해 주시죠."

"마텔이 어떤 사람이며 어디 출신이고 돈이 어디서 났는지 알아봐 주세요. 그리고 애초에 왜 여기 몬테비스타로 왔는지. 일단 그자에 대해 뭘 좀 알고 나면 지니를 설득할 수 있을 겁니다."

"그리고 결혼하려고요?"

"그 사람과 결혼하지 못하게요. 바라는 건 그게 답니다. 지니가 나와 결혼해 줄 거 같진 않아요."

하지만 그는 약혼반지를 조심스레 바지 시계 주머니에 넣었다. 그러고는 퍼시픽 포인트 내셔널 은행의 300달러 수표를 써 주었다.

나는 작은 검정 수첩을 꺼냈다.

"지니의 이름이 뭡니까?"

"버지니아 파블론. 어머니 마리에타와 살고 있어요. 로이 파블론 부인이죠. 로럴 드라이브의 우리 옆집이고."

그는 두 집의 주소를 알려 주었다.

"파블론 부인이 만나 주실까요?"

"거절할 이유가 없지 싶은데요. 지니의 어머니고, 딸의 행복에 관심이 있으니."

"파블론 부인은 마텔을 어떻게 생각합니까?"

"그분하고 마텔 얘기를 한 적 없어요. 다른 사람들처럼 받아들였겠죠."

"지니의 아버지는 어떻습니까?"

"그분은 이제 안 계시죠."

"그게 무슨 뜻이죠, 피터?"

그 질문에 그는 거북해했다. 손을 꼼지락거리며 내 눈을 마주 보지 않은 채 대답했다.

"파블론 씨는 돌아가셨어요."

"최근에?"

"6~7년 전에요. 지니는 아직 극복 못했어요. 아버지를 엄청 따랐지요."

"그때도 지니와 알고 지냈습니까?"

"평생 동안요. 열한 살 때부터 사랑했어요."

"그게 얼마나 오래된 거죠?"

"13년요. 그러고 보니 불길한 숫자네요."

그는 마치 불운의 징조를 모으기라도 하듯 그렇게 덧붙였다.

"지니는 몇 살입니까?"

"스물넷입니다. 동갑이에요. 하지만 나보다 어려 보이죠."

나는 피터에게 그 남자에 대해 몇 가지 물었다.

"프란시스 마텔은 두 달 전쯤, 3월의 어느 비 오는 날에 검은 벤틀리를 몰고 몬테비스타에 왔으며, 백쇼 장군 부인에게서 가구 딸린 집을 임대해서 들어왔죠. 백쇼 부인이 그자를 테니스 클럽으로 끌어들인 게 분명해요. 마텔은 거기엔 거의 얼굴을 비치지 않고 올 때면 2층짜리 자기 카바나에 숨어 지내죠. 미치겠는 건 지니도 그와 함께 거기서 숨어 지낸다는 겁니다. 심지어 학교도 그만뒀어요. 그자와 내내 붙어 있으려고."

"어느 학교에 다녔죠?"

"몬테비스타 주립대요. 프랑스어 전공이었어요. 지니는 늘 프랑스어와 문학에 빠져 있었죠. 하지만 그냥 그렇게 그만둬 버렸어요."

그는 손가락을 딱 튕기려 했지만, 처량한 찍 소리만 났다.

"진짜를 더 접하고 싶어서일 수도 있겠죠."

"그자가 자칭 프랑스인이라서 말인가요?"

"그게 아니라는 건 어떻게 알았습니까?"

"보면 가짜인 줄 알죠."

"하지만 지니는 모르고요?"

"그자가 지니를 홀렸어요. 정상적인 건강한 관계가 아니라고요. 지니 아버지 일과 그자가 프랑스인이라는 점이 다 얽혔어요. 지니는 아버지가 돌아가신 해에 프랑스에 푹 빠져들었고, 이제 사달이 난 겁니다."

"잘 이해가 안 갑니다."

"알아요, 설명을 제대로 못하겠네요. 하지만 지니 걱정이 되어 죽을 지경이에요. 스트레스로 너무 먹어서 이젠 체중 재는 것도 포기했어요. 90킬로그램 넘게 나갈걸요."

그는 조심스레 배를 어루만져 보았다.

"달리기를 하면 도움이 될 겁니다."

그는 나를 어리둥절한 눈으로 쳐다보았다.

"뭐라고요?"

"해변을 달리시라고요."

"못 해요, 너무 우울해서." 그는 죽어 가는 사람의 목에서 나는 가래 끓는 소리 같은 것을 내며 남은 더블 몰티드를 후르륵 빨아 먹었다. "즉시 착수해 주시겠죠, 아처 씨?"

2장

몬테비스타는 항구 도시 퍼시픽 포인트와 붙어 있으며 공생 관계인 주거 지역이었다. 빌리지 스퀘어라는 이름의 조그만 쇼핑센터 하나만 달랑 있었다. 소박함을 가장한 그 가게들 사이에서 몬테비스타 사람들은 베르사유 궁정 사람들이 농부 흉내를 냈듯이 시골 사람인 척하고 지냈다.

나는 퍼시픽 포인트 내셔널 은행의 빌리지 지점에서 피터의 수표를 현금화했다. 보수적인 회색 정장 차림에 날카로운 눈을 한 맥민이란 이름의 젊은 은행장이 거래를 승인해 주어야 했다. 그는 제이미슨 가족을 아주 잘 안다고 자청해서 말을 꺼냈다. 피터 제이미슨 아버지 쪽이 은행 이사였다고 했다.

맥민은 이 사실을 언급하며 희미하지만 우쭐한 기쁨을 느끼는 듯했다. 마치 돈 있는 사람들 얘기를 하면 돈이 영적 은총을 전하기라도 하는 것처럼. 나는 백쇼 씨 집으로 가는 길을 물어보아 그의 기쁨을 더해 주었다.

"저쪽 언덕들 뒤에 있어요. 지도가 있어야 할 겁니다." 그는 책상 제일 아래 서랍을 뒤져 지도를 꺼내 표시를 해 주었다. "백쇼 장군이 돌아가셨다는 건 아시겠죠."

"유감이군요."

"여기 은행 사람들은 정말 마음 아파했지요. 그분은 늘 저희와 은행 거래를 하셨거든요. 물론 백쇼 부인도 여전히 그러고 계십니다. 혹시 백쇼 부인을 만나시려는 거라면, 그분은 테니스 클럽의 독채로 이사하셨어요. 집은 마텔이라는 사람에게 세를 내줬고."

"그 사람을 아십니까?"

"보긴 했죠. 시내에 있는 저희 은행 중앙 지점을 이용합니다."

맥민은 수상쩍다는 눈길을 던졌다.

"마텔 씨와 알고 지내십니까?"

"아직 아닙니다."

나는 다시 언덕으로 차를 몰았다. 비에 젖은 비탈은 여전히 푸르렀다. 덤불에 핀 흰색과 자주색 꽃들에서 느긋한 햇살의 숨결 내음이 났다.

백쇼 집 우편함에서 차를 멈추자, 얼룩덜룩하게 세탁된 빨래처럼 저 아래 지평선에 걸린 바다가 보였다. 겨우 몇십 미터 높이를 올라왔을 뿐인데 한낮의 태양에 훨씬 가까워진 것처럼 벌써 기온 변화가 느껴졌다.

도로에서 수십 미터 위의 절벽 꼭대기에 집 한 채가 홀로 서 있었다. 새집만큼이나 조그맣게 보였다. 내가 주차한 곳에서부터 거기까지는 U자 모양의 포장 진입로로 이어져 있었다.

기어박스에서 그르렁거리는 소리가 나는 컨버터블 한 대가 내 뒤 시내 쪽에서 힘겹게 올라왔다. 먼지를 뒤집어써 회색이 된 오래된 검은 캐딜락이었는데, 나를 지나쳐 내 차 앞에 멈춰 섰다.

운전자가 내려서 내 쪽으로 다가왔다. 중간 체구의 남자로, 하운드 투스 체크 무늬의 재킷 차림에 진주색 페도라를 삐딱하게 기울여 썼다. 그는 성급하고 민망해하는 듯한 호전적인 태도였다. 분명 피터가 언급한 그 '수사관'이겠지만, 내가 보기엔 수사관 같지 않았다. 그에겐 절박한 실패의 기운이 체취처럼 들러붙어 있었다.

나는 검은 수첩을 꺼내 캐딜락의 차 번호를 적었다. 캘리포니아 번호판을 달고 있었다.

"뭘 쓰고 있는 거요?"

"시 씁니다."

그는 열린 창문 사이로 손을 뻗어 내 수첩을 가져가려 했다.

"좀 봅시다."

크고 별 특징 없는 목소리였다. 눈은 불안해하는 기색을 띠고 있었다.

"진행 중인 작품은 보여 주지 않는 주의라서."

나는 수첩을 접어 재킷 안주머니에 도로 넣었다. 그러고는 남자의 팔이 얹혀 있는 창문을 올리기 시작했다. 그가 팔을 확 잡아 빼고 얼굴을 갖다대자 차 유리가 숨결에 일순 흐려졌다.

"나에 대해 뭐라 썼는지 보고 싶어 그래요." 그는 주머니에서 미니 카메라를 꺼내 그걸로 창을 멍청하고 다급하게 두들겨 댔다. "뭐라고 쓴 거요?"

내가 피하고 싶은, 아니면 빨리 마무리 짓고 싶은 상황이었다. 세월이 흘러갈수록 이런 분노에 찬 무의미한 만남이 폭력으로 이어지는 경향이 점점 더 커져 갔다. 나는 오른쪽 문으로 내려서 차 앞쪽을 돌아 남자에게로 다가갔다.

내가 차 안에 있는 동안에 그는 기계를 향해 고함치고 있었다. 캐딜락 대 포드. 이제 사람 대 사람이었고, 그는 나보다 키도 덩치도 작았다. 그는 고함을 그쳤다. 태도가 완전히 바뀌었다. 그는 마치 자신에게 든 악령이 억지로 고함을 치게 했다고 주장하기라도 할 듯이 손등으로 입을 문질렀다. 수술로 감춘 흉터처럼 그의 얼굴이 불확신으로 구겨졌다.

"내가 뭐 도를 넘은 일을 한 것도 아니잖아요? 내 차 번호를 적을 권리는 없다고요."

"그건 두고 봐야죠." 나는 반쯤 공무적인 어조로 말했다. "여기서 뭘 하는 겁니까?"

"구경요. 난 관광객이라고요." 그의 옅은 눈이 마치 전에 시골에 와 본 적 없다는 듯 인적 드문 언덕을 둘러보았다. "여긴 공공도로잖아요, 아닙니까?"

"어젯밤 경찰을 사칭한 사람이 있었다는 신고가 들어왔어요." 그의 눈길이 잠시 내 얼굴에 머물렀다가 화들짝 피했다.

"난 아닙니다. 평생 여기 온 적이 없었는걸요."

"면허증 좀 봅시다."

"이봐요. 우리끼리 합의를 봅시다. 지금 가진 게 많지는 않지만 다른 줄이 있어요." 그는 낡은 송아지 가죽 지갑에서 달랑 10달러 한 장을 꺼내 내 재킷 가슴주머니에 찔러 넣었다. "자. 애들한테 뭐라도 사 줘요. 그리고 난 해리라고 합니다."

그는 의식적으로 미소를 지어 보였다. 하지만 그가 내세우려고 했던 매력은 혹시 존재했던 적이 있었다 해도 이미 말라 사라진 지 오래였다. 앞니가 한 쌍의 끌처럼 번쩍였다. 나는 주머니에서 10달러를 다시 꺼내 반으로 찢어 그에게 돌려주었다.

그의 얼굴이 구겨졌다.

"10달러 지폐인데. 돈을 그렇게 찢어 버리다니 참 괴짜시네."

"스카치테이프로 붙이면 돼요. 다른 중범죄를 저지르기 전에 면허증 좀 봅시다."

"중범죄?" 그는 환자가 자기 병명을 발음하듯이 말했다.

"뇌물 증여와 경찰관 사칭은 중범죄입니다, 해리."

그는 세상이 다시 자기를 배반하기라도 한 듯 사방을 둘러보았다. 창백한 달이 창문에 난 지문 자국처럼 희미하게 하늘 한구석에 걸려 있었다.

날카로운 빛이 우리 위 절벽에서 번뜩여 잠시 아찔했다. 백쇼 집 테라스에 여자와 함께 서 있는 남자의 머리에서 나온 것만 같았다. 순간 나는 남자의 크고 둥근 눈에서 빛이 뿜어져 나온다고 느꼈다. 그러다가 그가 망원경으로 우리를 지켜보고 있음을 깨달았다.

남자와 여자는 웨딩 케이크 위의 인형만큼이나 작았다. 높이와 거리 때문에 마치 그들이 손 닿지 않는 다른 시대의 존재인 것만 같은 기묘한 기분이 들었다.

중죄인 해리는 허둥지둥 자기 차에 올라타 엔진 시동을 걸려고 했다. 죽은 사람이 무덤에서 돌아눕는 것처럼 아주 느리게 시동이 걸렸다. 반대쪽 문을 열고 해진 가죽 시트에 올라탈 틈이 났다.

"어딜 가시죠, 해리?"

"아무 데도." 그는 시동을 끄고 양손을 떨구었다. "왜 사람을 가만 놔두질 못해요?"

"어젯밤 당신이 이 도로에서 젊은 남자를 불러 세워서 수사관이라며 여러 가지 질문을 했으니까요."

그는 입을 다문 채였지만 표정 풍부한 얼굴은 새로운 변화를 거쳤다.

"어떤 면에선 나도 수사 중이니까요."

"배지는 어디 있죠?"

그는 주머니에서 뭔가를, 아마도 싸구려 잡화점에서 샀을 배지를 꺼내려다가 마음을 바꿨다.

"배지는 없어요." 그가 인정했다. "그냥 친구 일을 알아봐 주는 아마추어 같은 겁니다. 그녀는……." 그는 얼른 대명사를 집어삼켰다. "그쪽에선 이런 문제가 있을 거란 말은 전혀 없었는데."

"아무래도 결국 거래를 해 볼 수도 있겠는데요. 면허증 좀 봅시다."

그는 낡은 지갑을 꺼내어 면허증을 내게 건넸다.

해리 헨드릭스

캘리포니아 주 케이노가 파크,

10750 바노웬, 아파트 12호

성별: 남성, 머리색: 갈색, 눈색: 파란색, 신장: 175센티미터

체중: 75킬로그램, 미혼, 생년월일: 1928년 4월 12일, 연령: 38세

왼쪽 아래 구석에서 해리의 사진이 나를 향해 싱긋 웃고 있었다. 나는 주소와 면허증 번호를 수첩에 적어 넣었다.

"그걸 다 뭐 하려고 그래요?" 그가 걱정스러운 목소리로 물었다.

"지켜보려고 그러죠. 무슨 일을 하십니까, 해리?"

"자동차 세일즈요."

"믿겨지지 않는데요."

"중고차요, 수당 받고." 그는 씁쓸하게 말했다. "원래 보험 손해사정인이었지만 소규모로는 큰 회사와 상대가 안 돼요. 살면서 안 해본 일이 없어요. 뭐든 대 보쇼, 다 해 봤을걸."

"징역은?"

그는 상처받은 표정을 했다.

"당연히 그런 적 없죠. 아까 거래 얘기를 꺼냈던 거 같은데."

"먼저 거래 상대를 알고 싶어서 그러는 거죠."

"허, 믿어도 돼요. 나도 인맥 있다고."

"중고차 업계에?"

"알고 나면 놀랄걸요."

"그리고 그 인맥이 마텔한테 뭘 하라고 하던가요?"

"그쪽이 아니라. 난 그냥 미리 살펴보고 가능하면 그 사람 정체를 알아보기로만 했어요."

"그 사람 정체가 뭡니까?"

해리는 운전대 위에 손을 펼쳐 보였다.

"난 여기 온 지 스물네 시간도 안 되었고, 동네 사람들도 뭐 아는 게 없어서." 그는 곁눈질로 나를 쳐다보았다. "그쪽이 말했듯이 경찰이라면……"

"그렇게 말한 적 없는데요. 사설탐정입니다. 이 지역은 순찰 강화 구역이에요."

그 두 가지 사실은 진짜였지만 서로 무관했다.

해리는 그걸 연결 지어 이해했다.

"그럼 정보를 알아볼 수 있겠구먼. 돈이 걸려 있으니 우리 둘이 나눠 가지면 되겠고."

"얼마나 됩니까?"

"100달러 약속할 수 있어요."

"뭐, 알아보죠. 숙소는 어딥니까?"

"브레이크워터 호텔. 바닷가에 있는 데요."

"그리고 이 일을 시킨 여자는 누구죠?"

"여자 얘기는 한 적 없는데."

"아까 '그녀'라고 했잖습니까."

"내가 아내 생각을 했던 모양이네. 이 일과는 아무 상관없어요."

"못 믿겠는데요. 면허증에는 미혼이라 나와 있었는걸요."

"하지만 결혼했어요." 그 점이 그에게는 중요한 듯했다. 마치 내가 그의 인류로서의 자격을 부정하기라도 한 듯이. "거기 면허증에 착오가 있어서 그래요. 그걸 만든 날 깜박 잊고 결혼 사실을, 그러니까……"

그의 설명은 우리 위쪽 구불구불한 진입로를 내려오는 자동차의 매끄러운 엔진 소리에 가로막혔다. 마텔의 검은 벤틀리였다. 운전석에 앉은 남자는 얼굴 위쪽 절반을 가면처럼 덮는 사각형의 짙은 선글라스를 쓰고 있었다.

옆자리 여자도 짙은 선글라스를 끼고 있었다. 그래 놓으니 거의 흔한 할리우드 금발 여배우처럼 보였다.

해리가 라이터보다도 크지 않을 미니 카메라를 꺼내들었다. 그는 도로를 달려 건너가 진입로 입구에 진을 치고, 카메라를 오른손에 숨겨 들었다.

벤틀리 운전자가 차에서 내려 그를 마주했다. 그는 늘씬하고 근육질이었으며, 가무잡잡한 건강미와는 어울리지 않는 영국풍의 트위드와 브로그 신발 차림이었다. 그는 차분하고 약간 억양이 있는 목소리로 말했다.

"도와 드릴 일이 있습니까?"

"네. 여기 보시고." 해리는 카메라를 들어 사진을 찍었다. "고맙습니다, 마텔 씨."

"반갑지 않은데요." 마텔의 두툼한 입매가 일그러졌다. "그 카메라 이리 주시죠."

"어림없지. 150달러짜리라고요."

"200달러 합시다. 필름까지 해서. 나는 사생활을 무척 중시하는 사람이라."

마텔은 프랑스인처럼 비음 강한 발음으로 말했다. 하지만 프랑스인이라기엔 피부색이 짙었다.

나는 차 안의 금발 여자를 쳐다보았다. 상대 눈은 보이지 않았지만, 도로 저편에서 나를 마주 보고 있는 것 같았다. 여자의 얼굴 아래쪽은 미동도 하지 않았다. 마치 이 상황에 반응하는 것이 두려운 듯했다. 대리석 조각처럼 생명 없는 아름다움이었다.

해리가 머릿속으로 계산을 굴리는 소리가 거의 들리는 듯했다.

"300달러면 드리죠."

"트레 비앙(좋습니다), 300달러. 거기에 그 뭐더라? 영수증, 당신 서명하고 주소 넣어서."

"글쎄."

나는 해리의 인생이 어땠을지 그 순간 확 감이 왔다. 그는 자기가 이기고 있을 때 손을 떼는 방법을 몰랐다.

여자가 벤틀리의 열린 문 밖으로 몸을 내밀었다.

"괜히 그런 사람에게 시간 낭비하지 마, 프란시스."

"그럴 생각 없어."

마텔은 해리의 손에서 카메라를 홱 잡아챘다. 그는 뒤로 물러나서 카메라를 바닥에 떨어뜨리고는 밟아 부쉈다.

해리는 경악했다.

"안 돼!"

"하지만 이미 해 버렸는걸. 페 타콤플리(벌어진 일)."

"돈 내놔요."

"돈은 없어. 파 다르정. 리엥 뒤 투(돈 없어. 전혀)."

마텔은 검은 차에 올라타 문을 쾅 닫았다. 해리는 고함을 지르며 그 뒤를 쫓았다.

"이럴 수 없어! 그 카메라는 내 것도 아니라고! 물어내시오."

"돈 줘 버려, 프란시스." 여자가 말했다.

"아니. 기회는 이미 지나갔어." 마텔은 또다시 홱 움직였다. 창밖으로 불쑥 내민 그의 손에는 작은 권총이 들려 있었다. "잘 들어. 나는 카나이으(하층민)가 번거롭게 하는 것은 질색이야. 다시 이쪽에 얼씬대거나 어떤 식으로든 내 사생활을 침해하면 죽여 버리겠어."

그는 딱 하고 혀를 찼다.

해리는 슬금슬금 그에게서 물러섰다. 진입로 가장자리까지 뒷걸음치다가 발을 헛딛고 하마터면 넘어질 뻔했다. 굳이 창피하지 않은 척도 하지 않고, 그는 단거리 선수처럼 일어나 캐딜락을 향해 달렸다. 헉헉대고 땀을 뻘뻘 흘리며 차에 올라탔다.

"저 사람이 나를 쏘려 했어요. 당신이 증인입니다."

"안 쏜 게 다행이죠."

"체포해요. 얼른. 저러고 도망가게 두면 안 된다고. 저자는 싸구려 사기꾼일 뿐입니다. 저 프랑스인 연기는 3달러 지폐처럼 가짜 티가 빤한걸."

"증명할 수 있습니까?"

"지금 당장은 못 해요. 하지만 저 데이고(이탈리아인이나 스페인 사람을 모욕적으로 이르는 호칭 — 옮긴이)를 잡고 말 겁니다. 내 카메라를 부숴 버리고 그냥 빠져나가게 둘 순 없어요. 비싼 카메라고, 내 것도 아니란 말입니다." 그의 목소리가 격해졌다. 세상이 수천 번째 그를 배반한 것이다. "아까 경찰인 것처럼 말하더니 그렇게 가만히 있으면 어쩝니까."

벤틀리는 진입로를 빠져나가 도로로 들어섰다. 바퀴 하나가 부서진 카메라를 으깨며 지나갔다. 마텔은 차분하게 시내로 향했다.

"생각 좀 해야겠어."

해리는 내게 하는 말이라기보단 혼잣말처럼 말했다.

그는 모자가 사고 활동에 방해라도 되는 듯이 벗어 들고는 구걸통처럼 무릎 위에 올려놓았다. 실크 안감에 박힌 글자를 보니 라스베이거스에 있는 남성복 전문점 물건이었다. 가죽 땀받이에는 금색

글씨로 'L. 스필먼'이라고 새겨져 있었다. 해리가 모자를 훔쳤다고 나는 생각했다. 아니면 가짜 면허증을 들고 다니는 것이거나.

그는 마치 내 소리 없는 의심을 듣기라도 한 듯이 나를 돌아보았다. 신경 써서 억제한 적의가 드러나는 목소리로 그가 말했다.

"굳이 옆에 있어 줄 필요 없어요. 아무 도움도 안 되었는걸."

나는 그에게 나중에 호텔에서 보자고 말했다. 그는 그다지 달가 워하지 않는 눈치였다.

3장

로럴 드라이브는 영국 시골길처럼 울타리 사이로 한참 들어가야
했다. 무성한 녹색의 상록수 바리케이드 뒤에 파블론 부인의 정원
이 숨어 있었다. 정원 저쪽 편에 멀리서 보면 지니의 언니 같은 여
자가 파라솔 테이블에 앉아 점심을 먹고 있었다.

남자는 턱이 길었는데 내가 진입로에 들어서자 얼굴이 굳었다.
그는 일어나며 냅킨으로 입가를 닦았다. 키가 크고 꼿꼿했으며, 뼈
대가 도드라지며 호전적인 얼굴은 나름 잘생겼다.

"이만 꺼져야겠네요."

"서두를 거 없어요. 누구 올 사람 없는데."

"나도 그런 줄 알았는데." 그가 짧게 말했다.

그는 반쯤 먹은 연어 마요네즈 요리 위에다가 냅킨을 휙 내던졌
다. 더는 말 없이 나를 쳐다보지도 않은 채, 그는 떡갈나무 아래 주

차된 메르세데스에 올라타더니 반원형 진입로의 반대편을 돌아 나갔다. 빠져 나갈 핑계를 찾아 안달하는 사람 같았다.

파블론 부인은 테이블에 그대로 있었고 상당히 침착해 보였다.

"도대체 누구세요?"

"제 이름은 아처입니다. 사설탐정이고요."

"실베스터 선생님하고 아는 사이예요?"

"글쎄요, 그분은 절 아실지 몰라도 저는 모르는 분입니다. 왜요?"

"댁을 보더니 허겁지겁 가 버렸잖아요."

"죄송합니다."

"그럴 거 없어요. 딱히 성공적인 식사 자리도 아니었고. 설마 오드리 실베스터가 그 양반에게 미행을 붙인 건 아니겠죠."

"그럴 수도 있겠죠. 전 아닙니다만. 그랬을까요?"

"우리 집으론 절대 아니죠. 조지 실베스터 선생은 10년째 우리 식구들 주치의였고, 우리 사이는 물에 물 탄 듯 맹숭맹숭하죠." 그녀는 자신의 세련된 위트에 미소 지었다. "미행하는 일을 하시나요, 아처 씨?"

나는 혹시 농담인가 싶어 그녀의 눈을 쳐다보았다. 혹여 그렇다 해도 기색이 드러나진 않았다. 그녀의 눈은 연한 푸른색으로, 파스텔계의 불투명한 색깔이었다. 아까 그 딸의 눈을 보지 못했기에, 그녀의 눈에 관심이 갔다.

어리지는 않지만 순진한 눈이었다. 사전에 취사선택한 사실만을 인지하는 듯이. 그 눈은 꼼꼼히 염색해서 예쁜 두상 위에 크림처럼 부풀린 금발, 지나치게 젊은 취향의 드레스 아래 말도 못 하게 훌륭한 몸매, 나를 바라보는 티 없는 시선과 잘 어울렸다. 하지만 그 차분한 표면 아래로 그녀는 긴장하고 있었다.

"내가 수배라도 됐나 봐." 그녀는 반쯤 미소 지으며 말했다. "내가 뭔가 수배 중인가요?"

나는 대답하지 않았다. 지니와 마텔의 화제를 꺼내기에 적절한 방법을 모색하고 있었다.

"난 계속 묻기만 하고, 그쪽은 아무 말도 안 하네요. 그게 탐정들이 일하는 방법인가요?"

"제 나름대로 일하는 방법이 있습니다."

"신통한 재주가 있나 봐요? 그런 거 같더라. 이제 그 신통한 재주가 뭔지 말해 봐요."

"따님 지니 양에 대한 일입니다."

"그렇군요." 하지만 그녀의 눈은 바뀌지 않았다. "앉으세요." 그녀는 맞은편 철제 의자를 가리켰다. "버지니아한테 무슨 문제가 생겼나요? 평생 그런 적이 없는데."

"그게 제가 답을 찾으려는 질문입니다."

"누가 시켰어요?" 그녀가 좀 날카롭게 말했다. "조지 실베스터는 아니죠?"

"어째서 그렇게 생각하셨습니까?"

"방금 도망치는 모양이." 그녀는 나를 주의 깊게 살피고 있었다. "하지만 조지는 아니군요, 그렇죠? 남자들이 다 그렇지만 조지가 버지니아에게 꽤 빠져 있긴 해도, 속내를 드러낼 리는……."

그녀는 말을 멈추었다.

"속내를 드러내요?"

그녀는 어울리지 않게 숱 적은 눈썹을 찌푸렸다.

"생각에도 없던 괜한 말을 하게 만드시네." 그녀는 훅 숨을 들이켰다. "알았어요, 피터네. 맞죠?"

"그 얘긴 할 수 없습니다."

"피터라면 내가 생각했던 것보다 더 대책 없네요. 피터 맞지요? 탐정을 고용하겠다고 을러댄 지 좀 됐어요. 피터가 질투로 정신이 나가긴 했어도 이렇게까지 할 줄은 몰랐네요."

"그렇게 지나친 일도 아닌데요. 피터는 지니 양이 결혼할 남자의 배경을 조사해 달라고 부탁했습니다. 부인도 프란시스 마텔을 아시리라 생각합니다만."

"당연히 만나 봤지요. 흥미로운 사람이에요."

"물론 그렇겠지요. 하지만 조금 전 있었던 일을 보니 조사할 만하다고 여겨집니다. 마텔의 집 아래 도로에서 제 눈으로 목격했습니다. 어떤 사람이 마텔의 사진을 찍으려 했지요. 마텔은 총으로 그 사람을 겁줬습니다. 죽이겠다고 위협했어요."

그녀는 평온하게 고개를 끄덕였다.

"탓할 일이 아니네요."

"그에게 살인을 하겠다고 위협하는 버릇이 있습니까?"

"그건 살인이 아니라, 정당방위가 되겠죠." 그녀는 누군가 다른 사람의 말을 따라하는 것처럼 말했다. "보신 상황에는 분명 이유가 있을 거예요. 자기 신분이 알려지는 걸 원치 않거든요."

"그 사람에 대해 아십니까?"

"나는 비밀을 지키기로 맹세했어요."

그녀는 붉은 입술에 똑같이 붉은색으로 칠한 손가락을 가져갔다. "누구기에 그러십니까, 사라진 프랑스 왕세자라도 되나요?"

의도한 바는 아니었지만 그녀를 깜짝 놀라게 하는 데 성공했다. 그녀는 입을 떡 벌리고 나를 쳐다보았다. 그러다가 입을 다무는 쪽이 보기 낫다는 걸 떠올리고 입을 다물었다.

"어떤 사람인지는 말해 줄 수 없어요." 그녀는 잠시 후 말했다. "프란시스가 여기서 발견되면 아주 심각한 국제적 후폭풍이 몰아닥칠 수 있거든요." 또다시 남의 말을 따라하는 듯했다. "물론 그쪽에선 좋은 뜻으로 그러시리라 생각해요. 피터는 어떨지 몰라도. 하지만 중단하고 손 떼셨으면 해요, 아처 씨."

그녀는 이제 농담하는 게 아니었다. 목소리가 심각했다.

"마텔이 정치적 인물이라는 말씀이십니까?"

"예전에는요. 상황이 무르익으면 다시 그렇게 될 거고요. 지금 당장은 조국을 떠난 난민이지요." 그녀는 극적으로 말했다.

"프랑스?"

"네, 프랑스인이죠, 그건 비밀로 한 적 없어요."

"하지만 이름은 프란시스 마텔이 아니죠?"

"그 이름을 쓸 권리는 있지만 진짜 이름은 아니에요."

"그럼 진짜 이름이 뭡니까?"

"난 몰라요. 하지만 프랑스의 위대한 가문 중 하나죠."

"이 모든 얘기를 뒷받침할 증거가 있습니까?"

"증거요?" 그녀는 마치 신에게서 권능의 지식을 곧장 주입받고 있기라도 한 듯이 미소 지었다. "친구에게 증거를 요구하진 않는 법이죠."

"전 합니다."

"그럼 아마 친구가 많지 않으시겠네요. 천성이 의심이 많으시다는 거 알겠어요. 맥과 피터 제이미슨은 참 잘 어울리겠군요."

"오래 알고 지내셨습니까?"

나는 마텔 얘기를 했지만, 그녀는 내 질문을 오해했다. 내가 보기엔 의도적이었다.

"피터는 근 20년을 우리 집에 있다시피 했어요." 그녀는 자기 뒤쪽의 이리저리 뻗은 1층 집을 향해 손짓했다. "내가 코 닦아 준 것만 해도 최소한 그만큼 되었을걸요. 피터 어머니가 세상을 떠났을 때는 내가 한동안 보살폈지요. 그냥 어린애였요. 하지만 어린애는 자라기 마련이고, 피터는 자라서 지니와 사랑에 빠졌지요. 그럴 권리가 없는데. 지니는 피터를 그런 식으로 좋아하지 않고, 그런 적도 없어요. 피터는 지니가 반대해도 계속 버텼어요, 달리 아무도 없었으니까."

그럼에도 그녀는 피터를 아끼는 듯했다. 나는 그렇게 말했다.

"물론 20년씩 매일 보고 지내면 누구라도 아끼게 되죠. 그리고 싫어하기도 해요, 특히 지금은. 내 딸에겐 대단한 기회가 있어요. 그 애는 아름다운 아가씨고……." 그녀는 마치 지니의 미모가 집안 가보처럼 두 사람의 것인 양 턱을 치켜들었다. "그리고 기회를 잡을 자격이 있어요. 피터나 맥이 그걸 망치지 않았으면 해요."

"전 뭐든 망치려는 뜻은 없습니다."

그녀는 한숨을 내쉬었다.

"그냥 손 떼시면 안 될까요?"

"좀 더 확인해 보기 전엔 안 되죠."

"그럼 한 가지만 약속해 줄래요? 지니의 앞길을 훼방 놓지 않도록 노력해 주겠어요? 그 애와 프란시스 마텔의 관계는 아주 환하고 눈부신 데다 막 시작 단계예요. 그걸 어둡게 하진 말아요."

"진짜라면 그러지 않겠습니다."

"진짜예요, 내 장담할게요. 프란시스 마텔은 그 애가 밟는 땅도 숭배하는걸요. 그리고 버지니아는 그 사람에게 꽤 빠져 있죠."

나는 그녀가 그렇게 되기를 바라면서 말한다는 느낌을 받아서 슬쩍 커브볼을 던져 보았다.

"그래서 따님이 그와 함께 주말여행을 떠난 겁니까?"

지금까지는 흔들림 없던 그녀의 푸른 눈이 움찔하고 시선을 피했다.

"그런 걸 물어볼 권리는 없잖아요. 신사가 아니시군요."

"하지만 마텔은 신사고요?"

"이런 식의 떠보기는 이제 충분히 들었어요, 아처 씨."

그녀는 일어섰다. 가 보라는 신호였다.

4장

나는 옆집 제이미슨네로 갔다. 훌륭한 스페인식 저택으로, 칙칙한 흰색이 무슨 시설처럼 황량한 분위기를 자아냈다.

거듭 초인종을 울린 끝에 문을 열어 준 여자는 유니폼일 수도 있지만 딱 확신할 순 없는 줄무늬 회색 드레스 차림이었다. 외모가 훌륭했으며 가무잡잡했고, 큰 집에 사는 여자들만의 은근히 오만한 표정을 하고 있었다.

"그렇게 계속 울려 댈 것 없어요. 첫 번에 들었어요."

"왜 첫 번에 나오지 않으시고요?"

"문 열어 주는 것보다 더 중요한 일이 있으니까." 그녀는 쏘아붙이듯 말했다. "오븐에 거위를 넣던 참이었어요." 그녀는 기름이 번들거리는 자기 손을 내려다보고는 앞치마에 문질러 닦았다. "무슨 일이죠?"

"피터 제이미슨을 만나러 왔습니다."

"아들요, 아버지요?"

"아들 쪽입니다."

"아마 아직 테니스 클럽에 있을 텐데. 아버님에게 여쭤 볼게요."

"그럼 제이미슨 씨와 바로 얘기해도 될 것 같습니다. 제 이름은 아처고요."

"글쎄요. 알아보죠."

나는 어두침침한 복도에서 스페인 이단 심문관이 손수 만든 듯한 등받이 높은 의자에 앉아 기다렸다. 마침내 가정부가 돌아와서는 좀 놀란 눈치로 제이미슨 씨가 보자고 했다고 전했다. 그녀는 닫힌 떡갈나무 문을 지나 떡갈나무 판자벽의 서재로 안내했다. 창밖으로는 산이 보였다.

창가에 한 남자가 안락의자에 파묻혀 책을 읽고 있었다. 머리는 백발이었고 얼굴은 거의 그 비슷하게 색깔이 없었다. 남자가 독서용 안경을 벗고 나를 쳐다보자, 그의 표정이 흐릿하고 멍한 것을 알 수 있었다.

반쯤 찬 하이볼 잔이 그의 옆 낮은 테이블에 놓여 있었고, 바로 앞의 좀 더 큰 테이블에는 버번 한 병과 물통이 놓여 있었다. 나는 가정부가 하이볼과 술병을 싫어 죽겠다는 듯이 노려보는 것을 알아챘다. 가정부의 검은 눈은 격렬했고, 남을 잘 미워할 것처럼 보였다.

"아처 씨예요." 그녀가 말했다.

"고마워요, 베라. 안녕하십니까, 아처 씨. 앉으시죠, 이리로." 그는 맞은편 안락의자를 향해 손짓했다. 그 손은 거의 빛이 투과할 듯했다. "베라가 가기 전에 뭔가 한잔 부탁할까요?"

"고맙습니다만, 이렇게 이른 시간엔 안 마십니다."

"나도 이렇게 일찍부터 마시진 않지만." 나는 그의 손에 들린 책이 위아래가 거꾸로임을 알아챘다. 그냥 술을 마시고 있었던 것을 들키고 싶지 않았던 것이다. 그는 책을 덮어 테이블에 올려놓았다. "『사자의 서』. 이집트 책이죠. 가 봐도 돼요, 베라. 아처 씨는 내가 직접 충분히 대접할 수 있으니까."

"네에."

그녀는 못미더워하는 목소리로 답하고는 문을 쾅 닫고 나갔다.

"베라는 강한 여자입니다. 내 인생의 골칫거리지만, 또한 복이기도 하죠. 베라가 없었으면 이 집이 어떻게 돌아갔을지 몰라요. 불쌍한 내 아들에게 어머니나 같은 사람이죠. 아내는 아주 오래전에 세상을 떴습니다, 알겠지만." 마치 아내의 죽음으로 인한 충격이 다시 덮쳐 오려는 듯이, 제이미슨의 눈가 주변 살이 구겨졌다. 그는 그걸 떨치려 하이볼을 길게 들이켰다. "정말 한잔 안 하겠어요?"

"근무 중에는 안 마십니다."

"내 아들을 위해 일하는 거 알아요. 당신을 고용하는 문제로 나한테 조언을 구하더군요. 그러라고 했지."

"알고 계시다니 다행입니다. 돌려 말하지 않아도 되겠군요. 프란시스 마텔이 가짜라고 생각하십니까?"

"누구나 다 어느 정도까지는 그렇지 않은가요? 나를 예로 들어봅시다. 보다시피 혼자 술을 마시죠. 마시면 마실수록 더 감추고만 싶어지고. 약간이나마 이성을 지키는 유일한 방법은 드러내 놓고 마시는 거죠, 그리고 피터와 베라의 비난을 감수하고."

"털어놓으니 속은 시원하시겠지만 마텔에 대해선 알 수 있는 게 없군요." 나는 미소 지으며 말했다.

"글쎄. 내가 사람에 대해 배운 건 전부 나 자신을 들여다보고 익힌 거라. 느리고 고통스러운 과정이죠." 그는 내면을 향한 눈을 하고 말했다. "마텔이 가짜라면 꽤 큰 모험을 하는 건데."

"만나신 적 있습니까?"

"아뇨. 하지만 세상과 동떨어져 살아도 사람들 얘기는 듣죠. 마텔은 지역 사회의 관심을 꽤나 불러일으켰으니."

"일반 여론은 어떻습니까?"

"양쪽 진영이 있죠. 늘 그래요. 그게 민주주의의 제일 나쁜 점이죠. 모든 일에 대해 두 가지 의견이 있어야 하는 거." 그는 누군가 들어 줄 사람이 필요한 사람처럼 말했다. "마텔을 알고 좋아하는 사람들, 대부분 여자들은 그를 겉보기 그대로, 자기 재산을 지닌 훌륭한 프랑스인 청년으로 여기죠. 다른 이들은 그를 엉터리로 생각하고."

"사기꾼일까요?"

그는 투명하게 비쳐 보일 듯한 손을 들어 올렸다.

"그건 아닐 테지. 그가 교양 있는 유럽인이라는 건 의문의 여지가 별로 없어요."

"그리고 자기 재산을 지녔다는 것도 의문의 여지가 없고요?"

"그건 확실해요. 지역 은행에 그가 맡긴 최초 예치금이 여섯 자리 숫자라는 걸 어쩌다 보니 알게 되었거든."

"은행 이사회에 계시다고 들었습니다."

"그럼 날 조사한 거군요." 그는 약간 불만을 담아 말했다. "이건 너무 지나친 영광인데."

"수표를 현금화할 때 우연히 맥민 씨에게 들었습니다. 마텔의 돈 출처를 알 수 있을까요?"

"한번 알아보죠."

"빌린 돈일 수도 있습니다. 사기꾼이 빌린 돈이나 가끔은 갱단에 서 빌린 돈을 이용하여 지역 사회의 신임을 빠르게 얻는 걸 본 적 있거든요."

"무슨 목적으로?"

"지역 버스 노선을 조건부로 사들여서 그걸로 자본금 이상 대출 을 받아 낸 다음 떠나 버려 회사가 파산했죠. 지난 몇 년간 심지어 은행까지 매입했습니다."

"마텔은 내가 알기론 아무것도 사들인 적 없는데요."

"버지니아 파블론을 제외하면요."

제이미슨은 이마를 찌푸렸다. 그는 하이볼 잔을 집어 들었다가 그게 거의 빈 것을 보고는 한 잔 더 만들려고 일어났다. 그는 키가 컸지만 마르고 쇠약했다. 거동은 노인 같았지만 나보다 별로 나이 많을 것 같지는 않았다. 많아야 쉰 살.

그가 새로 술을 만들어 일부 마시며 위안을 얻고 다시 가죽 안 락의자에 앉았을 때, 나는 말했다.

"지니에게 돈이 있습니까?"

"사기꾼의 관심을 끌기에는 어림도 없죠. 상대가 어떤 남자든 간 에 관심을 끌기 위해 돈이 필요한 여자는 아닌데. 사실 대부분의 젊은 아가씨들은 꿈도 못 꿀 만큼 많은 남자들을 거절했을걸요. 솔 직히 나는 그 애가 피터를 받아 주었을 때 놀랐고, 약혼을 깼을 때는 별로 놀라지 않았죠. 그렇잖아도 어젯밤 아들에게 그 얘기를 하려 했어요. 둘이 고등학생일 때야 뭐 괜찮지. 하지만 아름답고 젊은 아내는 평범한 남자에겐 저주일 수 있지요, 특히 아내를 잃게 되면." 그의 눈가 살이 다시 구겨졌다. "원하는 걸 얻는다는 건 위험한 일입니다. 비극의 토대가 되거든. 하지만 불쌍한 내 아들은 그걸 몰라요. 젊은이들은 나이 든 사람의 불운을 통해 배울 줄을 모르거든."

그는 좀 말이 많아지고 있었다. 그의 뒤편 산을 바라보고 있자니 비현실적인 느낌이 들었다. 햇살 가득한 세상은 저 멀리 손 닿지 않는 곳으로 멀어진 것처럼.

"파블론 집안과 재산에 대해 얘기하고 있었습니다만."

제이미슨은 정신을 추스렀다.

"그래, 그랬지. 큰 재산이 있을 턱이 없어요. 파블론 집안은 한때 돈이 있었지만, 로이가 도박으로 많이 날렸지. 소문으로는 그게 로이가 자살한 이유 중 하나라고 하더군요. 다행히 마리에타에겐 적으나마 본인 수입이 있어서. 유복하게 살 만큼은 되지만, 말했다시피 재산 노리는 자의 관심을 끌 정도는 아닙니다. 10만 달러를 현금으로 보유하고 있는 결혼 사기꾼이라면 더욱 아니고."

"은행에 10만 달러만 있으면 마텔이 클럽에 들어갈 수 있는 겁니까?"

"테니스 클럽? 당연히 아니지. 최소한 회원 한 명의 추천을 받고 회원 위원회의 승인을 받아야 해요."

"누가 그를 추천했고요?"

"백쇼 부인일 겁니다. 회원이 여기 시내 자기 집을 임대해 줬을 경우 흔한 관행이죠. 세입자에게 손해될 거 없으니."

"그리고 이득 될 것도 없죠. 마텔이 무슨 정치적 난민이라는 얘기를 곧이들으십니까?"

"그럴 만해요. 솔직히, 당신을 고용하겠다는 피터를 굳이 말리지 않은 게 나도 호기심이 나서였거든. 그리고 지니 일을 이제 흘려보냈으면 싶기도 했고. 아마 당신이 깨달은 것 이상으로 아들에겐 상처가 클 겁니다. 나는 아버지니까 보이지요. 그렇게 제대로 아버지 노릇을 못했을진 몰라도, 내 아들은 압니다. 그리고 지니도 알고."

"지니를 며느리로 원치 않으십니까?"

"그 반대요. 지니는 어느 집이든 환하게 밝혀 주겠지요, 이 집이라도. 하지만 그 애는 불쌍한 내 아들을 사랑하지 않아요. 안타깝지만 지니는 내 아들이 불쌍해서 결혼해 주겠다고 했을 겁니다."

"파블론 부인도 그와 거의 같은 말씀을 하셨습니다."

"그럼 마리에타와 얘기를 했군요?"

"조금요."

"안 그런 척하지만 보기보다 훨씬 더 진지한 사람이지. 지니도 마찬가지고. 지니는 늘 아주 진지한 젊은 여성이었고, 어렸을 때도 그랬어요. 여기 내 서재에 주말 내내 앉아 책을 읽곤 했죠."

"『사자의 서』를요?"

"그랬다 해도 놀랍지 않을걸요."

"그 아버지가 자살을 했다고 하셨죠."

"그래요." 제이미슨은 불편한 듯 뒤척이다가 하이볼로 손을 뻗었다. 마치 술이 주는 작은 죽음이 미래에 기다리고 있는 거대한 죽음에 대항하는 동종요법이라도 되는 듯이. "지난 10년간 세상을 떠난 친구들의 숫자가 어마어마하죠. 적은 말할 것도 없고."

"로이 파블론은 어느 쪽이었습니까, 친구? 적?"

"로이는 친구였죠, 한때는 아주 친했던. 물론 그가 아내와 딸에게 한 일은 옳지 않지만. 지니는 당시 열여섯인가 열일곱 살밖에 되지 않았고 충격이 아주 컸어요."

"어떻게 자살했습니까?"

"어느 날 밤 옷을 입은 채 바다로 걸어 들어갔죠. 열흘쯤 후에 시신을 발견했고. 상어가 건드려 놔서 거의 알아볼 수가 없었어요."

그는 칙칙한 얼굴을 쓸어내리고는 길게 술을 들이켰다.

"시신을 보셨습니까?"

"그래요. 나한테 확인을 시켰지. 아주 굴욕적인 경험이었고."

"굴욕적이었다고요?"

"생명이 얼마나 덧없는지, 시간과 파도가 우리를 어떻게 만드는지 안다는 게 참 무서운 일이더군요. 로이 파블론이 프린스턴에서 손꼽히는 미남이자 뛰어난 운동선수였던 시절을 생생히 기억하는데."

"프린스턴에서 그분을 알고 지내셨습니까?"

"아주 잘 알았죠. 내 룸메이트였거든요. 사실 여기 몬테비스타로 그를 데려온 장본인이 나였고."

나는 그만 가 보려고 일어섰지만, 문가에서 그가 나를 불렀다.

"물어봐야 할 게 있는데요, 아처 씨. 몬테비스타를 얼마나 잘 압니까? 지리적으로 말고. 분위기를."

"잘은 모릅니다. 제 취향엔 너무 부유층의 도시란 느낌이라."

"그럼 오래된 몬테비스타 주민으로서 말해 줄 게 있어요. 여기선 거의 무슨 일이든 생길 수 있답니다. 거의 무슨 일이든 벌어져

왔고. 부분적으로는 샴페인에 취한 분위기 때문이고, 부분적으로는 솔직히 말해 과도하게 돈이 넘쳐나서 그렇지. 몬테비스타는 거의 한 세기 동안 국제적인 해안 리조트였어요. 추방된 마하라자가 노벨 수상자와 어울리고 시카고 정육업자의 딸이 남미 억만장자의 아들과 결혼하는 곳.

그런 맥락에서 보면, 마텔은 그렇게 특이할 게 없어요. 사실 몬테비스타의 다른 몇몇 주민들과 비교하면 상당히 판에 박힌 사람이지. 그걸 진짜 명심해야 할 겁니다."

"노력하겠습니다."

나는 감사 인사를 하고 그곳을 떠났다.

5장

해와 함께 한낮의 열기가 스러져 가고 있었다. 테니스 클럽으로 향하는 사이 얼굴에 와 닿는 선선한 바닷바람을 느낄 수 있었다. 본관 꼭대기 깃발이 휘날리고 있었다.

프런트 데스크에 있는 여자가 피터는 아마 샤워 중일 거라고 알려 주었다. 몇 분 전에 바닷가에서 올라오는 것을 보았다고 했다. 입장해서 수영장 옆에서 기다리라고 안내받았다.

파란 캔버스천으로 된 안전요원석이 비어 있기에 나는 거기 앉았다. 오후의 바람 때문에 일광욕하는 사람들은 대부분 사라졌다. 수영장 저쪽 편, 판유리에 가로막힌 구석에 백발 여성 네 명이 브리지를 하는지 음울하리만큼 집중해서 카드 게임을 하고 있었다. 운명의 세 여신에 하나 추가라고 생각하며, 그 얘기를 할 상대가 있으면 좋겠다 싶었다.

얘기 상대로는 적합해 보이지 않는 반바지 수영복 차림의 덩치 큰 청년이 탈의실에서 나왔다. 그는 조각상 같은 사지를 내 근처 타일 바닥에 뻗었다. 미끈하고 단순한 얼굴이 눈에 담긴 야성으로 인해 복잡성을 띠었다. 금발 머리는 염색약의 유혹을 물리치지 못한 결과였다. 나는 그의 머리가 젖었고 방금 빗질한 것 같다는 사실을 알아챘다.

"피터 제이미슨이 안에 있습니까?"

"네. 옷 입는 중이에요. 그거 제 의자인데, 괜찮아요. 전 여기 앉으면 되니까." 그는 타일 바닥을 툭툭 쳤다. "피터 손님이세요?"

"그냥 여기서 만나는 겁니다."

"아까 해변을 달리고 있던데요. 쉬엄쉬엄 하라고 제가 그랬어요. 조금씩 늘려 가야 하니까."

"하지만 어디서부터이든 시작은 해야 하는 거니까요."

"그렇겠죠. 저는 달리기는 별로 안 해요. 근육이 빠지거든요." 조용한 자부심으로 그는 구릿빛 가슴 근육을 내려다보았다. "전형적인 캘리포니아 안전요원처럼 보이는 게 좋아서요."

"그렇게 보이네요."

"고맙습니다. 시간과 공을 많이 들였어요. 서핑이라든가. 서핑 기회 때문에 여기 취직했어요. 대학도 다니고."

그가 덧붙였다.

"어느 학교?"

"몬테비스타 주립대. 여기 있는 거요."

"프랑스어 학과는 누가 가르칩니까?"

"모르겠네요. 전 상업 광고하고 부동산을 공부하거든요. 아주 재

멨어요." 그를 보고 있자니 내가 그 나이였을 때 캘리포니아에 우글 거리던 멍청한 금발들이 떠올랐다. 요즘은 그중 다수가 남자들이었다. "프랑스어를 공부하실 계획이세요?"

"그냥 몇 가지 질문에 대한 답을 알고 싶어서."

"마텔 씨가 도와주실 수도 있을 거예요. 프랑스인이거든요."

"그 사람 여기 있습니까?"

"네. 조금 전에 얘기하고 있었어요. 영어도 잘해요, 선생님이나 저만큼."

그는 바다와 제일 가까운 2층짜리 카바나를 가리켰다. 개방된 앞쪽을 통해 차양 그늘 아래 움직이는 남자가 보였다. 그는 색색의 물건들을 한 아름 나르고 있었다.

"짐을 내가는 중이에요." 안전요원이 말했다. "도와 드리겠다고 했지만 남이 자기 개인 물품을 어지럽히는 걸 싫어하더라고요."

"여기를 떠나는 겁니까?"

"아무튼 카바나는 비운대요. 자기가 따로 구입한 가구들은 저 가져도 좋다고 하니 참 잘되었지요. 야외용 가구지만 사실상 새거 나 다름없고 돈깨나 들었을걸요. 제 아파트에 놓으면 끝내주겠죠. 지금은 달랑 침낭 하나만 있거든요. 돈은 전부 차들 유지하는 데 들어가서."

"차들?"

"서핑용 왜건이 한 대 있고요. 그리고 근교 여행용으로 친구들하고 타는 스포츠카가 있어요. 스포츠카가 있으면 시간이 아주 절약되거든요."

이 남자애 때문에 미칠 지경이었다. 문제는 현대 세계에 속하지 않는 듯한 그런 신(新)원시인들이 수없이 많다는 것이었다. 하지만 어쩌면 그들이 나보다 더 잘 적응하고 있는지도 모른다는 생각이 번뜩 뇌리를 관통했다. 그들이 바닷가에서 행복한 야만인들처럼 살아가는 사이, 컴퓨터와 컴퓨터 담당자들이 대부분의 일을 하고 모든 결정을 내리게 될 것이다.

"왜 마텔 씨가 카바나를 비우는 거죠? 괜찮아 보이는데."

"최고죠. 서핑 포인트까지 바닷가가 훤히 다 내려다보여요." 그는 근육질 팔을 휘둘렀다. "마텔 씨는 거기 앉아서 우리가 서핑하는 걸 지켜보곤 했죠. 자기도 예전에 서핑을 했다고 그랬어요."

"혹시 어디였는지 말하던가요?"

"아마 같은 포인트겠죠."

"그가 전에 여기 왔던 겁니까?"

"저야 모르죠. 제가 근무하던 중엔 아닌데요, 아무튼."

"그리고 그가 카바나를 떠나는 이유는 모르고요?"

"여기가 별로랬어요. 늘 뭔가 불만이 있었어요, 수영장 물이 민물이라든가…… 그분은 소금물이어야 한다고 생각하더라고요. 그리고 몇몇 회원들이랑 잘 지내지 못했어요." 청년은 입을 다물었다. 그의 머릿속에서 두 가지 사실이 맞부딪쳐 잠시 불꽃이 일었다. "저기, 피터 제이미슨에게 마텔 씨가 저한테 가구 준다는 말은 하지 말아 주세요. 좋아하지 않을 테니."

"왜죠?"

"마텔 씨와 잘 지내지 못했던 사람들 중 하나예요. 몇 번 둘이 거의 싸울 뻔했죠."

"지니 파블론을 두고?"

"다 아시는 모양이네요?"

"아니, 몰라요."

"아무튼 말씀 안 드리는 게 낫겠어요. 피터 제이미슨이 알았다간 불려 가서 회원들에 대해 떠들었다고 야단맞거든요."

그는 이미 너무 떠들어 대서 부끄러워하고 있었다. 브리지 치는 사람들 중 한 명이 나의 질문 공세에서 그를 구해 주었다. 수영장 너머에서 노부인이 불렀다.

"스탠, 우리 커피 좀 갖다줄래? 블랙으로?"

그는 일어나서 터벅터벅 가 버렸다.

나는 선글라스를 끼고 갑자기 어둑해진 세상 속에 2층 데크로 향하는 나무 계단을 올라 그 끝을 따라 걸었다. 마텔의 카바나 한 가운데 라탄 테이블에는 물건이 쌓여 있었다. 남녀 수영복과 가운 그리고 해변용 옷, 오리발과 마스크, 버번과 브랜디 병, 작은 전기 히터, 대나무 지팡이. 마텔이 안쪽 탈의실 두 곳 중 하나에서 소형 텔레비전을 들고 나와서 테이블에 놓았다.

"이사 가십니까?"

그가 홱 고개를 쳐들었다. 이제 나는 선글라스를 썼고 그는 아니었다. 눈은 아주 어둡고 빛나, 가무잡잡하고 강렬한 그의 인상을 강조했다. 코가 길고 살짝 굽어서 자기주장이 강하고 탐구적으로 보였다. 그는 나를 알아보지 못하는 눈치였다.

"그렇다면요?" 그는 경계하는 어조로 말했다.

"제가 들어올까 하고요."

"그건 안 될 겁니다. 시즌 내내 임대한 거라."

"하지만 안 쓰실 거잖습니까."

"아직 마음 안 정했어요."

나에게 하는 얘기라기보단 혼잣말에 가까웠다. 어두운 눈길이 나를 지나쳐 해안 쪽을 향했다. 나는 돌아서서 그 눈길을 따라 쳐다보았다. 푸른 파도가 모래톱에 하얗게 부딪치고 있었다. 그 너머로 10여 명의 젊은이들이 숭배하듯 서핑보드 위에 무릎을 꿇고 있었다.

"서핑해 본 적 있으십니까?"

"아뇨."

"스킨 다이빙? 보아하니 여기 장비가 좀 있네요."

"네, 스킨 다이빙은 좀 했죠."

나는 주의 깊게 그의 말을 듣고 있었다. 아직 억양이 있긴 했지만 해리 헨드릭스와 말다툼할 때에 비하면 훨씬 덜 두드러졌고, 프랑스어 단어를 쓰지 않았다. 물론 지금은 격한 상태가 아니긴 했다.

"지중해에서 스킨 다이빙 해 본 적 있으신가요? 스킨 다이빙이 원래 지중해에서 유래했다던데."

"그게 맞고, 해 봤습니다. 프랑스인이다 보니."

"어느 지역?"

"파리요."

"그거 신기하네요. 저는 전쟁 중에 파리에 있었거든요."

"그런 미국인들 많죠." 그는 건조하게 대꾸했다. "실례지만 이제 이걸 치워야 해서."

"도와 드릴까요?"

"아뇨. 고맙지만 됐습니다. 좋은 하루 되세요."

그는 까딱 고개를 숙였다. 나는 데크를 따라 어슬렁거리며 그에 대한 인상을 분석하려 했다. 칠흑처럼 검은 머리와 매끄럽고 탄탄한 얼굴 그리고 둔해지지 않은 날카로운 눈매를 보면 나이가 서른은 넘지 않았을 듯했다. 통제력과 속내를 숨기는 기술을 보면 더 나이가 많을 법했다. 나는 그를 파악할 수 없었다.

나는 미로 같은 아래층 탈의실로 향하는 길을 찾아냈다. 학교가 끝나서 어린아이들 무리가 수건으로 서로 다리를 철썩 치면서 위협하는 고함과 끔찍한 웃음소리를 터트리고 있었다. 나는 아이들에게 닥치라고 말했다. 아이들은 내가 시야에서 사라질 때까지 기다렸다가, 이전보다 더 듣기 싫게 웃어 댔다.

김 서린 거울 앞에서 넥타이를 매고 있던 피터는 거울 속에서 내 모습을 보고는 미소를 지으며 돌아섰다. 내가 그의 얼굴에서 미소를 보기는 처음이었다. 그는 반들반들하고 벌게져 있었다.

"여기 오신 줄은 몰랐네요. 바닷가를 뛰고 온 참이에요."

"잘했어요. 방금 마텔과 얘기했습니다. 카바나에서 물건을 내가고 있더군요. 이곳을 뜰 계획일지도 모릅니다."

"지니와 같이요?"

"그걸 물어보는 건 별로 바람직하지 않겠죠. 일반적인 상황이라면 아예 그에게 접근을 안 했을 겁니다. 좋은 수사 방법이 아니죠. 하지만 시간이 없을지도 모릅니다."

내 말에 피터는 미소를 싹 지우고 입술을 깨물기 시작했다.

"탐정님이 그를 막을 조치를 취해 주기를 바라고 있었는데요."

"그만둔 건 아닙니다. 문제는 무슨 질문을 해야 할지 모른다는 거죠. 나는 프랑스에 가 본 적이 없고, 고등학교 때 배운 프랑스어는 거의 기억나는 게 없어요."

"저도 마찬가지예요. 태핑거 교수님에게 기초 프랑스어 과목을 듣긴 했는데 낙제했거든요."

"지역 대학에서요?"

"네." 그는 원래 프린스턴에 갈 예정이었지만 학점을 채우지 못했다고 굳이 설명했다. "하지만 작년에 몬테비스타 대학을 졸업했어요."

"그리고 지니는 올해 졸업 예정이었고?"

"네. 두 해 정도 휴학했거든요. 실베스터 선생님 의원에서 안내 일을 했지만 질려서 작년에 복학했죠."

"그 태핑거라는 양반이 지니의 교수님인가요?"

"프랑스어 과목은 거의 그분이 가르치시죠."

"태핑거 교수가 전공에 대해 잘 압니까?"

"지니는 그렇게 생각해요, 그리고 우등생이었죠."

"그럼 도움을 주겠군요."

나는 피터에게 교수와 가능하다면 오늘 오후에 만날 약속을 잡으라고 하고, 이따가 주차장에서 합류하자고 말했다. 마텔에게 우리가 같이 떠나는 모습을 보이고 싶지 않았다.

6장

"제이미슨 씨는 방금 나가셨어요. 어쩌다가 놓치셨는지 모르겠네요."

프런트 데스크 여직원은 부드러운 목소리로 말했고, 정말로 걱정하는 것처럼 들렸다. 나는 여자를 더 자세히 살펴보았다. 갈색 트위드 정장 차림의 차분한 젊은 여자였다. 짙은 머리가 달걀형 얼굴을 감싸고 있었다. 화장이 너무 진했지만 직업상 어쩔 수 없었다.

"안에서 제이미슨 씨와 만나긴 했는데, 그 얘기는 아무한테도 하지 말아요."

"제가 왜 그 얘기를 누구한테 해요?"

"누가 물을지도 모르니까."

"저는 회원과 그 손님들 출입에 대해 일절 입에 담지 않아요. 게다가 성함도 모르는걸요."

"아처. 루 아처요."

"엘라 스트롬이요." 그녀 앞에 놓인 명패에는 클럽 총무 스트롬 부인이라고 쓰여 있었다. 그걸 쳐다보는 내 시선을 보고 그녀는 담담한 어조로 말했다. "지금은 기혼 아니에요."

"나도 그래요. 몇 시에 저녁식사 하죠?"

"오늘은 쭉 근무해요. 저녁에 댄스파티 겸 만찬이 있어서. 하지만 고마워요."

"뭘요."

테니스 코트 옆 주차장에서 피터가 자기 코르벳에 올라 나를 기다리고 있었다. 주차장은 무성한 유칼립투스 나무로 둘러싸여 있었고, 그 희미한 약 같은 향기가 공기 중에 떠돌았다. 여섯 개의 코트 중 단 한 개만 사용 중이었다. '테니스 클럽'이라고 적힌 운동복 차림의 프로가 아주 어린 여자애에게 서브 넣는 방법을 보여 주고 있었고, 아이 어머니는 사이드라인에서 지켜보고 있었다.

"태평거 교수님은 연구실에도 댁에도 안 계세요." 피터가 말했다. "사모님 말로는 집에 오는 중이실 거라고."

"여기서 조금 더 할 일이 있습니다. 백쇼 부인이 클럽에 산다고 아는데요."

"저기 코티지에 살죠." 그는 주차장 뒤 나무숲 쪽을 가리켰다.

"그분에게 마텔에 대해 뭔가 물어본 적 있습니까?"

"아뇨."

"하지만 백쇼 부인하곤 알죠?"

"잘 아는 사이는 아니에요. 몬테비스타 사람들은 전부 알죠." 그는 무덤덤하게 덧붙였다. "그리고 그들도 나를 알 거고요, 아마."

나는 유칼립투스 나무 사이를 지나 수영장 구역 옆에 자리한 잔디밭을 둘러싼 울타리에 달린 문을 통과했다. 회색 페인트로 칠한 벽돌 독채 10여 채가 잔디밭을 둘러싸고 띄엄띄엄 서 있었고, 파티오 벽과 관목으로 이웃간에 서로 가림막을 쳤다. 카키 작업복 차림의 체구 작은 멕시코인이 관목 사이에 서서 호스를 다루고 있었다.

"부에노스 디아스(안녕하십니까)."

"좋은 날입니다." 남자는 하얀 이를 번뜩이며 말했고, 호스 물줄기를 분수처럼 하늘로 향하게 했다. "누구 찾으세요?"

"백쇼 부인요."

"저기가 그분 독채입니다." 무성한 자주색 부겐빌레아 꽃에 지붕이 반쯤 가려져 있었다. "몇 분 전에 막 돌아오셨어요."

백쇼 부인은 알고 보니 아까 수영장 가장자리에서 브리지를 치던 사람들 중 하나로, 커피를 주문한 장본인이었다. 그녀는 정정한 일흔 살 정도로 보였다.

"좀 전에 스탠리하고 얘기하는 걸 봤던 거 같은데요?"

그녀가 문가에서 내게 물었다.

"그랬죠, 맞습니다."

"그다음에 마텔 씨하고?"

"네."

"그리고 이젠 나한테 왔고. 흥미로운 진행이네." 그녀는 하얀 곱슬머리를 내저었다. "기분 우쭐해야 하는지 당황스러운 일인지 모르겠군요."

"어느 쪽도 아닙니다, 백쇼 부인. 제 이름은 아처고, 짐작하셨을지 모르겠지만 탐정입니다."

그녀는 가구가 지나치게 많은 응접실로 나를 안내했다. 바닥에 깔린 동양풍 깔개가 너무 좋은 물건이라 그 위에 발을 딛기가 싫었다. 그녀는 내가 알아챈 것을 알아챘다.

"이 집하고는 아예 안 어울리죠. 하지만 차마 남겨 두고 올 수가 없어서." 어조를 바꾸지 않은 채 그녀는 말을 이었다. "앉아요. 보아하니 프란시스 마텔의 일을 파고드는 요즘 동네 놀이에 참여한 모양이군요."

"제겐 일이지, 놀이가 아닙니다."

"누가 댁을 불렀죠?" 그녀가 무뚝뚝하게 말했다.

"지역 분이십니다."

"마리에타 파블론?"

"그분은 제 조사 결과에 관심을 갖고 계시죠."

"조사라는 말은 댁이 하는 일을 그럴싸하게 꾸민 소리죠, 아저씨. 마텔 씨를 여기서 몰아내고 있잖아요. 그게 목적 아닌가요?"

"아닙니다."

"과연 그럴까 싶은데. 그 사람 떠난대요. 한 15분 전에 나한테 그러더군요."

"지니 파블론도 같이 갑니까?"

그녀는 무릎으로 눈길을 떨구었다.

"파블론 양 얘기는 안 나왔어요. 아무튼 스물넷이나 먹은 젊은 여자니 알아서 자기를 챙기고 스스로 결정을 내릴 수 있죠. 나는 그 나이에 결혼한 지 5년째였는걸." 잠시 흔들렸던 그녀의 목소리가 기운을 되찾았다. "대부분의 젊은 여자들보다 더 잘할 거고, 내 생각엔."

"그럼 지니가 같이 갈 거라 생각하시는군요."

"몰라요. 하지만 여긴 자유 국가니까."

"뭘 좀 알고 상대가 누군지 아는 사람들에겐 그렇죠. 사실에 근거하지 않고 유용한 결정을 내릴 순 없습니다."

그녀는 곱슬머리를 내저었다. 얼굴은 시멘트처럼 굳게 흔들림 없었다.

"설교는 듣고 싶지 않아요. 나는 프란시스 마텔을 몬테비스타, 음, 주민들에게 소개했고 절대적으로 확신을 갖고 있어요. 난 그 사람이 마음에 들거든. 물론 그 사람의 족보를 내드릴 수야 없지만. 그래도 분명히 좋은 집안이에요. 내가 아는 젊은 프랑스인 중에 손꼽히게 뛰어난 사람이라고요."

"그럼 프랑스인이 맞습니까?"

"거기에 의심의 여지가 있나요?"

"의심의 여지는 언제나 있지요, 사실이 확인되기까지는."

"그리고 사실 여부는 본인이 결정 내리겠다?"

"제가 조사하니 당연히 그렇게 되는 편입니다."

상당히 날카로운 대화가 오간 끝에 그녀는 화가 났다. 그녀는 내게 대놓고 웃는 것으로 분노를 표출했다.

"아주 솔직하게 말하는군요?"

"그게 낫지요. 어차피 아무것도 얻어내지 못할 거라면."

"그건 얻고 말고 할 게 애초에 없어서 그래요. 마텔 씨가 다른 사람들하고 외모가 다르다 해서 뭔가 과거에 어두운 비밀이 있다고들여기죠. 이 동네 사람들 문제는 단순해요. 할 일이 별로 없으니 촌동네 사람들처럼 서로의 구린 구석을 파고드는 거예요. 만약 주위에 구린 구석이 별로 없으면 지어내죠."

그녀도 확신이 없는 게 분명하다고 나는 생각했다. 그게 아니라면 저렇게 길고 상세하게 떠들 일이 없다. 마텔은 어느 정도까지는 그녀의 책임이었다. 우리 사이의 침묵을 깨고 그녀가 말했다.

"뭔가 그에게 불리한 걸 발견했어요?"

"그렇진 않습니다. 아직은."

"나올 거라고 예상한단 소리로 들리네요."

"모르겠습니다. 그와는 어떻게 알게 되셨습니까? 부동산 업자를 통해서인가요?"

"어, 아뇨, 지인 소개예요."

"여기 몬테비스타의?"

"워싱턴요. 더 정확히 말하자면 조지타운. 백쇼 장군과 나는 한때 조지타운에 살았답니다."

"마텔과는 거기서 만나셨고요?"

"그런 말은 아니에요. 그 사람이 우리 예전 이웃들과 아는 사이라……." 그녀는 주저하며 미심쩍은 눈초리로 나를 쳐다보았다. "그분들 이름을 알려드려야 하는 건지 모르겠네."

"알려 주시면 도움이 되겠죠."

"아뇨. 아주 훌륭하고 온화한 분들이라, 이런 일로 번거롭게 해드리고 싶지 않아요."

"마텔이 그분들을 추천인으로 삼았습니다. 본인들은 허락하지 않았을 수도 있어요. 아예 모를 수도 있습니다."

"분명 아실 거예요."

"그분들이 그에게 소개장을 써 주었던가요?"

"아뇨."

"그럼 마텔 본인 말뿐인 겁니까?"

"그걸로 충분하…… 충분해 보였어요. 그분들에 대해 아주 스스럼없고 잘 알고 말했어요." 하지만 나를 향했던 의심은 더 넓고 깊게 퍼져 가, 그녀 자신의 판단력에 대한 자신감을 깎아내리고 있었다. "진지하게 그가 무슨 신분 위조 사기꾼이라고 생각해요?"

"저는 그 가능성에 마음을 열어 두고 있습니다. 부인도 마음 여실 수 있게 하는 중이고요."

"그리고 내게서 이름을 알아내려고."

그녀는 조금은 우울하게 말했다.

"부인께서 도와주신다면 이름은 필요 없습니다."

"어떻게 도와주면 되는데요?"

"조지타운 친구분께 전화해서 마텔에 대해 뭘 아시는지 여쭤보시죠."

그녀는 고개를 들었다.

"그건 되겠네요."

"부탁드립니다. 그분들이 제게 있는 유일한 단서입니다."

"그럴게요. 오늘 밤."

"그럼 나중에 확인하러 연락드려도 될까요?"

"그래요."

"혹시 기분 상하게 해 드렸다면 죄송합니다."

"아니에요. 도덕적인 문제죠, 사실. 내가 한 일이 옳은가, 잘못인가? 물론 사람이 하는 일마다 그로 인한 결과를 전부 고려하려 들면 아무것도 못 하게 되겠지만."

"마텔이 언제 떠납니까?"

"금방요, 내 생각엔. 오늘이나 내일."

"이유를 말하던가요?"

"아뇨. 아주 과묵한 사람이라. 하지만 이유는 알아요. 다들 그를 의심하거든. 여기서 친구를 전혀 사귀지 못했어요."

"지니를 제외하고."

"지니 얘기는 안 했어요."

"어디로 간단 얘기는요?"

"없었어요."

7장

피터는 나무 울타리 문에서 나와 만났다. 태핑거 교수는 지금 집에 있고, 우리와 만나겠다고 했다.

그는 인접한 항구 도시, 장점을 하나 꼽자면 바다 전망일 것이 분명한 조금은 쇠락한 동네에 살고 있었다. 짙고 붉은 태양이 이제 거의 수평선에 걸려 있었다. 물 위에 비쳐 불길이 쏟아진 듯 일렁거렸다.

태핑거 집은 녹색 회반죽 코티지였는데 색깔을 제외하면 그 동네 집들 셋 중 하나는 똑같은 모양이었다. 현관으로 이어지는 시멘트 길은 롤러스케이트, 자전거, 세발자전거가 널린 장애물 코스가 되어 있었다. 예닐곱 살 여자애가 문을 열어 주었다. 일자 단발머리에 커다랗고 관찰하는 눈을 하고 있었다.

"아빠가 서재로 오시면 된다고 했어요."

아이는 난장판인 거실을 지나 부엌으로 우리를 안내했다. 수동 공격적인 태도로 싱크대 위로 몸을 굽히고 감자를 벗기고 있는 여자가 있었다. 세 살쯤 된 남자아이가 그녀의 다리에 몸을 부딪치며 꺄륵거리고 있었다. 그녀는 아이에겐 전혀 신경을 쓰지 않았고, 우리에게는 거의 신경 쓰지 않았다. 외모는 훌륭했고, 서른은 안 되어 보였으며 어려 보이는 포니테일 머리를 했다. 푸른 눈이 서늘하게 우리를 훑고 지나갔다.

"그이는 서재에 있어요."

그녀는 말하고 한쪽 팔꿈치로 문을 가리켰다.

문을 지나니 차고를 개조해서 책장을 가득 들여놓은 공간이었다. 펼쳐진 책과 서류가 널린 작업대 위에 형광등이 사슬에 매달려 있었다. 교수는 우리를 등지고 거기 앉아 있었다. 그는 피터가 말을 걸어도 돌아보지 않았다. 우리가 중요한 두뇌 활동을 방해하고 있다는 암시로 여겨졌다.

"태핑거 교수님?" 피터가 다시 말했다.

"들었네." 그의 목소리는 초조해하고 있었다. "1분만, 제발. 문장을 마치려는 중이야."

그는 펜의 뭉툭한 쪽 끝으로 머리를 긁적이고는 뭔가를 끼적였다. 구릿빛 갈색 머리는 가장자리가 희끗희끗했다. 마침내 일어났을 때 보니 키가 작은 남자였고, 미인 아내보다 최소한 열 살은 많아 보였다. 섬세한 입매와 말끔한 이목구비로 보아 아마 한때는 그 역시 미남이었을 것이다. 하지만 꼭 최근에 병을 앓은 듯이 보였고, 독서용 안경 뒤 눈은 그 기억에 쫓기고 있었다. 악수는 차가웠다.

"안녕하십니까, 아처 씨? 잘 있었나, 피터? 기다리게 해서 미안해요. 베르그송의 유동 개념에 집중하는 귀한 시간을 쪼개느라. 주당 열두 시간 강의에다가 거기에 따르는 온갖 준비가 있다 보니, 뭐든 쓴다는 게 쉽지 않아요. 르 모 쥐스트, 즉 딱 맞는 단어를 찾는 데 며칠씩 투자하는 사치를 누린 플로베르가 부럽다니까……."

태핑거는 쉴 새 없이 말하는 직업적인 습관이 있는 듯했다. 나는 그의 말을 잘랐다.

"뭘 쓰고 계십니까?"

"책이오. 그럴 시간을 낼 수만 있다면 말이지만. 내 연구 주제는 프랑스가 현대 미국 문학에 미친 영향이랍니다. 지금은 이론이 분분한 스티븐 크레인의 의문을 연구 중이죠. 하지만 거기엔 관심이 없으시겠고. 피터가 말하길 탐정이시라던데."

"네. 프란시스 마텔이라는 남자에 대한 정보를 얻으려고 하고 있습니다. 혹시 만나신 적 있습니까?"

"아니지 싶은데. 하지만 이름은 확실히 흥미롭군요. 프랑스에서는 역사가 오랜 이름 중 하나거든요."

"마텔은 프랑스인이라고 합니다. 자기 얘기로는 정치적 난민이라고요."

"몇 살이죠?"

"서른 정도요." 나는 그의 모습을 묘사했다. "중키에 군살이 없고 행동이 재빠릅니다. 검은 머리, 검은 눈, 짙은 피부색. 프랑스어 억양이 있는데 강해졌다 약해졌다 하고요."

"그리고 그게 연기라고 생각하시고요?"

"모르겠습니다. 가짜라면 꽤나 여러 사람을 속인 거죠. 그 사람의 진짜 정체를 알아내려는 중입니다."

"진실이란 실체가 없는 것이죠." 태핑거가 설교조로 말했다. "내가 어떻게 했으면 합니까. 그 사람의 프랑스어를 들어 보고 진위 여부를 판별해요?"

그는 반쯤만 진담이었지만, 난 진지하게 대답했다.

"그것도 좋은 생각입니다, 그렇게 할 수만 있다면요. 하지만 마텔은 이곳을 뜨려는 참입니다. 혹시 교육받은 프랑스인만 답할 수 있는 문제를 몇 개 내주실 수 있을까 하고……."

"나더러 시험을 준비해 달라는 건가요?"

"해답과 함께요."

"할 수 있을 거 같군요. 언제 필요합니까? 내일?"

"지금 당장요."

"그건 한마디로 불가능해요."

"하지만 그자가 언제라도 떠날지 모릅니다."

"그걸 날더러 어쩌라고!" 태핑거의 목소리가 여자처럼 높아졌다. "오늘 읽어야 할 페이퍼가 마흔 건이오. 학교 측에선 나한테 채점 조교도 하나 안 붙여 준단 말입니다. 내 자식들에게 내줄 시간도 없는 마당에……."

"알겠습니다, 건너뛰죠. 애초에 그렇게 좋은 생각도 아니었고."

"하지만 뭔가 조치를 취해야 해요." 피터가 말했다. "제가 기꺼이 교수님 시간에 대한 비용은 내겠습니다."

"돈은 됐어. 내가 원하는 건 내 시간을 자유롭게 쓰는 것뿐이네."

태핑거는 그야말로 울부짖다시피 했다.

그의 아내가 부엌문을 열고 내다보았다. 그녀의 걱정스러운 표정은 왠지 너무 자주 지어서 닳은 듯한 인상이었다.

"무슨 일이에요, 아빠?"

"아무것도 아냐, 그리고 아빠라고 부르지 마. 그 정도로 나이 차이가 나는 것도 아닌데."

그녀는 경멸의 제스처로 한쪽 어깨를 으쓱하고는 나를 쳐다보았다.

"무슨 문제가 있나요?"

"우리가 남편분의 기분을 거스른 모양입니다. 찾아뵙기에 적당한 시간이 아니었군요."

태핑거는 아내에게 좀 더 조용한 어조로 말했다.

"당신이 걱정할 일 아니야, 베스. 어떤 사람의 프랑스어 지식을 시험하기 위해 문제를 내달래."

"그것뿐이에요?"

"그것뿐이야."

그녀는 부엌문을 닫았다. 태핑거는 우리에게로 몸을 돌렸다.

"목소리 높여서 미안합니다. 두통이 있어요." 그는 창백한 둥근 이마를 손바닥으로 눌렀다. "지금 그 일을 해 줄 수 있을 거 같군요. 그 얘기를 하는 것만으로도 벌써 에너지를 두 배는 썼으니. 하지만 왜 서두르는지 모르겠네요."

피터가 말했다.

"마텔이 지니를 데리고 떠나려 해요. 막아야 합니다."

"지니?" 태핑거는 어리둥절한 눈치였다.

"지니에 대해 말씀드린 줄 알았는데요." 나는 피터에게 말했다.

"전화드렸을 때 그러려고 했는데, 듣질 않으셨어요." 피터는 다시 태핑거를 돌아보았다. "버지니아 파블론 기억하시죠, 교수님."

"당연히 기억하지. 이 일에 연관되어 있나?"

"아주 많이요. 지니는 마텔과 결혼하겠대요."

"그리고 자네는 그녀를 사랑하지?"

피터의 얼굴이 붉어졌다.

"네, 하지만 저만을 위해서 이러는 거 아닙니다. 지니는 자기가 어떤 난장판에 말려드는지 전혀 몰라요."

"설득해서 말려는 봤고?"

"해 봤죠. 하지만 마텔에게 푹 빠져 있어요. 그 남자 때문에 지난달에 학교도 그만뒀고요."

"정말? 난 아픈 줄만 알았지. 학교에선 그렇다고 하던데."

"지니에겐 아무 문제가 없습니다." 피터가 말했다. "그 남자만 제외하면."

"그 남자의 프랑스어 실력에 대해서 그녀는 어떤 의견이지?"

"홀딱 넘어갔죠." 피터가 말했다.

"그럼 아마 프랑스인 맞을 거야. 파블론 양은 프랑스어에 상당히 능통하니까."

"프랑스인이면서 사기꾼일 수도 있습니다." 내가 말했다. "정말로 그가 내세우는 대로 교양 있는 귀족이 맞는지 알아내려는 겁니다."

처음으로 태핑거는 진짜로 흥미를 보였다.

"그건 가능하겠군요. 어디 해 봅시다." 그는 어지럽혀진 테이블에 앉아 펜을 집어 들었다. "10분만 주십시오."

우리는 거실로 물러났다. 태핑거 부인이 부엌에서 우리를 따라 나왔고, 세 살 아이가 졸졸 따라붙었다.

"아빠는 괜찮은 건가요?"

부인은 너무 가늘고 귀여워서 마치 자기 패러디 같은 어린 소녀 목소리로 물었다.

"그런 것 같습니다."

"작년부터 별로 상태가 좋지 않아요. 전임 교수 자리를 얻지 못해서요. 엄청나게 실망했죠. 그 울화를 아무한테나 풀고 그래요. 특히 저한테."

그녀는 다시 한쪽 어깨를 으쓱했다. 이번에는 자신을 향한 경멸처럼 보였다.

"괜찮습니다." 피터가 민망해하며 말했다. "태핑거 교수님께서 이미 사과하셨는걸요."

"잘됐네요. 보통 안 그러거든요. 특히 가족에게는."

그녀 본인을 두고 하는 말이었다. 사실 그녀가 말하고 싶어 하는 주제는 자기 자신이었고, 그 주제에 대해 말하고 싶은 상대는 나였다. 그녀의 몸은 문 쪽으로 기울어 있었고, 곁눈질과 처진 입매는 말보다 더 확실하게 자신은 승진 누락된 발끈하는 성미의 교수와 규격형 주택에 갇힌 잠자는 미녀라고 얘기하고 있었다.

세 살 아이가 엄마에게 몸을 부딪치며, 면 드레스를 허벅지 사이에 바싹 달라붙게 만들었다.

"미인이십니다." 피터를 보호자 격으로 옆에 두고 나는 말했다.

"원래는 더 예뻤어요. 12년 전 저 사람과 결혼할 때는."

그녀는 몸짓으로 가리켰다. 그런 다음 아이를 참회의 짐처럼 안아 들고 부엌으로 들어갔다.

아이 딸린 유부녀는 딱히 내 타입이 아니었지만, 그녀에겐 흥미가 일었다. 나는 거실을 둘러보았다. 벽은 그야말로 후기 인상주의

복제품으로 도배되어, 이상적인 빛의 세계를 그려 내고 있었다.

창문의 석양이 반 고흐와 고갱과 눈부심을 겨루고 있었다. 태양은 물 위의 불타는 배처럼 천천히 가라앉으며 붉은 연기만 하늘에 흔적으로 남겼다. 항구로 향하는 낚싯배가 드넓은 서쪽 바다를 배경으로 검고 자그마하게 보였다. 그 반짝이는 물길 위로 갈매기 몇 마리가 사라진 불꽃처럼 맴돌았다.

"지니가 걱정이 돼요." 피터가 내 옆에서 말했다.

말은 안 했지만 나도 걱정이 되었다. 마텔이 해리 헨드릭스에게 총을 뽑아 든 그 갑작스러운 순간이 그때는 현실 같지 않았지만, 이제 내 기억 속에서 생생했다. 게다가 마텔을 프랑스어로 시험한다는 생각이 좀 황당하게 여겨졌다.

열한 살 정도의 빨간 머리 소년이 현관으로 들어왔다. 아이는 쿵쿵거리며 부엌으로 들어가더니 제 어머니에게 옆집에 가서 텔레비전을 보겠다고 선언했다.

"아니, 안 돼." 그녀의 날카로운 엄마 말투는 남편과 나에게 썼던 말투와는 상당히 달랐다. "여기 있어야지. 저녁 먹을 때 다 됐는데."

"배가 고프네요." 피터가 내게 말했다.

아이는 어머니에게 왜 자기네 집엔 텔레비전이 없냐고 물었다.

"이유가 두 가지 있지. 전에도 말했잖아. 첫째, 너희 아버지가 텔레비전을 허락하지 않으시고. 둘째, 그럴 형편이 안 돼."

"책하고 레코드는 맨날 사잖아요. 텔레비전이 책하고 레코드보다 나은데."

"그래?"

"훨씬 나아요. 내 집이 생기면 방마다 컬러텔레비전을 놓을 거예요. 그러면 엄마도 와서 봐도 돼요." 아이는 거창하게 결론지었다.

"그럴까."

차고 서재 문이 열리면서 대화가 중단되었다. 태핑거 교수가 양손에 종이를 한 장씩 들고 흔들면서 거실로 나왔다.

"문제지와 답지요. 교육 잘 받은 프랑스인이라면 답할 수 있는 문제 다섯 개를 냈어요. 다른 사람들은 못 할 겁니다. 프랑스어 대학원생이라면 혹시 모를까. 답은 간단하니까 프랑스어를 잘 몰라도 확인 가능합니다."

"그거 좋네요. 들려주십시오, 교수님."

그는 문제지를 소리 내어 읽었다.

"일. 『위험한 관계』의 원작을 쓴 사람은 누구이며 현대 영화를 만든 사람은 누구인가? 쇼데를로 드 라클로가 원작을 썼고, 로제 바딤이 영화를 만들었죠.

이. 문장을 완성하라. '이포크리트 렉퇴르(위선자인 독자여)……' 답: 이포크리트 렉퇴르, 몽 셍블라블, 몽 프레르(위선자인 독자여, 나의 동류여, 나의 형제여). 보들레르의 『악의 꽃』 도입부입니다.

삼. 드레퓌스가 유죄라고 믿었던 위대한 프랑스 화가는 누구인가. 답: 드가.

사. 데카르트는 신체 어느 부위에 영혼이 자리하고 있다고 했는가? 답: 송과선(뇌 속의 작은 기관 — 옮긴이).

오. 장 주네를 석방시키는 데 큰 공헌을 한 사람은 누구인가? 답: 장 폴 사르트르. 이런 식의 문제를 생각한 게 맞습니까?"

"네, 하지만 조금 한쪽으로 치우친 것 같은데요. 정치나 역사 분야가 있어야 하지 않을까요?"

"내 생각은 달라요. 만약 그 사람이 정치적 난민이라고 주장하는 사기꾼이라면, 역사와 정치를 제일 먼저 파고들었을 겁니다. 내 문제는 좀 더 미묘하고, 제대로 공부하려면 몇 년이 걸리는 분야를 망라하고 있어요." 그의 눈이 환해졌다. "내가 직접 시험할 수 있다면 좋을 텐데."

"저도 그랬으면 좋겠습니다. 하지만 위험할 수 있어서요."

"그래요?"

"마텔은 오늘 다른 사람에게 총을 꺼내 들었습니다. 제가 맞대면 하는 게 좋을 것 같군요."

"그리고 저도." 피터가 말했다. "저도 같이 동행해야겠어요."

태펑거는 아까의 조급함에 대해 보상이라도 하듯 우리를 차까지 배웅해 주었다. 나는 5달러나 10달러 정도 사례할까 생각했지만 괜히 긁어 부스럼이 될 거 같아 그만두었다. 그에게 돈이 필요하다는 현실을 상기시키고 다시 화나게 만들 뿐일 터였다.

8장

나는 피터의 코르벳을 따라 내륙으로 들어와 언덕을 지났다. 언덕들은 산의 검푸른 그림자에 반쯤 파묻혀 있었다. 샛별처럼 밝은 불빛 몇 개가 그 기슭에 드문드문 흩어져 있었다. 그중 하나는 마텔의 집에서 새어 나오고 있었다.

피터는 우편함 바로 앞에서 차를 세웠다. 거기에 새겨진 이름이 헤드라이트에 검게 도드라졌다. 하이램 백쇼 미 육군 소장(퇴역). 그는 라이트를 끄고 차에서 내렸다.

저녁의 정적이 수정처럼 흔들렸다. 높고 가늘게 떨리는 소리가 집 쪽에서 들려왔다. 공작새 울음일 수도, 여자의 비명일 수도 있었다.

피터가 나를 향해 달려왔다.

"지니예요! 방금 들었어요?"

"무슨 소리가 나긴 했습니다."

나는 그에게 차에서 기다리라고 설득하려 했다. 하지만 그는 나와 함께 그 집에 가겠다고 우겼다.

석조와 유리로 된 거대한 건물이 계곡 바닥을 파내어 만든 터 위에 세워져 있었다. 문 위 조명등이 벤틀리가 주차된 마당 판석을 비추고 있었다. 문 자체는 열린 채였다.

피터가 들어서려 했다. 나는 그를 만류했다.

"진정해요. 그러다가 총 맞아요."

"지니는 내 여자예요."

지금까지 나온 모든 증거에도 불구하고 그는 그렇게 말했다.

현관에 여자가 나왔다. 여자들이 여행할 때 입는 종류의 회색 정장 차림이었다. 움직임이 불안정했고 눈이 약간 멍한 것이, 마치 이미 너무 멀리, 그리고 너무 빠르게 여행한 것처럼 보였다.

어쩌면 얼굴에 눈부신 빛이 내리쬐어 그럴 수도 있겠지만, 피부가 칙칙하고 거칠어 보였다. 그녀의 두상, 광대뼈와 턱선, 입매에는 다른 요소를 중요하지 않게 만드는 그런 아름다움이 있었다.

그녀는 어딘가 쓸쓸한 우아함이 풍겨 나오는 자세로 콘크리트 현관에 서 있었다. 피터가 달려가서 그녀의 어깨에 팔을 두르려 했다. 그녀는 몸을 빼냈다.

"여기 오지 말라고 했잖아."

"그거 비명이었지? 그놈이 널 때렸어?"

"바보 같은 소리 마. 쥐를 봤어." 그녀는 활기 없는 눈을 나에게 돌렸다. "누구세요?"

"아처라고 합니다. 마텔 씨 계신가요?"

"죄송하지만 댁에겐 아니에요."

"아무튼 제가 왔다고 말씀 좀 전해 주시죠. 그저 얘기할 기회만 주셨으면 합니다."

그녀는 피터에게 말했다.

"제발 그냥 가. 친구분도 데리고. 이렇게 우리에게 간섭할 권리 없잖아." 그녀는 약간의 분노를 간신히 끌어올렸다. "당장 꺼지지 않으면 너하고 다시는 말도 안 해."

피터의 커다란 얼굴이 불빛 속에 구겨졌다. 마치 그저 표정으로 그 못생김을 변화시킬 수 있기라도 한 듯이.

"상관없어, 지니, 너만 안전하다면야."

"나는 남편하고 같이 있으니 더없이 안전해."

그녀는 그렇게 말하고는 피터의 놀라는 반응을 얌전히 기다렸다.

"그 사람과 결혼했어?"

"토요일에 결혼했고 내 평생 이렇게 행복했던 적이 없어."

그녀는 겉으로는 전혀 행복한 기색 없이 말했다.

"결혼 무효시킬 수 있어."

"이해 못 하는 모양이네, 난 남편을 사랑해." 그녀의 목소리는 부드러웠지만 그 말에 깃든 가시에 그는 움츠러들었다. "프란시스는 내가 꿈꿔 온 모든 것을 갖춘 남자야. 네가 어떻게 바꿀 수 없는 일이고, 제발 이제 그만해."

"고마워, 마 셰리(자기)."

억양이 완전히 살아난 마텔이었다. 나설 타이밍을 노리며 듣고 있었던 게 분명했다. 그는 지니 뒤의 복도에서 나타나 그녀의 팔뚝을 잡았다. 그녀의 회색 옷소매와 대비된 그의 손은 장례식 상장(喪章)만큼이나 검어 보였다.

피터는 입술을 깨물기 시작했다. 나는 그에게 다가섰다. 프랑스 귀족이든 싸구려 사기꾼이든 그 두 가지가 뒤섞인 것이든 간에, 지니의 남편은 주먹을 휘두르기엔 위험한 상대였다.

"결혼 축하드립니다." 나는 냉소 없이 말했다.

그는 가슴에 손을 대고 꾸벅 절했다.

"메르시 보쿠(고맙습니다)."

"결혼은 어디서 하셨습니까?"

"재판소에서 판사 본인이 식을 올려 주었지요. 그러면 법적으로 인정받는 걸로 압니다."

"제 말은 장소 얘깁니다."

"장소는 중요하지 않아요. 인생에는 사적인 순간들이 있고, 솔직히 말하자면 나는 사생활을 중시합니다. 내 사랑하는 아내도 마찬가지고." 마텔은 그녀의 얼굴을 내려다보며 미소 지었다. 나를 올려다볼 때 그의 미소는 바뀌어 있었다. 함박 웃으며 조롱하고 있었다. "오늘 수영장에서 만나지 않았던가요?"

"그렇습니다."

"이 남자 전에도 여기 왔었어." 지니가 말했다. "그 사람이 당신 사진을 찍으려고 했을 때. 그 사람 차에 타고 있는 거 봤어."

마텔이 아내를 빙 돌아서 나에게로 다가왔다. 나는 그의 작은 권총이 등장할지 궁금했다. 또한 콘크리트 바닥에 흔적을 남긴 시커먼 액체가 뭘까 궁금했다. 그게 마텔의 오른쪽 구두 뒤꿈치에서 번들거리고 있었다.

"누구시죠, 무슈? 그리고 무슨 권리로 묻고 다니는 겁니까?"

나는 그에게 이름을 말했다.

"전 탐정입니다, 그런 질문을 하라고 고용되었고요."

"여기 이 사람이 고용했고요?"

그는 피터에게 경멸의 표정을 보였다.

"맞아요." 피터가 말했다. "그리고 당신이 원하는 걸 알아낼 때까지 추적할 겁니다."

"하지만 나는 원하는 걸 가졌는데."

마텔은 팔을 뻗으며 지니에게로 돌아섰다. 꼭 오페라의 한 장면 같았다. 웅장하기보단 가벼운 장면. 다음 순간 명랑한 마을 사람들이 결혼 축하 댄스를 위해 무리지어 나올 듯했다.

나는 그들을 막기 위해 말했다.

"지금 당장 관심 가는 질문은 이겁니다. 구두에 묻은 건 피인가요?"

마텔은 자기 발을 내려다보고는 얼른 다시 나를 쳐다보았다.

"피일 겁니다."

마치 공작 울음소리가 목에 치밀어 오르기라도 하는 듯 지니의 모아 쥔 양손이 입가로 올라갔다. 마텔은 조용히 사근사근하게 말했다.

"아내가 쥐를 보고 놀랐어요, 아까 본인이 말했다시피." 그는 듣고 있었던 것이다. "내가 죽였지요."

"밟아서요?"

"네." 그는 아스팔트 바닥을 쿵 하고 내리찍었다. "펜싱을 해서 발이 아주 재빠르거든요."

"그러시겠죠. 그 쥐를 볼 수 있을까요?"

"찾기 힘들걸요, 아마 불가능할 듯합니다. 살쾡이들 준다고 수풀에다 던져 버렸으니. 여기 언덕에는 야생 동물들이 살거든요, 안 그래, 마 셰리?"

지니는 손을 떨구고 그렇다고 말했다. 그녀는 존경과 두려움이 뒤섞인 표정으로 마텔을 쳐다보고 있었다. 어쩌면 저것도 사랑의 한 형태일 수도 있겠지만, 평범하진 않다고 나는 생각했다. 그의 목소리가 다시 정적을 메웠다.

"아내와 나는 야생 동물을 아주 좋아합니다."

"하지만 쥐는 아니군요."

"네. 쥐는 아니죠." 그는 차가운 웃음을 지어 보였다. 그 입매 위로 눈과 강인한 코는 나를 찔러보는 듯했다. "이제 가 주실 수 있을까요, 아처 씨? 이제까지 당신과 그 질문들을 꽤 참고 들어 드렸으니. 그리고 부디 이쪽도 데리고 가시죠."

그는 마치 그 뚱뚱한 젊은이가 사람 축에도 못 낀다는 듯이 피터 쪽을 턱짓으로 가리켰다.

피터가 말했다.

"그 다섯 가지 문제 내 봐요."

마텔이 눈썹을 치켜세웠다.

"다섯 가지 문제? 나에 관해서?"

"직접적으로는 아닙니다."

이제 질문을 할 때가 되자, 그 질문이 유치하고 심지어 우스꽝스럽게 느껴졌다. 가벼운 오페라적인 균형을 이루고 있던 상황 분위기가 오페라 부파(희가극)로 흘러가고 있었다. 계곡이라는 원형 극장으로 둘러싸인 마당은 현실적인 일이 벌어질 수 없는 무대 같았다.

나는 마지못해 말했다.

"프랑스 문화에 대한 문제입니다. 교육받은 프랑스인이라면 답할 수 있을 거라고 들었어요."

"그리고 내가 교육받은 프랑스인이라는 게 의심스러우시다?"

"증명하고 그 문제를 종결지을 기회가 생긴 거죠. 한번 풀어 보시겠습니까?"

그는 어깨를 으쓱했다.

"푸쿠아 파? 왜 아니겠어요?"

나는 종이 두 장을 꺼냈다.

"일. 『위험한 관계(*Les Liaisons dangereuses*)』의 원작을 쓴 사람은 누구이며 현대 영화를 만든 사람은 누구인가?"

"레 리아종 당주르주." 그는 천천히 말하며 나의 발음을 바로잡았다. "쇼데를로 드 라클로가 소설을 썼죠. 로제 바딤이 영화판을 만들었고. 내 기억에 바딤은 로제 발랑과 협력해서 각본을 썼죠. 이거면 충분합니까, 아니면 줄거리를 알려 드려요? 꽤나 복잡한데, 악마적인 성적 음모와 순수를 파멸시키는 내용이죠."

그의 목소리는 냉소적이었다.

"그건 지금 굳이 할 필요 없습니다. 문제 이. 문장을 완성하라. '이포크리트 렉퇴르……'"

"'이포크리트 렉퇴르, 몽 셍블라블, 몽 프레르.' 위선자인 독자여, 내 형제, 내…… 코망 타 디르(뭐라고 말하지)? 복제?"

그가 지니에게 물었다.

"동류." 그녀가 반쯤 미소 지으며 말했다. "『악의 꽃』의 첫 번째 시네요."

"원하신다면 몇 편 암송할 수 있는데." 마텔이 말했다.

"그럴 필요는 없습니다. 삼. 드레퓌스가 유죄라고 믿었던 위대한 프랑스 화가는 누구인가."

"드가가 가장 유명하죠."

"사. 데카르트는 신체의 어느 부위에 영혼이 자리하고 있다고 했는가?"

"송과선." 마텔이 미소 지었다. "그건 좀 애매한 부분이지만, 우연하게도 난 평생 매일같이 데카르트를 읽어 왔거든요."

"오. 장 주네를 석방시키는 데 큰 공헌을 한 사람은 누구인가?"

"장 폴 사르트르 얘기겠군요. 콕토와 다른 이들도 구출에 한몫했죠. 이게 다입니까?"

"그게 다입니다. 100점 맞으셨군요."

"이제 상 주는 셈 치고 사라지시죠?"

"한 가지만 더 대답해 주시죠, 이렇게 잘 답해 주셨으니. 당신은 누구고 여기서 뭘 하는 겁니까?"

그의 얼굴이 굳어졌다.

"그걸 말씀드릴 의무가 없습니다."

"소문을 불식시키고 싶으시리라 생각했는데요."

"소문 따위 신경 안 씁니다."

"하지만 당신 혼자만 관련된 게 아니잖습니까, 이제 이 지역 아가씨와 결혼했으니."

그는 내가 말하고자 하는 바를 깨달았다.

"좋아요. 교환 조건으로 여기 있는 이유를 말해 주죠. 내 사진을 찍으려고 한 사람이 누군지 알려 줘요."

"이름은 해리 헨드릭스입니다. 샌프란시스코 밸리에서 온 중고차 세일즈맨이고요."

마텔이 혼란스러운 눈을 했다.

"전혀 들어 보지 못한 사람인데. 왜 내 사진을 찍으려 했답니까?"

"누가 돈을 주고 시켰겠죠. 누군지는 말 안 했습니다."

"짐작이 가는군요." 마텔이 험악하게 말했다. "분명히 르 그랑 샤를의 첩보원들에게 돈을 받았을 겁니다."

"누구요?"

"드골 대통령, 내 적이오. 그 사람이 나를 파트리…… 조국에서 몰아냈어요. 하지만 내 출국으로 만족하지 못했죠. 내 목숨을 노리는 겁니다."

그의 목소리는 낮고 긴박감이 넘쳤다. 지니가 몸서리를 쳤다. 피터조차도 감명받은 눈치였다.

나는 말했다.

"드골과 무엇 때문에 적대하게 된 겁니까?"

"내가 그의 권력에 위협이 되니까요."

"알제리-프랑세즈(프랑스령 알제리. 식민 통치 기간 중 프랑스인들이 썼던 명칭 — 옮긴이) 일당의 일원입니까?"

"우린 일당이 아닙니다." 그는 발끈 받아쳤다. "우리는…… 그 뭐라고 하더라? 애국자 단체라고요. 조국의 적은 르 그랑 샤를입니다. 하지만 이미 많이 말했어요. 지나치게. 만약 내 생각대로 그의 첩보원들이 여기까지 나를 따라왔다면, 다시 떠나야죠."

그는 체념하듯이 어깨를 으쓱하고, 어두운 언덕 자락을 둘러보고 별이 빛나는 하늘을 올려다보았다. 의식적으로 극적 효과를 노린 작별의 눈길로, 마치 별들이 그의 관객들이라도 되는 듯했다.

지니가 그의 품 안으로 들어왔다.

"나도 같이 갈 거야."

"물론이지. 몬테비스타에서 지내지 못할 줄 알았어. 너무 아름답 거든. 하지만 그 아름다움의 일부는 내가 데려가야지."

그는 지니의 머리칼에 키스했다. 그녀의 머리는 옅은 비단 쓰개처럼 두상을 매끄럽게 감싸고 있었다. 그녀는 그에게 기댔다. 그의 손이 그녀의 허리로 향했다. 피터가 신음하며 내 차 쪽으로 돌아섰다.

"이제 실례가 되지 않는다면, 우리는 계획을 세워야 해서요. 질문에 다 답해 드렸죠?" 마텔이 내게 말했다.

"확실히 해 두는 차원에서, 여권을 보여 주실 수 있겠죠."

그는 지니 양옆으로 손을 벌렸다.

"그러면 좋겠지만 안 되겠군요. 비공식적으로 프랑스를 떠나서 말이죠."

"돈은 어떻게 가지고 나왔습니까?"

"많이 두고 나올 수밖에 없었죠. 하지만 우리 가족은 세계 다른 지역에도 재산이 있으니까요."

"마텔은 실제 성입니까?"

그는 손 들라는 명령을 받은 사람처럼 손바닥을 앞으로 해서 양손을 들어 보였다.

"아내와 나는 많이 참아 드렸습니다. 내가 안 참는 걸 바라진 않으시겠죠. 안녕히 가십시오."

조용한 목소리였지만, 그 말 뒤에는 그의 모든 힘이 도사리고 있었다.

그들은 집으로 들어갔고 무거운 현관문이 닫혔다. 차로 가는 길에 나는 벤틀리 앞을 들여다보았다. 차량등록증은 보이지 않았다. 마텔이 카바나에서 실어 온 물건들이 뒷좌석에 마구 쌓여 있었다. 그가 곧 떠날 계획인 것으로 여겨졌다.

내가 할 수 있는 일은 아무것도 없었다. 나는 피터 옆자리의 운전석에 올라타서 진입로를 내려갔다. 그는 고개를 숙인 채 아무 말이 없었다. 내가 우편함 앞에 차를 세우자, 그는 나를 향해 몸을 휙 돌렸다.

"그 사람 말을 믿으세요?"

"모르겠습니다. 당신은?"

"지니는 그 남자를 믿어요." 그는 생각에 잠겨 말했다. "지니는 우리보다 그 사람을 잘 알아요. 아주 그럴싸한 거죠."

"너무 그럴싸해요. 문제를 다 맞혔습니다."

"그럼 사실을 말한다는 뜻 아닌가요?"

"너무 말이 많아요. 그런 입장에 있는 사람이라면, 드골에 대한 적대 행위 계획으로 프랑스 정부에게 쫓긴다면, 우리에게 자기 비밀을 털어놓지 않겠죠. 똑똑하다면 자기 아내에게도 말하지 않을 겁니다. 그리고 마텔은 똑똑하죠."

"교수님 문제에 답하는 걸 보니 그건 알겠어요. 만약 거짓말을 하는 거라면 뭘까요? 누구를 속이려는 거죠?"

"지니겠죠, 아마. 그와 결혼했잖습니까."

피터는 한숨을 내쉬었다.

"배고프네요. 아침 이후로 정말 아무것도 못 먹었어요."

그는 내 차에서 내려 그의 코르벳이 주차된 도로 건너편으로 걸어가기 시작했다. 그의 발에 뭔가 채여 둔중한 금속성 소리를 냈다.

나는 어둠 속을 내다보았다. 마텔이 망가뜨린 그 카메라였다. 나는 차에서 내려 그걸 주워 재킷 주머니에 넣었다.

"뭐 하세요?" 피터가 물었다.

"아무것도. 그냥 둘러봤습니다."

"방금 생각났는데, 오늘 클럽에서 디너가 나와요. 저녁 같이 드시겠다면 어떻게 할지 같이 상의해 볼 수 있겠네요."

나는 음울한 그와 같이 있는 것에 조금 질려 가고 있었다. 하지만 나도 배가 고팠다.

"거기서 봅시다."

9장

나는 가는 도중에 좀 지체되었다. 마텔의 진입로에서 400미터쯤 떨어진 도로에서 어둠 속 참나무 아래 세워져 있는 차가 있었다. 그 윤곽선이 해리 헨드릭스의 캐딜락과 닮아서, 좀 더 살펴보려고 손전등을 들고 내렸더니 그 차가 맞았다.

부식된 캐딜락 안에는 아무도 없었고, 차량등록증도 없었으며, 글러브 박스에는 캐딜락만큼이나 오래되고 고물인 로스앤젤레스 국도 지도 외엔 아무것도 없었다. 해리는 아마 자기가 일하는 중고차 판매소에서 차를 빌려왔을 것이다.

나는 후드를 열고 엔진을 만져 보았다. 따뜻했다. 마텔 집 주변 수풀을 돌아다니는 해리를 상상할 수 있었다. 그를 기다릴까 생각했지만 위장이 거부했다. 이따가 브레이크워터 호텔에서 그를 확인할 수 있을 것이다.

나는 저녁식사 전 백쇼 부인을 방문했다. 인적 없는 테니스 코트 옆에 주차하고 유칼립투스 나무 아래 짙은 어둠을 뚫고 그녀의 독채로 향했다. 문가에 나타난 그녀는 뻣뻣하고 바스락거리는 드레스 차림이었고 메마른 가슴팍에는 진주 목걸이가 차갑게 걸려 있었다.

"막 나가려던 참이었어요. 하지만 당신 제안대로 전화를 해 봤죠." 그녀는 속상해 보였다. 루즈를 발랐는데도, 혹은 그 때문인지 더 나이 먹어 보였다. 내 눈을 제대로 마주치지 못한 채 그녀가 말했다. "조지타운 친구들이 프란시스 마텔을 모른다네요, 최소한 그 이름으로는. 이해가 안 돼요. 그 사람 그렇게 열성적으로 친근하게 그쪽 친구들에 대해 얘기했는데. 그 사람들 집을 전부 알고 있었다고요."

"그 집에서 일하는 사람한테서 정보를 얻었을 수도 있죠."

"하지만 그는 워싱턴을 알고 있었어요. 그걸 내가 착각할 리 없어요. 그리고 난 그가 플림솔 가족을, 그러니까 조지타운 친구들을 안다고 확신해요. 어쩌면 프란시스 마텔이 아니라 다른 이름으로 알고 지냈을 수도 있겠네요."

"그것도 가능하죠. 그분들에게 그의 외모를 설명하셨습니까?"

"플림솔 대령하고 통화했는데, 네, 그 사람에 대해 설명하려고 해 보긴 했어요. 그런데 사람 외모를 묘사한다는 게 아주 어렵더라고요, 특히 그런 라틴계는 내겐 다 비슷해 보이거든요. 대령이 혹시 마텔의 사진을 보내 줄 수 있느냐는데……?"

"죄송합니다, 가진 사진이 없어서요."

"그럼 나로선 달리 뭘 어쩔 수가 없네요." 그녀의 목소리는 사과조였지만 그 아래 깔린 원치 않는 죄책감에 거의 따지는 듯 들렸다.

"그 사람이나 파블론 양에 대한 책임을 내가 질 순 없어요. 이런 세상에선 제 앞가림은 스스로 해야 하는 법이죠."

"그래도 나이 든 사람들은 젊은 사람들을 보살피려 하지요."

"난 내 가족을 직접 보살폈어요." 그녀가 날카롭게 말했다. "가끔은 말로 표현하기도 망설여지는 그런 환경에서. 만약 버지니아가 남자 선택을 잘못했다면 놀랄 일도 아니네요. 제일 예민한 나이일 때 아버지가 그런 일을 저질렀으니. 그리고 살아생전에도 로이 파블론은 쓸 만한 사람이 아니었어요." 그녀는 곱슬머리를 흔들었다. "난 이제 저녁식사 가 봐야 해요. 양해해 주세요."

그 말에는 이중의 뜻이 있었다. 양해. 용서.

나는 수영장을 빙 돌아 클럽 메인 건물로 향했다. 비싸 보이는 사람들 한 무리가 내 앞에 가고 있었다. 프런트에서 엘라 스트롬이 그 사람들을 하나하나 이름을 불러 가며 맞이했다. 하지만 약간 초연해 보였고, 의식적으로 거리를 두는 것 같았다.

"그러고 있으니 마치 고대의 처녀사제같이 보이는군요."

"전 두 번 결혼했어요." 그녀가 건조하게 말했다. "제이미슨 씨가 식당에서 기다리고 계세요."

"기다리라고 하죠. 나는 딱 한 번 결혼했는데."

"미국 여성에 대한 의무를 다하지 않고 계시네요."

그녀는 눈까지는 미치지 못하는 미소를 지으며 말했다.

"결혼 생활을 좋아하지 않았던 것 같군요."

"결혼 생활 자체는 괜찮아요, 문제는 결혼 상대였죠. 제가 모성적이라든가 뭐 그렇게 보이나요?"

"아뇨."

"아무래도 그렇게 보이나 봐요. 제가 아주 특이한 타입들을 끌어들이나 보죠. 남편 둘 다 특이한 타입이었거든요. 순전한 우연일 리는 없죠. 특이한 타입이 그렇게 많진 않으니까요."

"아뇨, 많아요. 특이한 타입 얘기가 나와서 말인데, 마텔 씨에 대해선 어떻게 생각합니까?"

"전 별 생각 없어요. 늘 예의 바르게 대해 주시죠." 그녀는 광을 낸 검은 책상 위에 양손을 올려 쫙 펼친 열 손가락 끝을 마주 댔다. "스톨 씨에게 물어보지 그래요? 그분하고 언쟁이 있으셨을 거예요."

"스톨 씨가 누굽니까?"

"클럽 매니저요."

나는 리셉션 데스크 뒤의 사무실에서 그를 찾았다. 호두나무 벽에는 파티와 테니스 경기 그리고 다른 스포츠 이벤트 사진들이 걸려 있었다. 스톨은 그런 행사에 참가하지 않는 사람처럼 보였다. 차가운 눈을 한 잘생긴 40대 남자로, 과하게 차려입었으며 남의 비위를 맞추는 사람 특유의 유함과 공감력 부족이 느껴졌다. 책상에 놓인 명패에는 '매니저 레토 스톨'이라고 쓰여 있었다.

내가 제이미슨 집안 의뢰로 일하고 있다고 말하자 그는 상당히 사근사근해졌다.

"앉으시죠, 아처 씨." 희미한 독일어 억양이 있었다. "뭘 도와 드릴까요?"

나는 책상 맞은편에 그를 마주하고 앉았다.

"스트롬 부인 말로는 마텔과 마찰이 있으셨다고요."

"네, 약간. 하지만 예전 일입니다. 지나간 건 흘려보내야죠, 특히 마텔 씨가 떠나시는 마당이니."

"당신과의 마찰 때문에 떠나는 겁니까?"

"부분적으론 그럴 겁니다. 그 일로 나가 달라 요청하진 않았어요. 한편으론 그 사람이 드디어 떠나겠다는 의사를 밝혔을 때 군이 만류하지도 않았지요. 오늘 그가 열쇠를 반납하고 비용 정산을 마쳤을 때는 한숨 돌렸죠."

스트롤은 잘 관리받은 손을 더블브레스트 조끼 앞에 펼쳤다.

"왜요?"

"성미가 워낙 화산 같아서요. 언제 터질지 모르는. 우리는 클럽 분위기를 화기애애하게 유지하고 싶습니다."

"그 사람과의 마찰에 대해 말씀해 주시죠. 중요할 수도 있습니다. 무슨 짓을 했나요?"

"저한테 죽여 버리겠다고 했지요. 처음부터 다 듣고 싶으십니까?"

"부탁드립니다."

"몇 주 전에 있었던 일입니다. 마텔 씨가 자기 카바나로 음료수를 배달시켰죠. 압생트 술. 바 직원이 바빠서 제가 직접 가지고 갔습니다. 가끔은 특별 서비스로 그렇게 해 드려요. 파블론 양이 같이 있더군요. 둘이 프랑스어로 얘기하고 있었습니다. 프랑스어가 제 모국어 중 하나다 보니 스크린 뒤에서 머뭇거리다 좀 들었지요. 의식적으로 엿들은 건 아닙니다." 스톨은 고고하게 천장으로 시선을 올렸다. "하지만 그는 제가 염탐하고 있었다고 생각한 모양입니다. 덤벼들어 공격하더라고요."

"주먹으로?"

"검으로요." 그의 손이 배로 내려갔다. "대나무 지팡이에 검을 숨겨 갖고 있더군요."

"그 지팡이 봤습니다. 그걸로 진짜 찔렀나요?"

"제 몸에 검 끝을 겨누었죠." 스톨은 줄무늬 바지 아래 소중한 똥배를 어루만졌다. "다행히 파블론 양이 진정시키자 사과했습니다. 하지만 다시는 클럽에서 그 사람과 있을 때 마음을 놓지 못하겠더라고요."

"그 사람들 무슨 얘기를 하고 있었던가요?"

"얘기는 그가 다 하고 있었죠. 무슨 신비주의처럼 들리던데요. 생각이 라 수르스 드 투, 즉 만물의 근원이라고 믿었던 어느 철학자에 대해 얘기하고 있었습니다." 그의 생각은 두 언어 사이를 오가고 있었다. "하지만 마텔 씨는 그 철학을 잘못 얘기하고 있었어요. 실재는 두 사람이 함께 생각하기 전에는 존재로 이어지지 않죠. 그러므로 만물의 근원은 사랑이죠." 스톨의 입가가 아래로 처졌다. "제게는 이해가 안 되더군요."

"그녀는 이해하던가요?"

"당연히요. 그는 그녀와 사랑을 나누고 있었죠. 그게 요점입니다. 한창 중에 제가 방해해서 화가 난 겁니다. 그 일을 돌이켜 보면 그 사람은 정신 질환이 있는 게 확실해요. 보통 사람들은 그런 사소한 일에 그렇게 흥분하지 않죠." 그는 주먹을 별로 세지 않게 쥐었다. "그때 그 자리에서 게스트 회원권 반납을 요청해야 했어요."

"안 그러신 게 놀랍군요."

그는 약간 얼굴을 붉혔다.

"어, 그게, 백쇼 부인의 손님이니까요. 부인은 오래된 회원이시고, 이제 제 옆 독채로 이사 오셨으니 기분 상하게 하고 싶지 않았습니다. 저의 본질적인 역할은 완충재 같은 거라고 여기고 있으니까요."

여관 주인의 신이 머리 위에 있기라도 한 양, 그는 다시금 천장으로 눈길을 올렸다. "우리 회원분들이 불쾌한 일을 겪지 않도록 막아 드리려 노력하고 있지요."

"분명 아주 유능하시겠죠."

그는 고개 숙여 절하며 칭찬을 받아들였다.

"고맙습니다, 아처 씨. 테니스 클럽은 업계에서 우수한 클럽 중 한 곳으로 알려져 있지요. 제 인생에서 10년을 이곳에 바쳤고, 취리히와 로잔의 호텔 학교에서 훈련을 받았습니다."

"프랑스어가 모국어 중 하나라고 하신 건 무슨 뜻입니까?"

그는 미소 지었다.

"제 모국어는 네 가지입니다, 프랑스어와 독일어하고 이탈리아어와 로망슈어. 스위스의 로망슈어 사용 지역인 실바플라나 출신이거든요." 그는 지명을 굴려 발음했다.

"마텔은 어디 출신입니까, 스톨 씨?"

"저도 그 점이 궁금했습니다. 본인은 파리 사람이라 했다고 백쇼 부인이 말씀해 주시더군요. 하지만 얼마 안 되지만 제가 듣기엔 그 사람이 하는 프랑스어는 파리 프랑스어가 아닙니다. 지방색이 강하고, 너무 딱딱해요. 아마 캐나다나 남미겠지요. 잘 모르겠습니다. 제가 언어학자는 아니니까요."

"거의 그 수준이신데요." 나는 부추기듯 말했다. "그럼 그가 캐나다인이나 남미 사람일 거라 생각하십니까?"

"그냥 짐작이죠. 캐나다나 남미 프랑스어를 잘 알지는 못해서. 하지만 마텔이 파리 사람이 아니라는 건 상당히 확실합니다."

나는 스톨에게 감사 인사를 했다. 그는 나가는 나에게 꾸벅 절했다.

그의 사무실 바깥 벽에 붙은 알림판이 눈에 들어왔다. 파티에서 춤추는 사람들의 사진이 코르크판에 핀으로 꽂혀 있었다. 그 아래에는 천국의 입구에 연옥이 있음을 상기시키듯 타자로 친 회원비 연체자 일곱 명의 명단이 걸려 있었다. 로이 파블론의 부인이 그중 하나였다.

나는 엘라에게 그 얘기를 꺼냈다.

"네, 파블론 부인은 최근 형편이 어려우시죠. 투자 몇 가지가 잘 못되었다고 저한테 말씀하셨어요. 부인 이름을 거기 올리긴 싫었지만 규칙이라서요."

"덕분에 흥미로운 의문이 생기는군요. 버지니아 파블론이 마텔의 돈을 노리고 그런다고 생각해요?"

그녀는 고개를 저었다.

"말이 안 되죠. 피터 제이미슨과 결혼할 예정이었는걸요. 제이미슨 집안은 마텔 씨가 꿈꿀 수 있는 재산의 열 배는 갖고 있는데요."

"어떻게 아는 겁니까?"

"돈 있는 사람과 없는 사람, 그리고 가진 지 꽤 된 사람과 아닌 사람은 보면 알아요. 제 의견을 말하자면 마텔 씨는 누보 리쉬(신흥 부자 ─ 옮긴이)고, 부자보다는 신흥 쪽이죠. 이곳이 자기 있을 곳이 아니라 느끼고, 만취한 선원처럼 돈을 써 대는데 그래 봐야 별 도움이 안 돼요."

"덕분에 지니를 얻은 걸 제외하면. 주말에 둘이 결혼했답니다."

"불쌍한 지니."

"왜 그렇게 말하죠?"

"일반론이죠. 제이미슨 씨가 오래 기다리셨어요. 그분을 위해 일하시는 거죠?"

"네."

"그리고 사설탐정이시고, 맞죠?"

"맞습니다. 내 의뢰인에 대해선 어떻게 생각해요?"

"예전에 읽은 글이 떠올라요. 모든 뚱뚱한 남자의 내면에는 나가게 해 달라 울고 있는 마른 남자가 있다는 얘기. 다만 피터는 아직 아이라, 상황이 더 나쁘죠." 그녀는 상념에 잠겨 덧붙였다. "남자가 될 징조가 보이는 거 같긴 해요."

"두고 봐야죠." 나는 알림판 쪽을 엄지로 쓱 가리켰다. "벽에 사진이 몇 장 붙어 있던데요. 클럽에 정식 사진사가 있습니까?"

"파트타임으로 일하는 사람이 하나 있어요. 왜요?"

"혹시 마텔의 사진을 찍었을까 하고요."

"아닐 거 같은데요. 사진사에게 확인해 드릴 순 있어요. 그런데 오늘 밤은 에릭이 안 나왔어요."

"연락해 줘요. 시간 비용은 내가 대겠다고."

"해 볼게요."

"해 본다보다는 좀 더 애써 줘요. 마텔의 신원에 의문점이 있고, 혹시 사진이 있다면 그게 필요합니다."

"해 본다고 말씀드렸잖아요."

그녀는 식당을 안내해 주었다. 사실 방 두 개를 연결한 곳으로, 그중 하나는 광을 낸 댄스 플로어였다. 단상 위에 있는 소규모 오케스트라는 잠시 연주를 멈추고 있었다. 다른 쪽 방에는 꽃과 은제 식기로 눈부시게 꾸민 테이블 서른 개 정도가 있었다. 피터는 창가 테이블에 앉아 깜깜한 바닷가를 우울하게 응시하고 있었다.

나를 보자 그는 반색하며 일어섰으나, 나보다는 식사를 반기는 것이었다. 하얀 모자를 쓴 남자들이 뷔페 스타일로 서빙했다. 음식을 보자 피터는 변신했고, 마치 지니를 향한 감상적인 열정이 다른 방향으로 전환된 것 같았다. 자기 몫으로 접시 두 개를 채웠고, 한 접시에는 샐러드 다섯 가지, 콜드 햄, 새우, 게살을, 그리고 다른 접시에는 로스트비프와 감자와 그레이비소스, 그리고 작은 녹색 콩을 담았다.

그가 어찌나 게걸스레 먹어 대는지 내가 훔쳐보는 사람이 된 기분이었다. 음식을 씹는 동안 그의 눈은 멍하게 고정되어 있었다. 땀이 그의 이마에 송글송글 돋았다.

그는 빵 조각으로 접시를 닦아선 그걸 먹었다. 그런 다음 상념에 잠겨 턱을 괴었다.

"디저트로 뭘 먹을지 못 정하겠네요."

"디저트는 필요 없을 텐데요."

그는 마치 내가 한 달간 빵과 물만 먹이겠다고 위협하기라도 한 듯이 쳐다보았다. 난 그에게 지옥으로 꺼지라고 말하고 싶은 기분이었다. 그가 먹는 모습을 보고 있자니 지니를 내 의뢰인에게 도로 데려다주는 게 잘하는 일일까 자문하게 되었다. 마텔은 최소한 남자였다. 어쩌면 엘라 말대로 피터에게서 남자가 될 징조가 보이는지도 모른다. 그러나 테이블에 앉아 있을 때면 그는 무언가 열등한 존재로, 그저 사람처럼 걸어 다닐 뿐인 식욕 그 자체로 변하고 말았다.

"초콜릿 에클레어하고 핫 퍼지 선데 중에서 뭘 먹을지 못 정하겠네요."

"둘 다 먹어요."

"하나도 재미없어요. 내 몸에는 연료가 필요하다고요."

"이미 여객선을 호놀룰루까지 띄우고도 남을 만큼 연료를 쟁였잖습니까."

그의 얼굴이 확 붉어졌다.

"내가 당신을 고용한 사람이고, 여기 내 손님으로 와 있다는 걸 잊은 모양이군요."

"그러네요. 하지만 성격과 음식에 대한 화제는 미뤄 두고 진짜 중요한 얘기를 합시다. 지니 얘기를 해 봐요."

"디저트 먹은 다음에요."

"그 전에요. 당신이 멍청해질 만큼 과식하기 전에."

"나한테 그런 식으로 말하면 안 되죠."

"누군가는 말해 줘야죠. 하지만 지금 그걸로 씨름하진 맙시다. 지니가 남자한테 반쯤 미치는 그런 여자인지 알고 싶습니다."

"전에는 그런 적 없어요."

"남자들과 많이 어울렸습니까?"

"거의 안 어울렸어요. 어울려도 주로 나하고였죠, 사실." 그는 다시 얼굴을 붉히며 내 눈길을 피했다. "말해 두자면 늘 이렇게 뚱뚱했던 건 아니에요. 지니와 나는 고등학교 때 커플 비슷한 거였어요. 하지만 그 후 오랫동안 지니가 어, 섹스나 포옹 같은 거에 관심이 없었죠. 그래도 여전히 친구였고 가끔 같이 여기저기 가긴 했지만, 더 이상 진정한 의미에서 커플은 아니었어요."

"무엇 때문에 지니가 바뀐 겁니까?"

"우선 책에 빠져들었죠. 지니는 대학에서 성적을 잘 받았어요. 난 아니었고." 그 사실이 마음에 걸리는 모양이었다. "하지만 주 원인은 아버지 일이에요."

"아버지의 자살?"

피터는 고개를 끄덕였다.

"지니는 아버지하고 아주 가까웠죠. 사실 최근에 겨우 아버지 죽음으로 인한 충격에서 벗어났죠."

"그게 얼마나 오래된 일입니까?"

"거의 7년요. 올가을이면 딱 7년째네요. 어느 날 밤 바닷가로 나가서 옷을 입은 채 걸어 들어가 자살했어요."

"이 바닷가?"

나는 창가를 향해 턱짓했다. 썰물이었다. 파도는 바닷가 한참 아래 반복되는 하얀 윤곽으로만 보일 뿐이었다.

"바로 여기는 아니고요. 여기서 800미터쯤 떨어진 곳에서 들어 갔죠." 피터는 저 멀리 항구의 불빛을 배경으로 어둡게 두드러진 곳을 가리켰다. "하지만 조류가 이쪽 방향으로 흐르고 있어서 시체는 바로 여기 바닷가에서 발견되었어요. 난 한동안 바다에 나가지 않았어요. 지니는 아마 다시는 나가지 않았을걸요. 지니는 수영장을 쓰죠. 아니, 썼어요."

그는 어깨를 웅크린 채 한동안 말없이 앉아 있었다.

"아처 씨, 마텔에 대해 뭔가 조치할 수 있는 게 없을까요? 둘이 정말 법적으로 결혼했는지 알아보거나?"

"분명히 했겠죠. 지니가 거짓말을 할 이유가 없잖습니까?"

"없죠. 하지만 그에게 홀려 있잖아요. 자연스러운 상황이 아니라는 거 직접 봤으니 아실 텐데요."

"그와 사랑에 빠져 있는 것 같더군요."

"그럴 리 없어요! 그가 지니를 데려가지 못하게 막아야 해요."

"뭘로요? 여긴 아직 자유 국가인데요."

피터는 테이블 위로 몸을 숙였다.

"그가 불법으로 입국했을 가능성은 고려해 봤어요? 자기 입으로 여권이 없다는데요."

"알아볼 만할 수도 있죠. 하지만 최악의 경우여도 기껏해야 추방일 겁니다. 그리고 지니는 아마 따라가겠죠."

"무슨 말인지 알겠어요. 상황이 악화될 뿐이겠군요."

그는 이중턱을 주먹으로 괴고 생각에 잠겼다. 바깥이나 바에서 사람들이 식당으로 들어와서 우리가 있는 쪽 자리가 차기 시작했다. 몇몇은 정장 차림이었고, 이따금 과거의 흔적처럼 다이아몬드나 루비가 손과 목에서 반짝였다. 나지막한 파도 소리가 대화와 음악에 묻혔다.

사람들은 창가에 엄습해 오는 어둠에 맞서 얘기하고 있는 것 같았다. 파블론과 그의 죽음이 아직도 나의 뇌리에 머물러 있었다.

"지니가 아버지를 아주 좋아했다고요?"

피터가 화들짝 놀라 상념에서 벗어났다.

"네. 그랬죠."

"그는 어떤 사람이었습니까?"

"흔히 스포츠맨이라고 하는 그런 분이었죠, 아마. 큰 동물 사냥과 낚시 그리고 요트와 폴로, 스포츠카와 비행기를 좋아했어요."

"그걸 다?"

"시기는 제각각이었죠. 한 가지 스포츠에 흥미를 잃고 다른 걸 시도하는 식으로. 무언가 전념할 수 있는 한 가지를 찾지 못하는

것 같았어요. 내가 고등학생일 때 한동안은 날 데리고 다녀 주셨
죠. 날 자기 비행기에 태워 주기까지 했어요." 피터의 눈이 추억에 잠
겨 흐려졌다. "그분은 한때 공군이었어요, 의가사제대하기 전까진."

"무슨 문제였습니까?"

"정확히는 몰라요. 훈련 비행 중 추락하는 바람에 아예 전쟁에
나가지 못했죠. 실망이 크셨어요. 약간 다리를 절었고요. 그게 온갖
스포츠에 손을 댄 이유 중 하나일 거 같네요."

"어떻게 생겼습니까?"

"잘생겼다고 말할 수 있겠죠. 짙은 머리에 짙은 눈이었고, 늘 피
부가 가무잡잡하게 그을려 있었어요. 지니는 색깔 면에선 어머니를
닮았고요. 하지만 왜 그 가족에 관심을 갖는지 모르겠네요. 무슨
의미가 있죠?"

"그녀를 이해해 보려고요. 왜 그렇게 마텔에게 급작스럽게 푹 빠
졌는지 이해하려는 겁니다. 그가 지니의 아버지와 닮았습니까?"

"조금은." 그는 마지못해 인정했다. "하지만 파블론 씨가 더 잘생
겼어요."

"그분이 부분적으로 프랑스계라고 했죠. 프랑스어를 할 줄 알았
습니까?"

"마음먹으면 할 수 있었을걸요. 한때 프랑스에 살았다고 했으니까."

"어디?"

"파리요. 그때 미술 공부를 시작했죠."

파블론이 어떤 사람이었는지 감이 오기 시작했다. 이런 계층에
는 꽤나 흔한 부류였다. 모든 것을 해 보았고 아무것도 성공하지 못
한 사람.

"그가 온갖 취미를 할 돈은 어디서 났습니까? 사업을 했어요?"

"파블론 씨는 다양한 사업에 손을 댔죠. 전쟁 직후 항공 운송 사업을 시작했어요. 문제는 플라잉 타이거 같은 항공사들과 경쟁 관계였단 거예요. 6개월 사이 5만 달러를 잃었다고 전에 저한테 그랬어요. 하지만 운영하면서 아주 재미있었다고 하더군요."

피터의 어조는 애잔하고 향수에 잠겨 있었다. 다른 시대, 다른 육체였다면 그는 죽은 그 남자처럼 살고 싶었을지도 모른다.

"그 재미의 대가는 누가 치렀죠?"

"파블론 부인이겠죠. 프록터(비누, 샴푸 등으로 유명한 다국적 기업 P&G(프록터 앤드 갬블)의 창립자 — 옮긴이) 가문 사람이었거든요." 그는 말을 멈추고 살짝 얼굴을 찌푸렸다. "방금 기억났어요. 아무 상관없을지도 모르지만, 흥미로운 거요." 그는 창가로 몸을 돌려 캄캄한 곳을 다시 가리켰다. "파블론 씨가 물에 뛰어든 그 바닷가는 프록터 가 소유였어요. 그 가문 사유지 일부였죠. 지니 어머니는 10년 전쯤 그 땅을 팔아야 했어요."

"파블론이 죽기 3년 전."

"맞아요. 지금까지 기다렸더라면 최소한 100만 달러는 벌었을 텐데. 하지만 껍값에 넘겼다고 들었어요, 파블론 씨 빚을 갚느라."

"누가 사들였습니까?"

"묘지 업체요. 아직 묘지를 짓지는 않았고요."

"기대되는군요."

피터는 나의 경솔한 말에 얼굴을 찌푸렸다. 1분 후 그는 테이블에서 일어나 식당을 빠져나갔다. 몇 분 후 입구에서 턱시도 차림의 키 큰 남자와 이야기하는 그를 보았다. 키 큰 남자가 고개를 움직이자 나는 그 강인한 턱선을 알아보았다. 파블론 부인과의 식사 중 나한테 방해받은 실베스터 선생이었다.

그는 바로 들어갔다. 피터는 디저트 테이블에 선 줄로 터덜터덜 걸어갔다. 그는 성찬을 받으려는 신도처럼 서 있었고, 눈은 파이와 케이크, 페이스트리 위를 꿈꾸듯 헤매고 있었다.

10장

나는 실베스터 선생을 따라 바로 들어갔다. 검은 수은처럼 움직이는 눈을 한 바텐더가 주문도 받지 않고 그에게 더블 스카치를 따라 주었다. 실베스터는 바텐더를 마르코라고 불렀다. 마르코는 붉은 조끼와 목깃이 길고 뾰족한 흰 셔츠, 휘날리는 검은 실크 넥타이 차림이었다.

나는 의사가 술을 반쯤 한번에 들이켤 때까지 기다렸다. 그런 다음 그의 옆자리 바 스툴 의자에 앉아 마르코가 다이키리를 만드는 모습을 지켜보았다.

실베스터는 네모나고 털이 부숭부숭한 양손으로 유리잔을 만지작거렸다. 손등 털은 머리털처럼 살짝 희끗희끗했다. 얼굴 골격이 도드라졌고 코 아래에서 입으로 이어지는 주름으로 더욱 강조되었다. 대화를 트기에 쉬운 남자 같지는 않아 보였다.

손에 뭐라도 들고 있으려고 나는 바 버번을 주문했다. 바텐더는 내 돈을 받지 않았다.

"죄송합니다, 현금은 받지 않아요. 회원이십니까?"

"피터 제이미슨의 손님인데요."

"그분 계산서에 올리겠습니다."

실베스터 선생이 몸을 돌리고 나를 향해 검은 눈썹을 치켜세웠다. 눈썹이 얼마나 분명하게 움직이는지 그의 주요 감각 기관처럼 여겨질 정도였고, 굳건하고 밝은 눈에서 시선을 빼앗아 갔다.

"제이미슨 아버지, 아니면 아들?"

"양쪽 다 압니다. 아까 아들 쪽과 얘기하시는 거 봤고요."

"그래서요?"

나는 그에게 내 이름과 직업을 밝혔다.

"피터가 전 약혼녀 일을 조사해 달라고 저에게 의뢰했습니다."

"당신 같은 사람이 어쩌다 여기 왔을까 궁금해하던 참이었지."

그는 딱히 나를 모욕하려는 건 아니었고, 그저 자신의 기준에서 내 위치를 알려 주는 것이었다. "아까 정오에 파블론 댁에서 보지 않았던가요?"

"네. 한때 버지니아 파블론을 직원으로 쓰셨다고 들었습니다."

"맞아요."

"그녀의 결혼에 대해 어떻게 생각하십니까?"

나는 그의 흥미를 끄는 데 성공했다.

"세상에, 지니가 그 친구와 결혼했다고요?"

"본인이 그렇게 말하더군요. 토요일에 결혼했답니다."

"지니와 얘기했어요?"

"한 시간쯤 전에요. 무슨 생각인지 짐작할 수 없더군요. 물론 상황이 정상적이지 않기도 하고요. 하지만 무슨 낭만적인 꿈속에 사는 사람 같았습니다."

"여자들 대부분이 그렇지." 그는 건조하게 말했다. "그 남자는 봤고요?"

"함께 그의 집에서 얘기했습니다."

"난 그 사람을 못 만나 봤어요. 물론 여기서 보기야 했지만, 멀찌감치. 그 사람 어떻게 생각해요?"

"아주 지적이고 교육 수준이 높으며, 기가 상당한 사람이죠. 버지니아를 좌지우지하다시피 하는 듯했습니다."

"오래가지 않을걸요. 당신은 그 아가씨를 몰라요. 지니도 상당히 세거든." 실베스터는 씁쓸하게 덧붙였다. "걔 아버지가 죽은 이후로 내가 아버지 노릇을 해 왔는데, 늘 쉬운 일은 아니었어요. 버지니아는 자기가 직접 결정하길 좋아해서."

"남자 관련해서요?"

"그 애 인생에는 남자라곤 없었어요, 최근까진. 그게 그 애의 문제 중 하나였지. 아버지의 죽음 이후로 일과 프랑스어 공부 외엔 아무것도 안 했어요. 인생이 로이에 대한 추모일 뿐이라고 생각할 정도로. 그러다가 몇 주 전에, 익히 짐작하겠지만 일이 터졌죠. 좀만 있으면 학위 딸 판에 공부를 내던지고, 눈이 뒤집혀 그 마텔을 쫓아간 겁니다."

"혹시 지니가 선생님의 환자입니까?"

"최근까지는 그랬죠. 솔직히 그 애의 진로가 현명한지에 대해 서로 의견이 달랐어요. 다른 의사에게 소개하는 게 최선이라고 생각했죠. 그건 왜요?"

"지니가 그런 감정적 위험을 무릅쓴다는 게 마음에 걸립니다. 자기가 마텔에게 푹 빠져 있다고 스스로 믿고 그 한 줄기 생각에 매달려 있죠. 만약 그 실오라기가 끊어지면 타격이 클 겁니다."

"나도 그렇게 설득하려 했어요. 그자가 가짜일까요?"

"최소한 어느 정도는 거짓말을 했어요. 워싱턴 인맥을 확인해 보니 맞지 않았습니다. 여기서 말씀드리진 않겠지만 다른 것들도 있고요."

쥐, 구두에 묻은 피, 해리 헨드릭스를 겨누던 그의 손에 들린 권총.

"내가 뭘 어쩌겠어요? 지니는 이를 악물고 밀어붙이고 있는데."

실베스터는 입을 다물더니, 술잔을 마저 비웠다.

"한 잔 더 하시겠습니까, 선생님?" 바텐더가 물었다.

"아니, 됐어, 마르코." 실베스터는 나를 돌아보고 말했다. "내가 20년간 진료를 하면서 배운 게 하나 있다면, 실수가 된다 해도 사람들이 스스로 결정하게 둬야 한단 거요. 얼마 지나지 않아 스스로 깨우치게 되거든. 폐기종 환자면 결국엔 담배를 끊고. 만성 알코올 중독자는 술을 끊고. 그리고 중증 낭만주의자 아가씨는 현실주의자로 변합니다. 여기 내 사랑하는 아내처럼."

만틸라(레이스나 실크 소재의, 머리와 어깨를 덮는 스페인 전통 베일 ― 옮긴이) 같은 것을 쓴 덩치 큰 여자가 우리 뒤에 와 섰다. 검은 레이스 너머 그녀의 가슴팍이 자개처럼 은은히 빛났다. 노란 머리칼을 위로 부풀려서 일어선 나와 키가 비슷했다. 그녀는 불만스러운 입을 하고 있었다.

"내가 뭐? 남자들이 내 얘기 하면 좋더라."

"당신이 현실주의자라고 말하던 참이었지, 오드리. 여자들이 낭만주의자로 시작해서 결국엔 현실주의자가 된다고."

"남자들이 그렇게 만드는 거지. 이게 내 다이키리야?"

"그래, 그리고 이쪽은 아처 씨야. 탐정이래."

"너무 근사하네요. 인생 이야기 좀 들려주세요."

"낭만주의자로 시작해서 현실주의자가 되었지요."

그녀는 웃음을 터트리고 술을 마셨다. 그들은 저녁식사를 하러 들어갔다. 다른 사람들 몇이 그 뒤를 따랐다.

한동안 바에 있는 사람은 나 하나뿐이었다. 마르코가 내게 한 잔 더 하겠냐고 물었다. 그는 마치 뭔가 마음에 걸리는 듯이 나를 뚫어지게 보고 있었다. 하지 못하고 담아 둔 말로 그의 입이 꿈틀거렸다. 나는 한 잔 더 하겠다고 말했다.

"제가 드리는 겁니다." 그는 술을 내주며 그렇게 말하곤, 자기 몫으로는 콜라 한 잔을 따랐다. "탐정이시라는 말이 귀에 들어오더라고요. 그리고 파블론 양에 대해서 하신 말씀도."

"아는 사이입니까?"

"오며 가며 봤죠. 그 아가씨는 술을 안 마시거든요. 제가 여기서 12년 넘게 일해서, 그 아버님을 압니다. 술은 마시지만 도가 지나치진 않았죠. 파블론 씨는 남자셨습니다. 마키즈모(스페인어로 '남자다움'이란 뜻 — 옮긴이)가 있으셨죠."

마르코는 붉은 입술을 오므려 그 단어를 음미했다.

"자살을 했다고 들었는데요." 나는 담담히 말했다.

"그럴지도요. 전 안 믿습니다."

그는 부숭부숭한 검은 머리를 내저었다.

"실수로 물에 빠졌다고요?"

"그런 뜻은 아닙니다."

"다른 가능성은 살인인데요."

"그런 말도 아니고요." 몸은 바 뒤의 자리에서 움직이지 않은 채, 그는 내게서 물러나 움츠러드는 것처럼 보였다. 그러더니 성호를 그었다. "살인은 아주 흉한 단어죠."

"현실은 더 흉하고요. 파블론 씨는 살해당했습니까?"

"어떤 사람들은 그렇게 생각했죠."

"누가요?"

"그분 부인요, 예를 들자면. 그분이 실종된 후 부인은 여기 클럽에서 살인이라고 소리치고 다녔지요. 그러다가 갑자기 뚝 그치더니, 그 부인에게서 들을 수 있는 건 시끄러운 침묵뿐이었죠."

"부인이 누군가 지목했습니까?"

"제가 알기론 아닙니다. 누구를 지목하진 않았죠."

"왜 주장을 바꿨을까요?"

"저도 알 리가 없지요. 아마 선생님 짐작이 더 나을 겁니다." 마르코는 그 화제가 불편한 것 같았다. 그가 화제를 바꾸었다. "하지만 제가 하고 싶던 얘기는 그게 아닙니다. 그 남자요. 자칭 마텔이라는 프랑스인 거물 말입니다."

"그 사람이 뭐가요?"

"전에 어디서 봤다는 기분이 들거든요." 그는 손가락을 좍 펼쳐 보였다. "아무튼 프랑스인이 아니란 건 확실합니다."

"그럼?"

"저와 같겠죠, 아마." 그는 마텔에게 더 모욕을 주기 위해 멍청한 얼굴을 하며 의도적으로 스스로를 깎아내렸다. "그냥 파이사노(이 탈리아어로 '같은 나라 사람'이란 뜻 — 옮긴이)요. 여기에 딱 한 번 왔는데, 저를 보더니 그 뒤로 다시는 안 오더라고요."

오케스트라가 연주를 시작했다. 사람들 몇이 식당에서 흘러들어 와 브랜디를 주문했다. 나는 춤추는 커플들을 피해 가며 피터 자리로 돌아갔다. 그의 앞에 놓인 디저트 접시는 희미한 초콜릿 자국 몇 개를 제외하면 깨끗이 비어 있었다. 그는 의기양양하면서 동시에 죄책감을 느끼는 모습이었다.

"가 버린 줄 알았어요."

"바에서 파블론 가족 지인들과 얘기하고 있었습니다."

"실베스터 선생님요?"

"그분도 그중 한 사람이죠."

"나도 그분과 얘기했어요. 겉으로는 딱딱한 척해도 지니를 걱정하고 계세요. 보면 알아요."

"우리 모두 그렇죠."

"마텔 집에 다시 가 보는 게 좋을까요?"

피터는 일어서려는 시늉을 했다.

"그에게 들이댈 만한 뭔가 확고한 걸 얻기 전엔 안 됩니다."

"어떤 거요?"

"그가 본인 주장과는 다른 사람이라는 실제 증거요. 지금 뭘 좀 진행해 보려고 합니다."

"그럼 난 뭘 하면 될까요?"

나가서 바닷가라도 뛰라는 말이 목구멍까지 치밀었다. 나는 말했다.

"기다려야 해요. 그리고 바라던 대로의 결과가 나오지 않을 수도 있으니 마음의 준비를 하는 게 좋겠습니다."

"뭔가 발견했어요?"

"확실한 건 없지만, 감이 와요. 이 일은 행복하게 시작되지 않았고 행복하게 끝나지도 않을 수 있습니다. 최소한 로이 파블론의 자살 추정 사건까지 거슬러 올라가는 것 같습니다."

"추정?"

"그를 알던 사람 중 최소한 한 명은 자살이라고 생각하지 않더군요. 그렇다면 누군가 죽였다는 의미가 되고."

"누가 그런 말을 했는지 몰라도 지어낸 소리예요."

"어쩌면요. 천주교인이고 로이 파블론을 존경한 사람이니, 그가 자살했다고 생각하고 싶지 않겠죠. 그런데 아버님이 재미있는 얘기를 해 주셨습니다."

"우리 아버지하고 얘기한 줄 몰랐는데요."

피터의 어조는 마치 내가 적에게 넘어가기라도 한 듯이 딱딱하고 의심에 차 있었다.

"오후에 당신을 찾으러 집에 갔습니다. 아버님이 로이 파블론의 시체가 상어에게 물어뜯겨 알아보지 못할 정도였다고 하시더군요. 얼굴이 어떤 상태였습니까?"

"내가 직접 보진 못했어요. 아버지가 보셨지. 나한테 보여 준 건 오버코트가 전부였죠."

"오버코트를 입고 물에 들어갔단 말입니까?"

"방수되는 그런 거에 가까웠어요."

그는 자기가 한 말을 깨닫고 그 아이러니에 얼굴을 찡그렸다.

그 사실이 내 머릿속에서 낚시 바늘처럼 훅 걸렸다. 본인의 투자 때문에 아내가 팔 수밖에 없었던 해안에서, 스포츠맨이 방수 코트 차림으로 바다에 걸어 들어갔다는 것은 상상하기 어려웠다. 아내와 딸에게 악의를 남겨 두고 떠날 의도였다면 모를까.

"그가 바다로 들어간 정확한 지점은 어떻게 안 겁니까?"

"지갑과 손목시계를 바닷가에 남겨 뒀어요. 지갑에는 신분증 말 고는 아무것도 없었지만, 시계는 파블론 부인이 선물했던 아주 좋 은 물건이었죠. 뒤에 부부의 이니셜이, 케이스에 뭔가 라틴어가 새 겨져 있었어요."

"유서는 없고요?"

"혹시 있었는지 몰라도, 난 못 들었어요. 그렇다고 그게 무슨 증거 가 되는 건 아니죠. 지역 경찰이 늘 유서를 공개하는 건 아니니까."

"몬테비스타에 자살이 많은 편입니까?"

"있을 만큼 있죠. 생활할 돈, 멋진 집, 그리고 날씨가 대개 괜찮다 해도 인생은 잘못될 수 있으니까요. 누굴 탓하겠어요?"

꼭 피터 본인 얘기를 하는 듯했다.

"로이 파블론이 그런 경우였습니까?"

"딱 그렇진 않아요. 문제가 있었죠. 내가 그 집 손님으로 갔을 때 들은 거라 말하지 말아야겠지만, 이제는 상관없겠죠." 그는 숨을 들이쉬었다. "그분이 파블론 부인에게 자살하겠다고 말하는 걸 들 었어요."

"사건 당일 밤?"

"하루나 이틀 정도 전에요. 그 집에서 저녁을 먹었는데, 두 분이 돈 문제로 말싸움을 하고 있었죠. 부인이 남편에게 돈이 없어서 이

108

제 더는 못 준다고 했어요."

"그는 무슨 일로 돈이 필요했습니까?"

"도박 빚이죠. 그분은 그걸 명예의 빚이라고 했어요. 갚지 못하면 자살해야 한다고 그랬죠."

"지니가 그 자리에 있었습니까?"

"네. 전부 다 들었어요. 우리 둘 다. 파블론 부부는 뭘 감추고 말고 하지 않는 지경이었거든요. 서로 우리를 자기편으로 끌어들이려 했죠."

"누가 이겼습니까?"

"아무도요. 다들 졌죠."

오케스트라가 다시 연주를 시작했고, 아치형 문을 통해 옆방에서 춤추는 사람들이 보였다. 대부분의 곡이 30~40년 전의 신곡이고, 대부분의 사람들이 그 시대 젊은이들이었다. 합쳐 놓으니 파티가 너무 오래 이어지는 바람에 음악과 사람들이 마치 거미가 먹어치운 후 껍질만 남은 곤충처럼 바스러질 듯 닳아 버린 듯한 인상을 주었다.

11장

엘라 스트롬이 댄스 플로어 구석을 가로질러 우리 테이블로 왔다.

"사진사를 불러 놨어요, 아처 씨. 사무실에서 기다리는 중이에요."

그는 구겨진 짙은 정장 차림의 마른 남자였다. 숱 많은 갈색 머리에 울퉁불퉁한 슬라브계 턱을 하고 있었고, 섬세해 보이는 눈은 뿔테 안경으로 보호하고 있었다. 엘라는 그를 에릭 말코브스키라고 소개했다.

"만나 뵈어 반갑습니다." 그는 그렇게 말했지만, 진심은 아니었다. 나와 사무실 문을 연달아 번갈아 흘끗거리고 있었다. "아내랑 오늘 필름 소사이어티 같이 가기로 약속해서요. 시즌권을 갖고 있거든요."

"비용은 드리겠습니다."

"그게 문제가 아닙니다. 아내를 실망시키고 싶지 않아요."

"이게 더 중요할 수 있습니다."

"저한텐 아닌데요." 그는 내게 말하고 있었지만, 실제 불만의 대상은 엘라였다. 그를 불러오기 위해 그녀가 압력을 행사한 모양이라고 나는 짐작했다. "아무튼 스트롬 부인에게 말씀드렸듯이, 저한텐 마텔 씨 사진이 없습니다. 다른 손님들한테 하듯 사진을 찍어 드리겠다 했는데, 그분이 싫다고 했어요. 상당히 강하게요."

"불쾌하게요?"

"그런 말은 아니고요. 하지만 확실히 사진 찍히는 걸 원치 않았어요. 그 사람 뭡니까, 유명인이나 그런 건가요?"

"그런 거죠."

속내를 드러내지 않으려는 내 태도에 짜증이 나서 그의 얼굴이 약간 붉어졌다.

"그 사람 사진을 요청한 사람이 또 있어서 물어본 것뿐입니다."

엘라가 말했다.

"그런 말 안 했잖아요."

"그럴 기회가 없었으니까요. 저녁 먹으러 집에 가기 직전에 마을에 있는 제 스튜디오에 웬 여자가 왔어요. 그 사람 사진 없다고 제가 그러니까, 돈 줄 테니 저더러 그 집에 가서 사진 좀 찍어 달랍디다. 마텔 씨 허락 없이는 그렇게 못 한다고 했죠. 그랬더니 화를 내고는 나가 버렸어요."

"자기 이름을 밝히진 않았겠죠?"

"아뇨, 하지만 설명할 수 있어요. 빨강머리에 키가 크고, 몸매가 훌륭해요. 나이는 서른쯤. 사실 전에 본 거 같은 기분이 들더라고요."

"어디서요?"

"여기 클럽에서요."

"나는 그런 여자 기억 안 나는데요." 엘라가 말했다.

"엘라가 여기 오기 전이에요, 최소한 5년 전." 말코브스키는 마치 뷰파인더를 통해 뭘 보려는 듯이 한쪽 얼굴을 찌푸렸다. "그 여자 사진을 한두 장 찍은 거 같아요. 사실 거의 확실해요."

"아직 그 사진 있을까요?" 내가 말했다.

"어쩌면요. 하지만 찾으려면 끔찍이 힘들걸요. 올해와 작년 말고는 파일을 보관하지 않아요. 오래된 건 전부 다 종이 상자에 넣어 뒷방에다 보관하죠." 그는 극적인 동작으로 손목시계를 들여다보았다. "이제 정말 가 봐야겠습니다. 부뉴엘 작품을 놓치면 아내가 날 죽이려 들 거라고요. 그리고 클럽에서 나한테 이런 일로 초과 근무 수당을 주는 것도 아니고."

그는 리셉션 데스크로 돌아간 엘라 쪽을 향해 부루퉁한 얼굴을 했다.

"시간 걸리는 만큼 두 배로 드리겠습니다."

"그럼 시간당 7달러예요. 밤새도록 걸릴 수도 있는데요."

"압니다."

"그리고 뭘 찾아낸다는 보장도 없어요. 생판 딴 여자일 수도 있고요. 만약 같은 여자라면, 머리색을 바꾼 겁니다. 내가 기억하는 여자는 금발이거든요."

"금발을 빨강머리로 바꾸는 사람들이야 늘 있죠. 그 기억하는 여자 얘기 좀 해주시죠."

"그때는 좀 더 젊었어요, 당연하지만. 아직 어린 티가 났죠. 사랑스럽고. 이제 기억나네요, 그 여자 사진을 몇 장 찍었습니다. 남편이 그다지 내켜하지 않았지만 여자가 원했거든요."

"남편은 누구였습니까?"

"나이 차이 나는 남자요. 독채에 2주쯤 머물렀죠."

"그게 몇 년도입니까?"

"딱 정확히는 기억이 안 나요. 6~7년 전쯤인가. 하지만 그 사진들을 찾으면 알 수 있어요. 보통 뒤에다가 날짜를 적어 두니까."

이번에는 말코브스키가 일에 열의를 보였다. 마을로 떠나기 전, 그는 내게 스튜디오 주소와 전화번호를 알려 주었다. 나는 한 시간쯤 후에 연락하겠다고 말했다.

나는 엘라에게 감사 인사를 하고 내 차를 가지러 주차장으로 나갔다. 꺼끌한 사막의 맛이 실린 불규칙한 바람이 산 쪽에서 불어왔다. 유칼립투스 나무들이 돌풍에 흔들리고 절하고 휘둘리는 모습이 마치 충동에 휩쓸린 머리 긴 미친 여자들 같았다. 밤하늘에 드리워진 어둠은 나무들을 삼켜 버릴 듯 위협적이었다.

나는 마텔 집 근처 도로에서 해리 헨드릭스의 차를 발견한 이후로 계속 그 사람이 걱정되었다. 해리는 마텔이 죽었다던 그 쥐만큼이나 내가 걱정할 이유가 없는 사람이었다. 바보 같지만 그래도 살아 있는 해리를 보고 싶은 마음이 들었다.

항구로 향하는 도로는 파블론이 마지막으로 수영했던 곳의 허리를 가로질러 다시 바다로 향하게 되어 있었다. 바람 부는 대로를 차로 달리는 사이, 계속 해리 생각에 집중하다 보니 길가에 주차된 캐딜락을 보고 내가 꿈을 꾸는 줄만 알았다. 나는 브레이크를 밟고 후진해서 그 바로 뒤에 차를 세우고 내렸다. 해리의 오래된 캐딜락이 맞았다. 엔진은 차갑고 차 안은 텅 빈 채, 흡사 저 혼자서 언덕

아래서 여기까지 올라오기라도 한 것처럼 천연덕스럽게 서 있었다. 열쇠가 차 안에 꽂혀 있었다. 아까는 없었다.

나는 주위를 둘러보았다. 쓸쓸한 곳이었고, 특히 바람이 불어닥치는 지금 이 시간엔 더욱 그랬다. 시야에 다른 차는 보이지 않았으며 길 건너에도 흔들리는 야자수와 한숨짓는 바다 외엔 아무것도 없었다.

내륙 쪽으로는 기찻길과 떠돌이 야영지가 대로에서 보이지 않게끔 높은 사이프러스 나무 울타리가 가리고 있었다. 울타리 틈새로 흔들리는 모닥불 주위에 둘러앉은 남자들의 시커먼 형체가 보였다.

나는 틈새를 통과하여 그들에게 접근했다. 남자 세 명이 거의 비어 가는 2리터 들이 통에서 짙은 붉은색 와인을 따라 마시고 있었다. 불빛 속에 다들 나를 돌아보았다. 주름지고 이가 듬성듬성 빠진 백인 노인의 얼굴, 넙데데하고 고집 센 젊은 검둥이의 머리, 인디언의 이목구비와 인디언 특유의 무덤덤한 눈을 한 소년의 눈. 그는 위에 단추 푼 검은 조끼 외엔 아무것도 입지 않았다.

검둥이가 150에서 180센티미터 남짓한 긴 판자를 들고 일어섰다. 내 쪽을 향해 울퉁불퉁한 땅을 비틀비틀 걸어왔다.

"냉큼 꺼지쇼. 우리끼리 하는 파티라고."

"예의를 갖춘 질문에 대답은 해 줄 수 있겠지. 친구를 찾는 중인데."

"당신네 친구 따위 나는 아무것도 몰라."

덩치 크고 술에 취한 그는 전사가 창에 기대듯이 판자에 몸무게를 실었다. 울타리에 드리워진 그의 삼각대 모양 그림자가 흔들거렸다.

"저기 있는 게 그 친구 차야." 나는 얼른 말했다. "캐딜락. 중간 체격에 체크무늬 재킷. 혹시 봤어?"

"아뇨."

"잠깐만." 백인 남자가 비틀비틀 일어섰다. "내가 본 거 같기도 하고, 아닌 거 같기도 하고. 얼마나 쳐 줄라오?"

그가 가까이 다가서는 바람에 후끈한 숨결과 이글거리는 공허한 눈을 들여다볼 수 있을 정도였다. 와인에 절어 열에 들뜬 텅 빈 눈이었다. 그는 너무 늦어 되돌릴 길 없었다.

"그래 봐야 아무 소용 없어요, 노인 양반. 술값이나 챙기려 그러는 거지."

"봤다니까, 참말로 내가 봤대도. 체크무늬 재킷 입은 조그만 양반. 나한테 50센트를 줘서 내가 아주 고맙다 했는걸. 그런 양반은 안 잊어 먹지."

이 빠진 틈새로 숨이 훅훅 새는 소리가 났다.

"그 50센트 좀 봅시다."

그는 열심히 청바지를 뒤졌다.

"잃어버린 모양이야."

나는 돌아섰다. 그는 차 있는 데까지 나를 따라왔다. 마디가 울퉁불퉁한 주먹으로 차창을 두들겼다.

"인심 좀 쓰쇼, 그 참. 50센트만 줘 봐. 내가 친구 얘기 해 줬잖아."

"와인 값은 없어요."

"먹을 거 사려고. 굶었다고. 오렌지 따는 일 하러 왔는데 잘렸어, 나더러 일을 못한다고."

"구세군에서 끼니를 챙겨 줄 겁니다."

그는 입을 오므리더니 창에 퉤 하고 침을 뱉었다. 침이 그와 나 사이 유리를 따라 흘러내렸다. 나는 시동을 걸었다.

"저리 가요, 다칩니다."

"이미 다친 몸인걸." 그 인생이 실려 있는 목소리였다.

그는 비틀비틀 울타리로 물러나더니, 어둠에 삼켜지듯이 구멍 사이로 순식간에 사라졌다.

12장

브레이크워터 호텔은 해리의 캐딜락이 세워진 곳에서 겨우 몇 블록 거리였다. 가능성이 거의 없겠지만 그래도 나름 이유가 있다면 거기다 주차하고 나머지는 걸어갈 수 있었다.

호텔 로비는 한창 때를 넘긴 관광지의 모습 그 자체였다. 가구에는 쓸린 자국이, 화분의 필로덴드론 잎에는 먼지가 있었다. 벨맨이 입은 오래된 파란 제복은 그걸 입고 남북전쟁에 참전하기라도 했던 듯이 보였다.

데스크에는 아무도 없었지만 숙박계는 펼쳐져 있었다. 나는 해리 헨드릭스의 이름을 앞장에서 찾아냈다. 그의 방은 27호실이었다. 데스크 뒤에 서 있는 열쇠 보관장을 쳐다보니 27번에는 아무것도 없었다.

"헨드릭스 씨가 지금 방에 있습니까?" 나는 벨맨에게 물었다.

그는 턱수염을 쓰다듬었다. 수염이 영락없이 나방이 뜯어먹은 회색 천 조각 같은데, 소리는 꼭 사포처럼 버스럭거렸다.

"나야 모르죠. 사람들이 들고 나니까. 그거 확인하라고 돈 받는 것도 아니고."

"매니저는 어디 있습니까?"

"저 안에요."

그는 '사모아 룸'이라는 간판등이 달린 커튼 입구를 엄지로 쓱 가리켰다. 그 이름은 대나무 가구와 천장에는 그물이 달려 있으리라는 의미였다. 실제로 그랬다. 그리고 파인애플 캔 주스를 넣은 럼 칵테일에 과일을 띄워 내놓을 것이다.

좀 쇠락한 인상의 꾼 셋이 바에서 주사위를 굴리고 있었다. 뚱뚱한 바텐더가 배 너머로 그들을 지켜보고 있었다. 피곤해 보이는 여종업원이 짧은 미소를 보였다. 나는 매니저에게 물어볼 것이 있다고 말했다.

"스마이스 씨가 부매니저예요. 스마이스 씨!"

스마이스 씨는 꾼들 중에서도 제일 꾼같이 생긴 사람이었다. 그는 잠시 주사위판에서 물러났다. 만약 저게 그의 주사위라면 아마 수작을 부린 물건일 것이다. 파란 눈의 미국 그 자체인 외모였지만 가장자리가 벗겨져 가는 허울과도 같은 것이었다.

"숙박하시겠습니까, 손님?"

"나중에요, 어쩌면. 혹시 헨드릭스 씨가 지금 방에 있는지 알고 싶은데요."

"지난 몇 분 사이 들어온 게 아니라면 없어요. 부인이 객실에서 기다리는 중이죠."

"결혼한 사람인 줄 몰랐는데요."

"결혼했죠. 했고말고요. 나도 그런 물건만 잡는다면야 독신의 기쁨을 포기할 텐데 말입니다."

그의 손이 연기 자욱한 허공에다가 모래시계 모양을 그려 보였다.

"부인이 남편 행방을 얘기해 줄 수도 있겠군요."

"부인도 몰라요. 나한테 물어보더라고요. 오후 이후로는 그 양반 못 봤습니다. 혹시 무슨 말썽이라도 생겼나요?"

"그럴 수도 있고요."

"경찰이세요?"

"조사관입니다." 나는 얼버무렸다. "왜 헨드릭스한테 말썽이 생겼을 거라고 생각하셨죠?"

"어딜 가면 싸게 권총을 구할 수 있냐고 물었거든요."

"오늘요?"

"오늘 오후요, 아까 말했던 대로. 전당포에 가 보시라고 했죠. 잘못한 겁니까? 누굴 쏜 건 아니죠?"

"내가 알기론 아닙니다."

"다행이네요." 하지만 그는 은근 실망한 눈치였다. "헨드릭스 부인하고 얘기하고 싶으면, 데스크 옆에 객실 전화 있습니다."

나는 고맙다고 인사했고, 그는 다시 독신의 기쁨으로 돌아갔다. 나는 굳이 객실 전화로 연락하거나 엘리베이터를 타지 않았다. 로비 뒤쪽 비상계단을 발견하고 붉은 등이 켜진 계단을 따라 2층으로 올라갔다.

27호실은 복도 제일 끝에 있었다. 나는 문가에서 귀를 기울였다. 희미하게 음악 소리가, 컨트리 블루스가 들렸다. 나는 노크했다. 음악이 뚝 그쳤다.

"누구세요?" 여자가 말했다.

"해리."

"이제서야!"

여자는 자물쇠를 풀고 문을 열었다. 나는 성큼 안으로 들어가 그녀의 손에서 문손잡이를 빼서 등 뒤로 문을 닫았다. 그녀가 비명을 지를 것 같은 얼굴을 하고 있기에 갑작스레 소리가 터져 나올 경우를 대비해서였다.

그러진 않았다. 비대칭으로 굳어진 그녀의 표정은 바뀌지 않았다. 그녀의 오른쪽 주먹이 저절로 눈가 높이로 올라갔다. 그녀는 그 주먹 옆으로 나를 쳐다보았다.

"진정하세요, 헨드릭스 부인. 해치지 않을 겁니다."

"그건 모를 일이죠." 하지만 그녀는 주먹을 풀고 붉은 머리를 쓸어 넘길 만큼 긴장을 풀었다. 삐뚤어져 있던 입매가 바로잡혔다. "누구세요?"

"해리의 친구입니다. 만나러 여기 온다고 말해 놨는데요."

그녀는 날 믿지 않았다. 지폐에 적힌 액수, 옷과 사람에게 달린 가격표 말고는 아무것도 믿지 않게 된 여자 같았다. 몸매를 보여 주되 지나치게 강조하지는 않는 갈색의 헐렁한 반소매 옷으로 스타일 있게 차려입었다. 팔뚝과 다리는 아름답게 빚어졌으며 짙게 그을려 있었다.

하지만 얼굴은 마치 자기 외모가 못미더워지기 시작했거나 아니면 감추고 싶은 것처럼 화장을 했다. 눈보다 더 녹색인 눈꺼풀 아래, 털 달린 안테나처럼 뻗은 속눈썹 사이로 그녀는 나를 불신의 눈으로 흘겨보았다.

"이름이 뭐예요?"

"그건 상관없습니다."

"그럼 내 방에서 나가요."

하지만 그녀는 정말로 내가 그럴 거라고 기대하진 않았다. 좋은 일에 대한 기대라고는 다 버린 사람이었다.

"당신 방이 아니죠. 해리 방이지. 여기서 만나자고 해리가 그랬는데요."

그녀는 이 방이 자신과 무슨 관계가 있는지 곰곰 생각하는 듯이 닳은 카펫, 꽃무늬가 바랜 벽지, 종이 갓이 그을린 침대 옆 전등을 둘러보았다. 외관상으로 그녀는 여기와 전혀 맞지 않았다. 그녀의 스타일은 돈으로 살 수 있는 것이긴 해도, 벌록스와 아이 맥닌스 백화점에서 삽시간에 사들일 수 있을 만한 건 아니었다. 침대 위에 놓인 금색 술 달린 갈색 주머니는 파리 것처럼 보였다. 하지만 내적으로 그녀는 죄수가 감방에 맞듯이 이 방에 맞는 사람이었다. 그녀는 이런 방에서 꽤 많은 시간을 보냈고, 다시 시작될 참이었다.

"내 방이기도 해요."

그녀는 그걸 증명할 겸 분위기를 좀 띄우려고 침대 옆 협탁으로 가서 휴대용 라디오를 틀었다. 컨트리 블루스가 아직 끝나지 않았다. 길고 긴 2분이었다.

"무슨……?" 그녀의 목소리가 갈라졌다. 아직 긴장이 가득해서 숨도 제대로 쉬지 않고 있었다. 그녀는 그 긴장감을 삼키려 했다. 나는 그녀의 굉장한 목 기관 움직임을 지켜보았다. "무슨 볼일이 해리한테 있는데요?" 그녀가 드디어 말했다.

"프란시스 마텔에 대해 조사한 걸 비교해 보려고요."

그녀가 속눈썹을 팔락거렸다.

"누구요?"

"마텔. 당신이 사진을 구하려고 했던."

"누구 다른 사람과 착각하시나 본데요."

"이러지 맙시다, 헨드릭스 부인. 사진사 말코브스키한테 방금 듣고 왔어요. 그 사람한테 마텔의 사진을 찍어 달라고 했죠. 남편은 오늘 아침에 목숨 걸고 그 사진을 찍으려 했고."

"경찰이세요?"

"꼭 그렇진 않습니다."

"어떻게 나에 대해 그리 잘 알아요?"

"불행히도 그게 다입니다. 더 얘기해 보시죠."

조금씩 파들거리는 손으로 그녀는 힘겹게 갈색 주머니에서 금색 담뱃갑을 꺼내 열고는 담배 한 대를 빼서 물었다. 나는 그녀의 담뱃불을 붙여 주었다. 그녀는 침대에 앉아 한쪽 팔에 지탱하여 몸을 기대곤, 마치 천장의 구질구질함을 감추려는 듯이 연기를 뿜어 올렸다.

"그렇게 멀뚱하니 서 있지 말아요. 내 목을 조르려고 달려들 것 같다고요."

"목선에 감탄하고 있었습니다."

"아찔하네요." 그녀의 목소리는 냉소적이었다. 그녀는 손으로 목을 가리고 나를 뜯어보았다. "도무지 파악이 안 되는 분이네요, 혹시 어르고 뺨 치는 취급으로 나를 달래려는 속셈이라면 모르겠지만, 아무 소용없어요."

"정말로 해리의 부인입니까?"

"네. 맞아요." 그녀는 스스로도 조금 놀란 듯이 들렸다. "혼인증 명서를 보여 드리고 싶지만 지금 안 갖고 있는 거 같네요."

"어떻게 해리 형편으로 부인을 감당합니까?"

"못 하죠. 최근엔 별로 부부라 할 수도 없어요. 하지만 그래도 여전히 친구 사이죠." 그녀는 일종의 그리움을 담아 덧붙였다. "해리가 늘 내리막이었던 건 아니에요. 한때는 그렇게 재미있을 수가 없었는데."

"그리고 당신은 늘 돈이 넘쳐났던 건 아니고."

"누가 말해 줬어요?"

"말해 주지 않아도 알죠."

당신 목소리에서, 그리고 물을 헤치고 나아가듯 눈에 띄는 몸짓을 보면 알 수 있죠. 방 안을 둘러보는 눈빛에서, 그리고 그 방이 당신을 마주하는 모습에서.

"라스베이거스에서 왔어요?"

"그 말을 할 때면 보통 미소를 짓기 마련인데요."

"거기서 왔어요?"

"할리우드에서 왔습니다."

"무슨 일을 해요, 할리우드? 혹시 한다면."

"사설탐정입니다."

"날 조사 중이에요?"

그녀가 다시 겁에 질린 얼굴을 했다. 동시에 협탁에 놓인 재떨이 쪽을 향해 손짓했고 내가 들어 주니 거기에다 담뱃불을 눌러 껐다. 그녀는 자세를 바꾸어 옆으로 많이 기대면서 반쯤 의도적으로 칠

칠치 못하게 자기의 풍만한 몸이 얼마나 무력한지 보였다. 어차피 내 도움은 필요 없었다. 호텔 침대 위에서 그지없이 편안해 보였다.

"잘못 이해하고 계신데. 마텔을 조사하라고 날 고용한 겁니다."

"누구가요?" 그녀는 그렇게 말했다가 스스로 고쳐 말했다. "누가요?"

"지역 사람입니다. 그 사람이 누군지는 중요한 게 아닙니다. 마텔이 그 사람 여자를 빼앗아 갔어요."

"말 되네요. 도둑이거든요."

"그가 당신한테서 뭘 훔쳤습니까, 헨드릭스 부인?"

"좋은 질문이에요. 하지만 진짜 질문은 그 사람이 내가 생각하는 사람이 맞느냐는 거죠. 그 사람 봤어요?"

"몇 번."

"어떻게 생겼는지 알려 줄래요? 같이 조사해 볼 수도 있겠네요."

"중간 체격에 키는 175센티미터쯤, 덩치가 크진 않고 날씬한 체구에 재빠릅니다. 나이는 서른 살쯤. 머리색은 새까맣고 이마선이 꽤 낮은 편이에요. 뒤로 좍 넘겨 빗었고. 피부색은 짙습니다, 거의 인디언 정도로. 코는 길고 눈에 띄게 벌름거려요. 프랑스어 억양으로 말하고 프랑스어를 많이 쓰며, 프랑스 정치 난민이라고 주장하죠."

그녀는 들으면서 고개를 끄덕거리고 있었지만, 마지막 문장에 어리둥절해했다.

"그게 뭔데요?"

"자기가 드골과 사이가 좋지 않아서 프랑스에서 살 수 없는 프랑스인이라는 겁니다."

"아."

하지만 여전히 그녀는 이해하지 못한 기색이었다.

"드골은 프랑스 대통령이고요."

"그건 알아요, 바보. 내가 뉴스도 안 듣는 줄 알아요?"

그녀는 록 음악이 나오고 있는 라디오 쪽을 돌아보았다.

"저것 좀 꺼도 되겠습니까?" 내가 말했다.

"소리는 줄여도 되는데, 끄진 말아요. 바람 소리가 싫어서."

나는 소리를 너무 작지는 않게 줄였다. 마치 그 방이 우리에게 정해진 역할을 부여한 듯이, 그런 소소한 협조에 기반을 둔 친밀함이 우리 사이에 자라났다. 하지만 두려움과 의심 사이를 오가는 리듬의 일시적인 친밀함이었다. 그녀는 내게 이치에 닿는 질문들을 했고 내 대답을 믿는 듯이 보였다. 하지만 그녀의 눈에는 내가 자신을 죽이지 않으리라는 확신이 없었다.

"그 사람이 누군지 압니까?"

"그런 거 같아요, 그리고 그 사람은 프랑스인 아니에요."

"그럼?"

"말해 줄게요." 그녀는 자기 이야기를 결정한 듯이 잘라 말했다. "나는 남부 지역에서 아주 거물인 사업가의 비밀 비서예요. 자칭 마텔이라는 그 남자가 내 고용주의 환심을 사서는 보좌가 되었죠."

"그 사람 어디 출신입니까?"

"나도 모르죠. 내 생각엔 남미 어디 사람일 거예요. 고용주는 그 사람을 믿고 금고 번호를 알려 주는 실수를 저질렀죠. 나는 그러지 말라고 경고했는데. 그래서 어떻게 됐게요? 자칭 마텔 씨가 무기명 채권 한 재산을 들고 도망쳤고, 나와 해리는 그걸 회수하려는 중이죠."

"왜 경찰에 맡기지 않고요?"

그녀는 답을 준비해 놓고 있었다.

"그분이 마텔에 대해 마음이 약해서 그래요. 그리고 우리 사업이 아주 기밀이기도 하고."

"무슨 사업인데요?"

"내가 마음대로 밝힐 수 있는 위치가 아니라서요." 그녀는 조심스레 말했다. 허술한 이야기에서 내 주의를 돌리려는 듯이 몸의 자세를 바꾸었다. "비밀을 지키기로 그분에게 맹세했거든요."

"이름이 뭡니까?"

"들으면 알 거예요. 그쪽에선 아주 중요하고 부유한 분이거든요."

"지옥의 깊은 곳?"

"네?"

하지만 내가 보기엔 그녀는 제대로 듣고 딴청을 부리고 있었다.

그녀는 입을 삐죽거리며, 가늘게 그린 눈썹을 약간 찌푸렸다. 아주 심하게 찌푸리진 않았는데, 그러면 주름이 생기는 데다가 내가 죽일지도 모르는 마당이니 그 사랑스러운 얼굴을 찌푸린 채 죽고 싶지 않아서였을 것이다.

"나를 믿고 그 돈을 회수하고 기타 등등 도와주면 분명히 그분이 넉넉히 보상해 주실 거예요. 나도 고마워할 거고요."

"좀 더 알아봐야 하겠습니다."

그녀가 말하는 '기타 등등' 같은 것에 대해서.

"그래요. 당연하죠. 도와줄 거예요?"

"봐서요. 해리는 포기한 겁니까?"

"그런 말은 아니에요."

하지만 그녀의 녹색 눈은 놀란 기색이었다. 나와 자기 이야기에, 심야 영화 이야기에 심취한 나머지 해리에 대해선 깜박한 모양이라고 나는 생각했다. 그 방에는 두 사람 배역밖에 없었다. 내가 더 오래 머무른다면 내 배역이 어떻게 될지 짐작이 갔다. 그녀의 몸은 호랑이처럼 나를 향해 가르릉거리고 있었다. 속담에 나오는 올라타기도 위험하고 그렇다고 내리기엔 더욱 위험한 호랑이 말이다.

"해리 걱정이 되는데요. 오늘 해리를 봤습니까?"

그녀는 고개를 내저었다. 머리카락이 불꽃처럼 흔들렸다. 순간 바람 소리가 음악보다 더 크게 창가에서 울부짖었다.

"오늘 오후에 총을 사겠다는 얘기를 했다던데요."

"뭐에 쓰려고요?"

그녀는 기본적으로 총 얘기가 나오면 겁이 나는 듯했다.

"마텔에게 쓰려는 거겠죠. 오늘 마텔한테 욕을 좀 봤거든요. 마텔이 총을 들고 그를 쫓아와서 카메라를 부숴 버렸습니다."

나는 납작해진 카메라를 주머니에서 꺼내 보였다.

그녀는 그걸 보며 상념에 잠겼다.

"그 카메라 사는 데 150달러나 들였는데. 해리를 믿고 그걸 맡기지 말았어야 했어요."

"아마 사진 촬영은 좋은 생각이 아니었을 겁니다. 마텔은 카메라에 과민반응 하거든요. 그나저나 그 사람 본명은 뭡니까?"

"몰라요. 계속 다른 이름을 쓰거든요." 그녀는 해리로 화제를 다시 바꿨다. "해리가 다치거나 잘못되었을 거 같아요?"

"가능성 있죠. 그의 차는 여기서 800미터쯤 떨어진 대로에 열쇠가 꽂힌 채 주차되어 있습니다."

그녀는 화들짝 몸을 바로 세웠다.

"왜 그 얘기를 안 했어요?"

"지금 했잖습니까."

"가서 보여 줘요."

그녀는 라디오와 가방을 집어 들고, 옷장에서 코트를 꺼내 들고 나가 엘리베이터를 기다리는 동안 입었다. 엘리베이터 소음, 아니면 라디오 소리, 또는 그녀의 육체가 발산하는 끊임없는 신호 때문인지도 모르겠지만, 그녀가 나와 함께 로비를 가로지를 때 꾼들 세 명이 다 사모아 룸의 커튼 달린 입구에서 지켜보고 있었다.

우리는 대로를 따라 차를 달렸다. 거세져 가는 바람이 차에 부딪쳐 댔다. 저 멀리 바다에는 이따금씩 흰 포말이 보였다. 희미하게 빛을 발하며 유령처럼 솟아올랐다가 금세 어둠 속으로 밀려가 버렸다. 여자는 인적 없는 해변을 내다보았다. 그녀가 바다 쪽 창문을 올렸다.

"괜찮습니까, 헨드릭스 부인?"

"괜찮아요, 하지만 그렇게 부르진 말아요." 그녀는 더 젊고 스스로에 대한 확신이 덜한 것처럼 들렸다. "내가 가짜 같은 기분이 들거든요. 키티라고 불러요."

"헨드릭스 부인이 아닙니까?"

"법적으로는 맞는데요, 같이 살진 않아요. 해리는 진작 나와 이혼하고 싶었겠지만 천주교인이거든요. 그리고 내가 자기에게 돌아오리라는 정신 나간 희망을 품고 있고요." 그녀는 몸을 기울여 내 쪽으로 밖을 내다보았다. "800미터쯤 왔네요. 해리 차는 어디 있어요?"

차를 찾을 수가 없었다. 그녀는 불안해하기 시작했다. 나는 차를 돌려 울타리에 난 구멍을 지나 이제 다 타들어 가 잿더미 속의 깜박거리는 숯덩이 몇 개로 변한 그 뒤의 모닥불을 발견했다. 와인 마시던 세 사람은 사라졌고, 빈 술통과 쏟은 와인 냄새만 남았다.

키티 헨드릭스가 나를 불렀다.

"뭐 해요? 해리 거기 있어요?"

"아뇨."

그녀가 울타리를 지나왔다. 아직 가방과 라디오를 손목에 건 채였고, 라디오는 몸이 이어진 사람처럼 노래하고 있었다. 그녀는 주위를 둘러보곤 코트를 여몄다. 꺼져 가는 모닥불과 별빛에 흐릿하게 빛을 발하는 철길, 울퉁불퉁하게 밟힌 땅 외에는 아무것도 볼 것이 없었다.

"세상에. 20년 동안 하나도 안 변했네."

"이곳을 압니까?"

"당연하죠. 여기서 두 블록쯤 떨어진 곳에서 태어났는걸요. 철길 건너편." 키티는 비꼬듯 덧붙였다. "철길에 그만큼이나 가까이 산다면 양쪽 다 나쁜 쪽이죠. 기차가 지날 때면 부엌 접시가 뒤흔들려 덜컹거리곤 했어요." 그녀는 어두운 철길들 너머를 바라보았다. "내가 알기론 어머닌 아직 거기 살 거예요."

"가서 뵐 수도 있겠군요."

"아뇨! 어머니한테까지 겉치레를 할 여력이 없어요. 지난 일은 지난 일이죠."

그녀는 이 장소가 자신의 실체를 더 드러내기라도 할 듯이 사이프러스 울타리를 향해 불안정한 몸짓을 했다. 그녀는 호텔 방에서의 위험은 감당할 수 있지만, 거친 야생의 밤은 견디지 못했다.

그녀의 감정이 반감으로 돌아섰다.

"왜 나를 이리 데려왔어요?"

"당신 제안이었잖습니까."

"하지만 해리 차가 있다고……."

"보아하니 도둑맞은 모양이네요."

그녀는 내게서 뒷걸음치다가 하이힐 신은 발이 비틀거려 시커먼 사이프러스 수풀 속으로 쓰러졌다. 내 눈에 보이는 것이라고는 창백한 얼굴 윤곽과 번뜩이는 눈 그리고 입뿐이었다.

"애초에 차는 없었던 거죠. 차 종류가 뭐였어요?"

"캐딜락이었습니다."

"이제 거짓말하는 거 알겠네요. 해리가 어디서 캐딜락이 나겠어요?"

"아마 자기 일하는 중고차 판매소에서 가져왔겠죠. 오래된 차였어요."

그녀는 내 말을 알아듣는 것 같지 않았다. 그녀의 숨소리가 더 가빠졌다.

"애초에 차는 없었던 거예요." 그녀가 속삭였다. "라스베이거스에서 왔죠, 그렇죠? 그리고 날 죽이려고 여기 데려온 거예요."

"바보 같은 소리군요, 키티."

"키티라고 부르지 말아요." 그녀의 목소리가 좀 더 어린애 같은 어조가 되었다. 어쩌면 오래전 고향 집 접시를 뒤흔들던 기찻길 사이에서 벌어진 일을 더듬고 있는지도 몰랐다. "나를 속여 이곳으로 오게 만들고, 이제 날 놔주지 않으려는 거야."

"그럼 가요. 가라고. 가 버려요."

그녀는 야행성 동물처럼 사이프러스 수풀 속으로 더 깊숙이 물러날 뿐이었다. 그녀의 라디오가 어둠 속에서 신나게 울려 댔다. 그녀의 향수 내음이 훅 끼쳐 와서는 디젤 오일과 와인 그리고 불의 냄새와 섞였다.

붉은 섬광 같은 깨달음 속에 어떻게 두 사람과 환경이 어우러져 예측 못 한 살인으로 이어질 수 있는지 알게 되었다. 그녀가 거의 살해되고 싶어 하는 것 같다고 나는 생각했다. 그녀는 그림자 속에 움츠러들어 웅얼거렸다.

"저리 꺼져요, 우리 그이에게 이를 거야."

"거기서 나와요, 멍청하긴."

그녀가 별러 오던 비명이 터져 나왔다. 나는 무작정 손을 뻗어 그녀의 허리를 잡고 내게로 끌어당겼다. 그녀는 헉 숨을 들이켜곤 라디오를 내 머리에다 휘둘렀다. 라디오가 나를 빗맞히고는 조용해졌다. 마치 키티의 음악적 면모가 폭력적인 죽음을 맞이한 듯이.

나는 그녀를 놓아주었다. 그녀는 하이힐 바람으로 비틀비틀 달려 철로 여러 개를 가로질러 돌진하는 그림자, 어둠 속의 다급한 소리가 되어 사라졌다.

13장

에릭 말코브스키의 스튜디오는 마텔의 집으로 향하는 직선 경
로 중간에 있었다. 나는 그의 수색이 어찌 되어 가나 보러 들렀다.
그의 손은 먼지투성이었고 이마에는 지문이 찍혀 마치 인간 단서
같았다.

"안 오시나 하고 거의 포기하고 있었어요." 그가 말했다.

"나도 거의 포기하고 있었죠. 그 여자 사진 찾았습니까?"

"다섯 장. 더 있을지도 몰라요."

그는 가게 뒤로 나를 데려가 테이블 위에 사진을 카드 패처럼 펼
쳤다. 네 장은 단순한 흰색 수영복을 입고 테니스 클럽 수영장에서
찍은 키티의 사진이었다. 그녀는 서서 낭만적으로 바다를 바라보고
있었다. 긴 의자에 요염하게 몸을 눕히고 있었다. 다이빙 보드에서
포즈를 취하고 있었다. 키티는 아름다운 여자였지만, 네 장 다 어색

한 연출 때문에 망했다.

다섯째 사진은 달랐다. 포즈를 취하지 않은 그녀가 슬리브리스 서머 드레스와 넓은 모자 차림으로 테이블에 앉아 있었고, 팔꿈치 께에는 술잔이 놓여 있었다. 스퀘어 컷 다이아몬드 반지를 낀 남자의 손이 테이블 위 그녀의 팔 옆에 놓여 있었다. 남자의 나머지 부분은 잘려 나갔지만, 키티는 그를 향해 미소 짓고 있는 듯했다. 그녀 뒤로는 웃자란 부겐빌레아 덩굴에 뒤덮인 테니스 클럽 독채의 파티오 벽이 보였다.

"이게 그 여자가 좋아했던 사진이죠." 말코브스키가 뒤에 적힌 메모를 보여 주었다. '4×6 여섯 장. 5:00-30:00. 1959년 9월 27일.' "그녀인가 아니면 남편이 여섯 장을 샀어요. 남편도 사진에 있었지만, 남편이 쳐내라고 했죠."

"왜요?"

"미녀와 야수 얘기를 했던 기억이 나네요. 못생긴 건 아니었지만 전에 말했듯 나이가 많았죠. 그리고 곱게 늙진 않았어요."

"그 사람 이름이 뭡니까?"

"기억 안 나요. 클럽 기록에서 확인해 볼 수 있겠죠."

"오늘 밤?"

"스트롬 부인이 허락해 준다면. 하지만 시간이 엄청 늦었는데요."

"일당 두 배로 쳐 드린다는 거 잊지 말아요."

이마 선을 긁적이던 그의 얼굴이 슬쩍 붉어졌다.

"돈 먼저 좀 볼 수 있을까요?"

나는 시계를 보았다. 대충 두 시간쯤 전에 그를 고용했다.

"14달러 어떻습니까?"

"좋아요. 말이 나온 김에 말인데요." 그는 머리를 더 긁으며 말했다. "혹시 이 사진들 중 원하시는 게 있으면 그거 비용도 주셔야 맞겠죠. 장당 5달러요."

나는 그에게 20달러 지폐를 주었다.

"그 여자가 좋아했던 걸로 할게요. 나머지 부분을 찾아낼 가능성은 없겠죠, 쳐낸 부분?"

"필름을 찾을 수 있을지도 몰라요."

"그러면 더 드리죠."

"얼마나 더요?"

"뭐가 있느냐에 따라 다르죠. 아무튼 20달러요."

나는 열성적으로 선반의 먼지 쌓인 상자들을 뒤지는 그를 두고, 언덕 쪽으로 차를 몰아 돌아갔다. 그쪽이 바람 불어오는 방향이었다. 뜨거운 돌풍처럼 계곡을 따라 질주해 내려와서 백쇼 집 주위 수풀에서 울부짖었다. 차에서 내리자 바람에 맞서느라 몸에 힘을 주어야 했다.

마당에 있던 벤틀리가 없어졌다. 나는 집 현관을 시험해 보았다. 잠겨 있었다.

집 안 불은 꺼져 있었고, 계속 노크해도 아무 반응이 없었다. 나는 마을에 있는 스튜디오로 돌아갔다. 말코브스키가 눈에 20달러짜리 불을 켜고 키티 사진의 필름을 보여 주었다.

그녀 옆에는 두툼한 어깨와 굵은 허벅지 때문에 주름진 줄무늬 슈트 차림의 남자가 앉아 있었다. 거의 대머리였지만, 대신 벌어진 셔츠 자락 틈새로 고불고불한 체모가 삐져나와 흑백 반전되어 필름에 하얗게 나왔다. 필름 속 그의 시커먼 미소는 느긋하고 덤덤하며 공허한 유쾌함을 띠고 있었으나 가느다란 하얀 눈으로 인해 그 효과가 무위로 돌아갔다.

그의 뒤로 파티오 벽 근처에, 웨이터 복장의 콧수염 기른 젊은 남자가 쟁반을 들고 있는 것이 초점 나간 채 찍혀 있었다. 희미하게 낯이 익었다. 아마 클럽에서 본 직원들 중 한 명일 것이다.

"이 사람들 이름이 어디 있을 텐데." 에릭이 말했다. "사실 필름을 찾은 건 순전히 운이 좋아서였어요."

"당신 말대로 클럽에서 확인해 볼 수 있겠죠. 이 남자에 대해 뭐든 기억나는 거 있습니까? 둘이 결혼한 사이였나요?"

"행동은 확실히 그렇게 했죠. 여자가요. 남자가 건강이 안 좋았고, 여자가 그를 두고 꽤 수선을 떨었어요."

"어디가 문제였는데요?"

"모르죠. 그 사람은 많이 돌아다닐 수가 없었어요. 대체로 독채나 파티오에서 카드를 치고 있었죠."

"누구하고?"

"다양하죠. 내가 그 남자를 많이 봤을 거란 생각은 관두세요. 사실, 내 쪽에서 피해 다녔거든요."

"왜죠?"

"아프든 아니든 거친 손님이었으니까요. 나한테 말하는 태도가 마음에 안 들었어요. 내가 무슨 아랫것이나 되는 듯이. 난 프로라고요." 그가 잘라 말했다.

에릭의 심정이 이해가 갔다. 나도 세미 프로였으니까. 나는 그에게 20달러를 더 주고, 각자 차를 몰아 클럽으로 갔다.

엘라가 매니저 사무실 뒤의 기록실을 열어 주자 에릭은 파일 캐

비닛을 파고들었다. 그에겐 참고할 날짜가 있었다. 키티의 사진 요금
은 1959년 9월 27일에 지불되었다.

나는 부속 건물로 돌아갔다. 음악은 아직 연주 중이었지만, 파티
는 열성파만 남아 주로 바 쪽에 옮겨가 있었다. 파티치고 늦은 시간
은 아니었지만, 내가 없는 사이 갑자기 조울증이나 경미한 뇌출혈
같은 병이라도 돈 듯이 대부분의 사람들이 빠져나갔다.

바텐더만 전혀 바뀌지 않았다. 그는 음료를 만들고 서빙하고 파
티에서 한 발짝 떨어진 채 황갈색의 예리한 눈으로 지켜보고 있었
다. 나는 그에게 키티 사진과 필름을 보여 주었다.

그는 바 뒤쪽의 형광등에다가 필름을 비춰 보았다.

"네, 이 남자하고 여자 기억나요. 어느 날 밤 여자가 남자하고 여
기 와서 B&B를 마시고 취하려 했었죠. 그 여자가 술에 대해 아는
게 그것뿐이라. 그런데 사레가 들었어요. 네다섯 명이 동시에 나서
서 그녀의 등을 두들겨 주었고 남편이 그 사람들을 밀어내기 시작
했죠. 그래도 나하고 파블론 씨가 그 양반을 진정시켰어요."

"파블론 씨가 어쩌다 거기에?"

"그 사람들하고 같이 있었거든요."

"그들과 친구였습니까?"

"딱 그런 말은 아니고요. 그냥 같이 있었다고요. 함께 돌아다녔
죠. 어쩌면 그 여자가 좋았나 보죠. 눈에 확 들어오는 여자였거든
요, 그건 인정합니다."

"파블론이 여자 쫓아다니는 사람이었습니까?"

"하지도 않은 말을 지어내시네요. 그분은 여자를 좋아했어요. 쫓
아다니진 않았죠. 일부 여자들이 그분을 쫓아다녔고. 하지만 그 여

자와 얽힐 만큼 정신없는 사람은 아니었죠. 남편이 골칫거리거든요."

"그 사람 누굽니까, 마르코?"

그는 어깨를 으쓱했다.

"그 전에도 그 후로도 본 적 없고, 여기 앉아 소식이나 듣자고 기다리는 것도 아니라서요. 그 사람은 골칫거리, 쉽게 벌컥하는 폭력배고요."

"어떻게 들어온 겁니까?"

"여기 숙박 중이었어요. 누가 게스트 카드를 부탁하면 거절할 줄 모르는 회원들이 일부 있죠. 그분들이 거절하는 방법을 익히기만 하면 내가 고생할 일이 훨씬 줄 텐데요." 그는 경멸 섞인 인내의 표정으로 실내를 둘러보았다. "한잔하시겠습니까?"

"됐어요."

마르코가 바 너머로 나를 향해 몸을 숙였다.

"이걸 말씀드려도 되나 모르겠는데, 파블론 부인이 좀 전에 여기 왔었어요."

"그래서요?"

"손님과 같은 질문을 묻더군요, 남편분이 자살했다고 생각하는지. 내가 그분과 친했던 걸 알거든요. 아니라고, 그렇게 생각하지 않는다고 했죠."

"뭐라던가요?"

"뭐 말하고 말고 할 새도 없었어요. 실베스터 선생이 바에 들어와 데리고 나갔거든요. 그 부인 별로 상태가 안 좋아 보였어요."

"무슨 뜻입니까?"

그는 재빨리 부정적인 고갯짓을 해 보였다.

여자 한 명이 다가와 더블 스카치를 주문했다. 그녀는 내 뒤에 있었고, 말을 하기 전에는 그녀의 변한 목소리를 알아듣지 못했다.

"남편이 더블 스카치를 마시는데 나라고 그거 못 마실 이유가 있겠어요."

"알겠습니다, 실베스터 부인, 그리 말씀하신다면야."

마르코는 사진과 필름을 바에 내려놓고 그녀에게 더블 스카치를 아주 조금 따라 주었다. 그녀는 내 옆으로 두 손을 뻗어 술잔과 키티 사진을 집어 들었다.

"이게 뭐예요? 나 사진 보는 거 좋아하는데."

"제 겁니다."

위스키에 멍해진 그녀의 눈은 나를 알아보지 못한 듯했다.

"하지만 좀 봐도 되죠?" 그녀는 따지는 듯 말했다. "케첼 부인이네, 아니에요?"

"누구요?"

"케첼 부인요."

"친구분입니까?"

"설마요." 그녀가 몸을 곧게 세웠다. 부풀린 머리가 가발처럼 이마로 미끄러져 내려왔다. "그 여자 남편이 내 남편의 예전 환자였어요. 의사가 환자를 골라서 받을 수는 없으니까요."

"저도 같은 문제를 겪지요."

"그렇겠네요. 탐정이죠? 케첼 부인 사진 갖고 뭐해요?"

그녀는 사진을 내 얼굴 앞에다 흔들었다. 잠깐 바 안의 모든 이들의 눈길이 우리 쪽으로 쏠렸다. 나는 그녀의 손에서 사진을 빼서 필름과 함께 주머니에 넣었다.

"날 믿고 비밀 털어놔도 돼요. 나 의사 아내잖아요."

나는 스툴에서 내려와 그녀를 바에서 떨어진 빈 테이블로 이끌고 갔다.

"실베스터 선생님은 어디 계십니까?"

"마리에타 파블론을 집에 데려다주러 갔어요. 마리에타가 상태가 좋지 않아서. 하지만 그이는 돌아올 거예요."

"파블론 부인은 무슨 문제가 있는 겁니까?"

"문제 아닌 게 있겠어요?" 그녀가 가볍게 말했다. "마리에타는 내 친구고 여기서 제일 오래 봐 온 친구긴 하지만, 요즘 들어선 자기를 너무 놓아 버리고 있어요, 육체적으로나 도덕적으로나. 남들이 술 마시는 걸 뭐라 하진 않아요, 사실 나도 좀 취했고, 아처 씨……."

"아처입니다."

그녀는 계속 말을 이어 나갔다.

"하지만 마리에타는 오늘 밤 아주 고주망태가 되어서 왔어요. 다리가 다 풀린 채 들어왔죠. 걷는다고 말할 수도 없을 정도로. 조지가 마리에타를 추슬러서 데려다줘야 했어요. 갈수록 조지에게 짐이 되어 가고 있네요."

"어떤 면에서요?"

"도덕적으로 그리고 금전적으로. 기억하는 한에선 진료비를 낸 적이 없는데, 그건 그렇다 쳐요. 친구니까 돕고 사는 거죠. 하지만 돈을 더 뜯어내려고 하는 지경이 되면, 그건 심하잖아요."

"파블론 부인이 그랬습니까?"

"그랬냐고요? 오늘 낮에는 점심 먹자고 우리 남편을 불러냈대요.

그때 나는 머리 하러 갔었죠. 그러고는 느닷없이 5000달러를 부탁했대요. 우린 은행에 그런 여윳돈이 없어요. 그래서 남편이 내 서명을 받아 대출을 신청하려 드는 바람에 내가 알게 된 거죠. 하지만 난 안 된다 했어요." 그녀는 잠시 말을 끊었고, 알코올에 젖어 분개하던 얼굴이 갑자기 불안감에 잠잠해졌다. 자기가 한 말을 되짚어보고 있는 것 같았다. "내가 비밀을 다 털어놨네요, 그렇죠?"

"괜찮습니다."

"조지한테 내가 한 말을 전하면 괜찮지가 않아요. 조지에게 말 안 할 거죠?"

그녀는 자신의 악의를 쏟아냈지만 그 책임을 지기는 싫어했다.

"알겠습니다."

"좋은 분이네요." 그녀는 테이블 위 내 손을 덮고 좀 세게 지그시 눌렀다. 그녀는 이제 술기운보다 걱정이 커져서, 기분을 풀 방법을 궁리하고 있었다. "춤추는 거 좋아해요, 아치 씨?"

"아처입니다."

"나는 춤 좋아해요."

그녀는 내 손을 잡은 채 일어서서 나를 댄스 플로어로 이끌었다. 빙글빙글 도는 사이 그녀의 머리카락이 우리 눈앞으로 흘러내리고 가슴은 그녀의 열의를 드러내는 특별한 기관이 된 것처럼 나에게 달라붙은 채 출렁거렸다.

"내 이름은 오드리예요." 그녀가 털어놓았다. "당신 이름은 뭔가요, 아치 씨?"

"폴른입니다.('무너진 아치문'이라는 뜻이 됨 — 옮긴이)"

그녀의 웃음소리가 나의 오른쪽 고막을 강타했다. 음악이 멈추어 나는 그녀를 테이블로 데려다주고 앞쪽 사무실로 갔다. 엘라는 아직 자리를 지키고 있었고 약간 파리해 보였다.

"피곤해요?" 나는 그녀에게 물었다.

엘라는 데스크를 마주한 거울 속 자신의 모습을 흘끗 보았다.

"많이 그런 건 아니고요. 음악 때문에요. 내가 춤출 수 없을 때는 신경에 거슬려요." 그녀는 손으로 이마를 쓸었다. "여기서 얼마나 더 일할 수 있을지 모르겠어요."

"일한 지 얼마나 되었는데요?"

"겨우 2년요."

"그 전에는 뭘 했습니까?"

"전업주부였어요. 사실 거의 한 게 없죠." 그녀는 화제를 바꾸었다. "실베스터 부인하고 춤추는 거 봤어요."

"조사죠."

"그런 뜻은 아니었어요." 그녀는 '그런'이 무슨 의미인지는 설명하지 않았다. "오드리 실베스터 조심하세요. 정확히 말해 술꾼은 아니지만 취할 때는 취하거든요."

"그럼 뭘 어쩌는데요?"

"뭐든 머리에 떠오르는 대로 해 버리죠. 한밤중 바다 수영. 한밤중의 정사."

"같은 날에?"

"별로 놀랄 일은 아니죠."

"그 부인 믿을 만한 사람입니까?"

"얘기하는 상대와 화제에 따라 달라요."

"이 여자요." 나는 키티 사진을 꺼냈다. "이름이 케첼이고, 그 남편이 실베스터 선생의 환자였다고 하더군요."

"아마 맞겠죠."

"실베스터 선생 환자 얘기가 나와서 말인데, 선생이 파블론 부인을 바래다주러 갔다면서요."

엘라는 진지하게 고개를 끄덕거렸다.

"차에 태울 때 내가 도와 드렸어요. 우리 둘이 달라붙어야 했죠."

"그분 많이 취했습니까?"

"아니지 싶은데요. 술 거의 안 마셨어요."

"실베스터 부인은 그렇다고 하던데요."

"실베스터 부인은 믿을 만한 증인이 아니에요, 특히 본인이 취했을 때는. 마리에타, 그러니까 파블론 부인은 무엇보다도 아프고 속상해하고 있었어요. 지니 일에 내색하는 것보다 훨씬 더 속상해하죠."

"그렇게 말하던가요?"

"풀어서 얘기한 건 아니에요. 하지만 여기 와서 확답을 들으려 하더라고요. 지니가 비밀결혼을 하게끔 부추긴 자기가 잘한 거라고 누군가가 말해 주길 바라더군요."

"그럼 그녀는 알고 있었던 거군요?"

엘라는 고개를 끄덕였다.

"지니가 오늘 밤 집에 왔대요. 물건 몇 가지 챙기고 작별 인사하러. 5분도 안 되어 갔다네요. 기본적으로는 그것 때문에 부인이 속상한 거 같아요."

"그게 언제입니까?"

"한 시간 정도 전이네요."

"훌륭한 증인이군요. 나하고 정규직으로 일하는 건 어때요?"

"뭘 증언해야 하느냐에 달렸죠."

우리는 마주 보고 조심스러운 미소를 지었다. 우리 둘 다 불행한 결혼 생활을 한 사람이었다.

나는 기록실로 도로 물러났다. 말코브스키는 캐비닛 서랍을 빼서 그 위로 몸을 숙이고 파일 카드를 뒤지고 있었다.

"좀 진전이 있었어요. 지금까지 찾아본 바로는 1959년 9월 개인과 커플 통틀어 외부 게스트가 일곱 가족 있었네요. 그중 내가 기억나는 사람들, 대부분 재방문자인 네 명은 제외했어요. 그럼 셋이 남죠. 샌더슨, 드 후부넬, 그리고 버글런드. 하지만 딱히 이거다 싶은 이름은 없어요."

"케첼은 어떻습니까."

"케첼!" 그는 눈을 깜박이다가 미소 지었다. "그 이름이 맞는 것 같습니다. 그런데 여기 게스트 카드 중에선 못 찾았어요."

"꺼내 갔을 수도 있죠."

"분실되거나. 여기 오래된 파일들은 상태가 상당히 안 좋아요. 하지만 아무래도 케첼이 확실한 기분인데요. 그건 어디서 들었어요?"

"회원한테서요." 나는 필름을 꺼냈다. "이거 사진 뽑아 줄 수 있을까요?"

"안 될 거 없죠."

"얼마나 걸립니까?"

"내일이면 될 것 같군요."

"내일 아침 8시?"

잠깐의 망설임 후 그가 말했다.

"해 보죠."

나는 그에게 필름을 주며 잃어버리지 말라고 설교를 한 다음, 현관에서 작별 인사를 했다. 말소리가 들리지 않을 만큼 멀어지자 엘라가 덤덤히 말했다.

"저분 수고비 넉넉히 챙겨 주시면 좋겠네요. 사진으로 버는 돈은 간신히 생활비밖에 안 되거든요. 게다가 아내와 아이들이 있고."

"넉넉히 쳐 줬어요. 여기엔 케첼 부부가 게스트로 숙박한 기록이 없는데요."

"실베스터 부인이 이름을 잘못 알려 줬을 수도요."

"아닐 겁니다. 에릭이 맞을 거라고 했거든요. 누군가 기록 파일을 꺼내 갔을 가능성이 더 높죠. 기록에 쉽게 손댈 수 있나요?"

"유감스럽지만 그래요. 사람들이 사무실을 들락거리는 데다가, 기록실은 열려 있을 때가 많거든요. 아주 중요한 건가요?"

"그럴지도요. 케첼 부부가 누구의 후원을 받아 게스트로 왔는지 알고 싶은데요."

"스톨 씨가 기억할지도 몰라요. 하지만 오늘은 퇴근하셨어요."

그녀가 매니저가 쓰는 독채를 알려 주었다. 깜깜하고 닫혀 있었다. 바람이 수풀 속에서 집 없는 개처럼 흐느끼는 소리를 냈다.

나는 클럽 현관으로 돌아갔다. 실베스터 선생은 아직 돌아오지 않았다. 바 안을 들여다보니 실베스터 부인이 술잔 위로 몸을 수그리고 있기에, 그녀 눈에 뜨이기 전에 후퇴했다.

엘라가 두 번째 결혼에 대해 더 얘기해 주었다. 남편 스트롬은 시내 변호사로 나이차가 꽤 있으며 전처와는 사별한 사람이었다고 했다. 그녀는 원래 그의 비서였지만, 미묘한 면에서 아내 역할이 훨씬 힘겨웠다. 첫 번째 남편은 너무 어렸고, 두 번째 남편은 너무 늙었다. 나이 든 쪽은 자기 습관이 확고하게 굳어져 있었고, 성적인 습관도 그랬다.

나는 대화가 흘러가게 두었다. 그런 맥락 없이 이어지는 대화는 최고의 정보 출처 중 하나였다. 그리고 나는 그 여자가 마음에 들었고, 그녀의 결혼 생활에 관심이 갔다.

그 이야기가 길고 고된 밤과 어우러졌다. 그녀는 스트롬과 6년을 살았지만 결국에는 버틸 수가 없었다. 심지어 위자료도 청구하지 않았다.

사람들 몇이 파티장을 떠났고, 엘라는 한 명씩 이름을 부르며 그들에게 잘 들어가라고 인사했다. 다른 사람들은 남아 있었다. 우리의 대화, 또는 엘라의 독백에 이따금 흘러오는 음악과 웃음, 바람 소리가 끼어들었다.

실베스터 선생의 도착이 대화의 종지부를 찍었다. 그는 성난 기세로 문을 밀고 들어왔다.

"아내가 아직 여기 있어요?" 그가 엘라에게 물었다.

"그런 것 같아요, 선생님."

"상태가 어떻고?"

"아직 똑바로 앉아 계시죠." 내가 말했다.

그는 나에게로 딱딱한 눈길을 돌렸다.

"당신한테 물은 사람 없어요." 그는 바를 향해 발걸음을 옮기다가, 주저하더니 도로 엘라에게 왔다. "아내 좀 데려와 주겠어요, 스트롬 부인? 오늘 밤은 사람들을 다시 맞닥뜨릴 기분이 아니라서."

"당연히 해 드려야죠. 파블론 부인은 어떠세요?"

"괜찮을 겁니다. 진정시켰으니. 딸 일로 마음이 상한 데다가 약 때문에 정신이 없어서."

"과용하려 드신 건 아니죠?"

"그런 건 아니고. 평소 복용하던 수면제를 먹은 다음에 여기 친구들을 만나러 오려고 생각한 겁니다. 거기에 술 한잔 들어가면, 결과는 뻔하지." 그는 말을 멈추고는 전문가의 어조를 버렸다. "가서 오드리 좀 데려와 줘요."

엘라는 서둘러 불 켜진 복도를 걸어갔다. 나는 안내 데스크에 몸을 기대고 거울 속 실베스터 선생을 지켜보았다. 그는 담뱃불을 붙이고 나를 잊은 척했지만, 내 존재에 불편해하는 듯이 보였다. 그는 연기를 콜록 토해 내고는 말했다.

"이봐요, 무슨 권리로 거기 서서 사람을 쳐다봐요? 새로 온 도어맨이나 그런 거라도 되나?"

"그 자리를 노리고 있죠. 월급은 짜지만 딸린 이득이 있으니까요, 훌륭한 분들을 다 알게 되겠고."

"쫓겨나려고 기를 쓰는구먼."

그의 턱이 둔기처럼 단단해졌다. 손은 부들부들 떨리고 있었다.

그는 한 대 때릴 만큼 덩치가 컸고 성격도 더러웠지만, 그 외의 모든 상황이 맞지 않았다. 게다가 문제 있는 여자를 연이어 맡고 있는 마당이니, 어느 정도 봐 줄 만했다.

"진정하시죠, 선생님. 우린 같은 편입니다."

"우리가?" 그는 담배 너머로 나를 쳐다보았고 연기가 그의 얼굴을 덮었다. 그러다가 마치 담뱃불이 그의 성미에 불을 붙이기라도 한 듯, 대리석 바닥에 담배꽁초를 던지고 발로 밟아 껐다. "난 이게 무슨 게임인지도 모르겠는데." 그는 좀 누그러진 어조로 말했다.

"새로운 종류의 게임이죠." 키티와 케첼의 필름이 나한테 없어서 대신 말로 설명했다. "사진 속에 나온, 다이아몬드 반지를 낀 남자, 혹시 누구인지 아십니까?"

진실성 테스트였지만, 누구의 진실성을 시험하는지 나도 몰랐다. 남편인지 부인인지.

그는 피해 갔다.

"말로만 들어선 알기 어려운데. 이름은 없고요?"

"아마 케첼일 겁니다. 선생님 환자였다고 들었는데요."

"케첼이라." 그는 마치 턱을 주물러서 인간 모양대로 돌려놓으려는 듯이 쓰다듬었다. "예전에 그런 이름의 환자가 있었던 것 같군요."

"1959년에요?"

"그럴 수도. 충분히 그럴 수 있죠."

"그 사람이 여기 숙박했습니까?"

"그랬던 것 같네요."

나는 그에게 키티의 사진을 보여 주었다.

그는 고개를 끄덕였다.

"케첼 부인 맞아요. 틀릴 리가 없지. 떠나기 전에 무염 다이어트 방법을 알아보려 내 의원에 들렀거든요. 남편이 고혈압으로 나한테 진료를 받았죠. 혈압이 엄청나게 높았지만, 내가 정상 범위로 낮춰 놓았죠."

"그 사람 뭡니까?"

실베스터의 얼굴에 기억을 더듬는 표정들이 거쳐 갔다.

"뉴욕 출신의 은퇴자요. 증시 호황 초기에 주식을 시작했다고 하더군요, 운도 좋지. 남서부 어디에 목장을 갖고 있고요."

"캘리포니아요?"

"기억 안 나네요, 이렇게 오래 지났으니."

"네바다?"

"아닐걸. 그렇게 먼 곳의 환자가 올 만큼 내가 유명하진 않거든요."

그 말은 억지로 한 것 같았다.

"케첼의 주소가 환자 기록에 있을까요?"

"있겠죠, 거기에. 하지만 왜 케첼 씨한테 관심이?"

"아직 모릅니다. 그냥요." 나는 방향을 훅 바꿔 질문을 던졌다. "그게 로이 파블론이 자살했을 무렵입니까?"

그 질문에 그는 허를 찔렸다. 한순간 그의 얼굴이 어떤 태도를 취할지 정하지 못했다. 결국은 지루함을 가장한 표정 뒤에 지성을 숨기고 나를 지켜보았다.

"그게 언제쯤인가요?"

"케첼 부부의 사진은 1959년 9월에 촬영한 겁니다. 파블론은 언제 사망했지요?"

"유감스럽지만 정확히는 기억이 안 나는군요."

"선생님 환자 아니었습니까?"

"환자들이 제법 되는 데다가, 솔직히 시간 순서 기억이 그렇게 좋지 않아요. 그 무렵이었을 법은 한데 혹시 관련성을 제기하는 거라면……."

"여쭤보는 겁니다, 제기하는 게 아니라."

"그럼 뭘 묻는 거요, 다시 좀?"

"케첼이 파블론의 자살과 뭔가 상관이 있습니까?"

"그렇게 생각할 이유가 전혀 없는데. 아무튼 그걸 내가 어떻게 알아요?"

"두 사람 다 선생님 친구였죠. 어떤 의미에선 선생님이 둘 사이의 연결 고리고."

"내가?"

하지만 그는 반박하지 않았다. 아예 그 화제를 파고들기를 꺼렸다.

"파블론이 자살하지 않았다는 주장을 들었습니다. 고인의 부인이 오늘 밤 그 질문을 다시 불러일으켰고요. 파블론 부인이 그 얘기를 선생님께도 하던가요?"

"아니요." 그는 나를 보지 않은 채 말했다. "그럼 그가 사고로 익사했다고?"

"살해당했거나요."

"남들 하는 말 다 믿지 마요. 여긴 소문의 온상지니까. 사람들이 할 일이 없다 보니, 친구와 이웃에 대한 소문을 꾸며 댄다고."

"이건 딱히 소문은 아닙니다, 실베스터 선생님. 의견이지요. 파블론과 친하던 사람이 그는 자살할 만한 사람이 아니라고 하더군요. 선생님 의견은 어떻습니까?"

"의견 없어요."

"그거 이상하네요."

"이상할 게 뭐가. 누구라도 자살할 수 있어요, 상황이 주는 압력만 충분하다면야."

"파블론의 자살에 얽힌 특별한 상황은 뭐였습니까?"

"벼랑 끝에 몰린 상황이었죠."

"금전적으로요?"

"그리고 다른 모든 면에서도."

그는 무슨 뜻인지 설명하지 않고 넘어가게 되었다. 그의 아내가 엘라에게 이끌려 비틀비틀 나타났다. 그녀는 정신을 더 놓고 한 단계 더 취해 있었다. 입매는 명한 적대감으로 굳어져 있었다. 눈은 고정되어 있었다.

"당신 어디 있었는지 알아. 그 여자와 침대에 있었지, 그치?"

"말도 안 되는 소리." 그는 양손으로 그녀를 떨쳐냈다. "나와 마리에타 사이는 아무것도 아니야. 그런 적도 없고, 오드리."

"5000달러어치의 관계만 빼고."

"그건 빌려주려던 거였어. 난 아직도 왜 당신이 협조하지 않으려 드는지 모르겠어."

"절대 돌려받지 못할 테니까, 당신이 뿌리고 다닌 다른 돈과 마찬가지로. 그건 당신 돈이지만 내 돈이기도 해. 당신이 공부할 수 있게 내가 7년을 일했어. 그렇게 해서 내가 뭘 얻었게? 돈이 들어왔다가 나가지만 난 하나도 못 만져 봤지."

"당신 몫을 얻었잖아."

"마리에타는 자기 몫 이상을 얻었지."

"말도 안 되는 소리. 마리에타가 망했으면 좋겠어?" 그는 내게서 엘라로 눈길을 돌렸다. 아내와 대화하는 내내, 그는 우리 세 명 전부에게 말하고 있었다. 이제 아내가 완전히 신용을 잃고 나자, 그는 말했다. "집에 가는 게 낫지 않아? 이만하면 하룻밤 치 꼴불견은 충분히 했네."

그는 아내의 팔을 잡으려 손을 뻗었다. 그녀는 인상을 찡그리며 그에게서 물러나, 분노한 감정을 되살리려 했다. 하지만 그녀는 울적한 단계로 진입하고 있었다.

계속 물러서다가 그녀는 거울에 부딪혔다. 돌아서서 거기 비친 자신의 모습을 보았다. 내가 선 자리에서 거울에 비친 그녀의 얼굴이 보였다. 술과 악의에 퉁퉁 부은 얼굴에 느슨하게 풀린 머리카락, 눈에는 공포가 어려 있었다.

"난 늙고 뚱뚱해져 가. 헬스팜(식단 조절과 운동 등을 통해 건강을 찾는 시설 — 옮긴이)에서 일주일 지낼 돈도 없어. 그런데 당신은 우리 돈을 도박으로 날려 버리고."

"나 도박 안 한 지 7년이야, 당신도 알잖아."

실베스터는 거칠게 아내의 어깨에 팔을 둘러 데리고 나갔다. 힘든 시합을 치른 헤비급 권투선수처럼 그녀의 발이 엉켰다.

14장

내가 지나칠 때 제이미슨네에는 불이 여럿 켜져 있었고, 마리에
타 파블론의 집에는 한 개만 켜져 있었다. 자정이 지나 방문하기엔
안 좋은 시간이었다. 나는 아무튼 마리에타를 보러 들렀다. 그녀 남
편의 익사체가 밤의 표면 아래에서 둥둥 떠다니는 듯했다.

그녀는 한참이 걸려서야 내 노크에 응답했다. 현관문에 달린 작
은 창을 열고 창살 사이로 나를 내다보았다. 그녀가 바람 소리 너
머로 말했다.

"뭘 원해요?"

"제 이름은 아처⋯⋯."

그녀가 날카롭게 말을 잘랐다.

"알아요. 뭘 원하죠?"

"진지하게 말씀 나눌 기회요."

"오늘 밤엔 얘기 못 해요. 아침에 와요."

"지금 얘기해야 할 것 같습니다. 지니 걱정을 하고 계시죠. 저도 그렇습니다."

"내가 걱정한다고 누가 그래요?"

"실베스터 선생님요."

"나에 대해 또 무슨 말을 하던가요?"

"안에서 말씀드리는 게 나을 것 같습니다."

"좋아요. 뭔가 피라모스와 티스베(오비디우스의 『변신 이야기』에 나오는 비운의 연인들. 『로미오와 줄리엣』의 원형이 된 이야기 ─ 옮긴이) 같네요, 안 그래요?"

그건 그녀의 위신을 찾으려는 당당한 노력이었다. 불 켜진 복도에 들어서자 그녀의 상태가 좋지 않다는 것이 보였다. 진정제 기운이 아직도 눈에 드러나 있었다. 코르셋을 안 하고 핑크색 퀼트 가운을 걸친 그녀의 몸은 섬세한 뼈대 위로 주저앉은 듯이 보였다. 그녀는 머리에 핑크색 실크 잠자리용 모자를 썼고 그 아래 얼굴은 더 해쓱하고 늙어 보였다.

"나 쳐다보지 말아요. 오늘 꼴이 말이 아니라."

그녀는 거실로 나를 안내했다. 등을 하나만 켜 놨지만 천을 씌운 의자와 소파 그리고 밝은 러그와 창문 커튼에 이르기까지 모든 것이 약간 허름한 것을 알 수 있었다. 방 안에서 새것은 분홍색 전화기뿐이었다.

나는 허술한 의자 중 하나에 앉으려 했다. 그녀는 내게 다른 의자에 앉으라 권하고, 본인은 전화기 옆 또 다른 의자를 차지했다.

"갑자기 왜 지니를 걱정하십니까?"

"오늘 밤 지니가 집에 왔어요. 그 남자가 같이 있었죠. 나하고 딸은 가까운 사이예요. 적어도 예전엔 말이죠. 그런데 그 애가 그 남자와 같이 가기 싫어하는 게 느껴지더라고요. 하지만 그래도 갔어요."

"왜요?"

"모르겠어요." 그녀의 양손이 무릎 위에서 새처럼 퍼덕거리고, 한 손이 다른 한 손을 쿡쿡 찔렀다. "가기 무서워하면서 또 한편으로 가지 않는 것도 무서운 것 같았어요."

"어디로?"

"말 안 했어요. 지니가 나중에 연락하겠다고 약속했어요."

"그의 태도는 어땠습니까?"

"마텔? 아주 격식을 갖추었고 서먹했죠. 공격적으로 예의 바르게. 늦은 시간에 찾아와서 죄송하지만, 갑자기 떠나기로 결정했다고." 그녀는 말을 멈추고는 탐색하는 표정을 한 마른 얼굴을 나에게로 향했다. "정말로 프랑스 정부가 그를 쫓는다고 생각해요?"

"누군가 쫓고 있긴 합니다."

"하지만 누군지는 모르고요."

"아직은요. 이름 하나 확인해 주셨으면 하는데요, 파블론 부인. 케첼."

나는 철자를 불러 줬다. 약 기운 도는 그녀의 눈이 커졌다. 손을 마디가 하얘지도록 움켜쥐었다.

"누가 그 이름을 알려 줬죠?"

"한 사람이 아닙니다. 다니다 보니 나오더군요. 아시는 이름인가 봅니다."

"남편이 케첼이란 사람을 알고 지냈어요. 도박꾼이었죠." 그녀는 내 쪽으로 몸을 숙였다. "실베스터 선생이 그 이름을 알려 주던 가요?"

"아뇨, 하지만 케첼이 실베스터 선생의 환자였다는 건 압니다."

"맞아요. 그랬죠. 그것만이 아니에요."

나는 그녀가 무슨 뜻인지 설명하기를 기다렸다. 결국 내가 입을 열었다.

"케첼이 남편분의 돈을 앗아 간 그 도박꾼입니까?"

"네, 맞아요. 우리에게 남은 걸 다 빼앗아 가고 더 원했죠. 로이가 돈을 줄 수 없게 되자……." 그녀는 그 멜로드라마가 자신의 스타일과 어울리지 않음을 감지한 듯이 말을 멈추었다. "이 얘기는 그만 하죠, 아처 씨. 내가 지금 몸이 안 좋아요. 애초에 얘기를 말았어야 했는데, 이런 상태로는."

"남편분이 자살한 날짜가 언제입니까?"

그녀는 일어서서 약간 비틀거리다, 내 쪽으로 다가왔다. 그녀의 피로가 느껴졌다.

"정말 우리 사생활을 파고드네요? 꼭 알아야겠다면 알려 주죠, 1959년 9월 29일이에요."

말코브스키가 사진값을 받은 날의 이틀 후였다. 파블론의 죽음이 현재 사건과 부분적으로 관련이 있다는 나의 감과 맞아떨어졌다.

파블론 부인이 나를 쳐다보았다.

"그 날짜가 아주 중요한가 보네요."

"몇 가지 가능성이 제기됩니다. 부인께도 큰일이었겠지요."

"내 인생의 끝이었어요." 그녀는 뒤로 비틀 한 걸음 물러나서 다시 앉았다. 마치 무력하게 하지만 의지 밖은 아닌 것처럼 과거로 주 저앉았듯이. "그 후로 모든 것이 그저 시늉만 할 뿐이었죠. 참 이상한 일이에요, 로이와 나는 결혼 생활 내내 원수처럼 싸웠는데. 하지만 서로 사랑했어요. 최소한 나는 그를 사랑했죠, 그가 무엇을 하든 간에."

"뭘 하셨는데요?"

"생각할 수 있는 건 전부 다. 대부분 돈 드는 일이었죠. 내 돈." 그 녀는 머뭇거렸다. "나 돈에 연연하는 사람 아니에요, 정말로. 그게 여러 문제 중 하나였죠. 부부 중 다른 것보다 돈을 신경 쓰는 사람 이 한 명은 있어야 해요. 우리 둘 다 신경 안 썼죠. 18년의 결혼 생 활 동안 우리는 거의 100만 달러를 날렸어요. '우리'라는 걸 알아줘 요. 나도 책임이 있죠. 돈에 신경 써야 한다는 걸 너무 뒤늦게 알았 어요." 그녀는 꿈틀거리고, 돈에 대한 생각이 어깨를 물리적으로 짓 누르기라도 하는 듯이 홱 젖혔다. "남편 사망일이 몇 가지 가능성 을 제기한다고 했죠. 무슨 뜻이에요?"

"정말 자살하신 게 맞을까 궁금합니다."

"당연히 자살이죠."

그 말은 형식적이고 아무 감정 없이 들렸다.

"유서를 남기셨습니까?"

"그럴 필요 없었어요. 하루 이틀 전에 자기 의사를 나와 지니에 게 말했거든요. 그게 딸의 정서적 상황에 어떤 영향을 미쳤을지 누 가 알겠어요. 그 마텔이란 사람은 지니가 유일하게 관심을 보인 진 짜 남자였기 때문에 나도 격려한 거였어요. 만약 내가 끔찍한 실수 를 저지른 거라면……."

그녀는 말끝을 맺지 않은 채 처음 주제로 돌아갔다. 그녀의 머릿속은 다람쥐 쳇바퀴 돌 듯 빙글빙글 돌고 있었다.

"아내와 열일곱 살 먹은 딸에게 그런 말을 하는 사람이 상상이 가요? 그러고는 실제로 실행하는 게? 물론 그이는 나한테 화가 나 있었어요. 돈이 떨어져서. 그런 일이 생길 수 있다고 믿지 않았죠. 늘 어느 친척이 물려준 유산이나, 팔 수 있는 집이나 땅이 있었으니. 하지만 집은 셋집이고 더 이상 죽을 친척도 없었어요. 로이가 대신 죽었죠, 스스로."

그녀는 마치 나를 설득하려는 듯이, 또는 스스로 납득하려는 듯 계속 그렇게 주장했다. 나는 그녀가 약간 통제력을 잃었다고 여겼고, 더 이상 질문을 할 마음이 내키지 않았다. 하지만 그녀는 묻지 않은 질문에 힘겹게 강박적으로 계속 답했다. 잠들어 있던 과거가 뒤척이며 그녀를 통해 말하는 것처럼.

"물론 그걸로 상황이 다 설명되는 건 아니죠. 인생에는 늘 비밀 동기가 있기 마련이에요. 자신에게도 인정하지 않는 충동과 복수 그리고 욕망. 남편이 죽은 진짜 원인을 바로 요전 날 우연히 발견했어요. 이 집을 포기할 생각으로 물건을 정리하고 버리는 중이었죠. 로이의 책상에서 옛날 서류 한 묶음을 발견했고, 그중에 로이가 여자한테 받은 편지가 있었어요. 정말이지 경악 그 자체였죠. 남편으로 그리고 아버지로서의 실패에 더해, 로이가 바람을 피웠을 거라고는 생각도 못 했거든요. 하지만 그 편지는 그 점을 노골적으로 묘사하고 있더군요."

"볼 수 있을까요?"

"아뇨. 안 돼요. 내 자신이 읽는 것만도 모욕적이었는걸요."

"누가 보냈습니까?"

"오드리 실베스터. 이름을 쓰진 않았지만 필체를 알거든요."

"원래 봉투에 들어 있었습니까?"

"네, 그리고 소인이 뚜렷했어요. 1959년 6월 30일, 로이가 죽기 석 달 전 날짜로 찍혀 있었죠. 7년이 지나고서야 왜 조지 실베스터가 케첼을 로이에게 소개하고 케첼이 로이를 속여 있지도 않은 3만 달러를 뜯어내는 걸 웃으며 방관했는지 이해했어요." 그녀는 주먹으로 자기 허벅지를 내리쳤다. "그가 다 계획한 걸지도 몰라요. 로이의 주치의였으니. 로이가 자살할 위험이 있다는 걸 알아채고, 케첼과 공모해서 선을 넘도록 몰아붙였을지도요."

"그건 좀 지나친 생각 아닐까요, 파블론 부인?"

"당신은 조지 실베스터를 몰라요. 인정사정없는 사람이죠. 그리고 케첼 씨도 모르고. 난 클럽에서 한 번 만났어요."

"저도 만나 보고 싶군요. 그 사람 어디 있는지 모르시죠?"

"몰라요. 케첼은 로이가 실종되고 나서 하루 이틀 후에 몬테비스타를 떠났어요. 시체가 발견되기 한참 전에요."

"그가 남편분이 돌아가셨다는 걸 알고 있었다는 뜻으로 하시는 말씀입니까?"

그녀는 너무 많이 말한 자신에게 벌을 주는 것처럼 입술을 깨물었다. 그녀의 눈을 보니 내 짐작이 정확하다는 직감이 왔고, 그녀도 알고 있었지만 무슨 이유에서인지 감추려 들었다.

"케첼이 남편분을 살해한 겁니까?"

"아뇨. 그런 뜻으로 말한 거 아니에요. 하지만 그와 조지 실베스터는 로이의 죽음에 책임이 있어요." 오랜 비탄과 분노의 한가운데에서, 그녀는 나를 조심스레 쳐다보았다. 나는 왠지 그녀가 자기 자신에게서 떨어져서, 오르간을 연주하듯이 스스로의 감정을 조정하고 있지만 건반 한쪽은 전혀 건들지 않고 있는 듯한 이상한 기분이 들었다. "이런 얘길 다 털어놓다니 내가 경솔했어요. 아무에게도 말하지 않겠다고 약속해 줘요, 특히 피터와 그 아버지에겐."

나는 그녀의 정성 들인 재구성과 회피에 지쳤다. 그래서 대놓고 말했다.

"부인이 한 이야기를 그쪽에 전하지 않을 겁니다, 이유를 말씀드리죠, 파블론 부인. 하나도 믿지 않으니까요. 부인 본인도 믿지 않으시는 것 같고요."

그녀는 부들부들 떨며 일어났다.

"어떻게 나한테 그딴 식으로 말할 수 있어요?"

"전 따님의 안전을 걱정하고 있으니까요. 부인은 아닙니까?"

"그렇다는 거 알잖아요. 끔찍하게 걱정돼요."

"그럼 왜 부인이 본 대로 진실을 말해 주지 않습니까? 남편분은 살해당한 건가요?"

"몰라요. 난 이제 아무것도 모르겠어요. 오늘 밤 진짜 대지진 같은 충격을 겪었어요. 땅이 흔들리고 내 발밑에서 꺼졌죠. 아직도 진동이 멈추지 않았어요."

"무슨 일이 있었습니까?"

"아무 일도 없었어요. 들은 것 때문에 그래요."

"따님이 한 말?"

"더 이상 말하면 도를 넘을 거예요. 입 밖에 내기 전에 정보를 더 모아야 해요."

"정보 수집이 제 일입니다."

"제안은 고맙지만, 이건 내 방식대로 해결해야 해요."

다시 그녀의 침묵이 시작되었다. 그녀는 양 주먹을 꽈악 서로 마주대고, 동공이 한껏 커진 채 꼼짝도 않고 앉아 있었다.

바람 소리 너머로 쥐가 벽을 갉는 듯한 소리가 들렸다. 난 그걸 곧장 마리에타 파블론과 연결 지어 생각하지 못했다. 그러다가 그녀가 이를 갈고 있음을 깨달았다.

그녀를 쉬게 두고 가야 할 때였다. 나는 신음하는 떡갈나무 아래에서 차를 빼 옆집 제이미슨네로 몰았다. 불이 아직 켜져 있었다.

15장

피터의 아버지가 문을 열어 주었다. 그는 파자마와 가운 차림이었고, 아침에 봤을 때보다 더 투명하게 비쳐 보일 듯하고 가라앉아 있었다.

"들어와요, 아처 씨. 가정부는 자러 갔지만 술은 내드릴 수 있어요. 그렇잖아도 들러 주었으면 하던 참이거든, 알려 줄 정보가 있어서."

마치 대낮인 것처럼 말하며 그는 복도를 지나 서재로 안내했다. 그의 움직임은 불안정했지만 그래도 몸을 끌고 문을 지나 의자에 앉았다. 옆에는 음료가 놓여 있었다. 제이미슨은 하루 종일 일정 수준의 맨정신을 유지할 수 있는 타입의 술꾼인 듯했다.

"술은 직접 따라 마시도록 해요. 내 손이 좀 불안해서." 그는 양손을 들어 임상적 흥미를 갖고 떨림을 관찰했다. "잠자리에 들어야 할 시간이겠지만, 난 이제 잠을 잘 능력을 잃었어요. 이런 밤새우기가 제일 고역이지. 불쌍한 죽은 아내의 모습이 아주 생생하게 떠오르거든. 그 상실감이 우주와 나를 다 삼켜 버린 광대한 공허함처럼 느껴지죠. 죽은 아내 사진을 보여 드렸나 기억이 안 나네요?"

마지못해 나는 아니라고 인정했다. 밤새도록 제이미슨과 앉아 그의 끊임없는 추억을 듣고 싶은 마음은 전혀 없었다. 새 병을 따서 내 몫으로 잔에 깔릴 만큼 조금만 따랐다.

제이미슨은 가죽 상자를 뒤져 젊은 여자의 사진이 든 은제 액자를 꺼냈다. 특별히 예쁘진 않았다. 남편이 오래도록 기리는 데는 다른 이유가 있을 것이다. 어쩌면 슬픔이 그가 느낄 수 있는 유일한 감정이거나, 혹은 그냥 술 마시는 핑계일지도 모르겠다는 생각이 들었다. 나는 사진을 도로 그에게 건넸다.

"부인이 돌아가신 지 얼마나 됐습니까?"

"24년. 불쌍한 내 아들이 제 어미를 죽이고 태어났죠. 불쌍한 피터를 탓하지 않으려고 애는 쓰지만, 내가 잃은 그 모든 걸 생각하면 가끔은 그게 어려워요."

"그래도 아직 아드님이 있으시죠."

제이미슨이 빈손으로 초조하고 짜증 난 손짓을 작게 했다. 피터에 대한 그의 감정, 또는 감정의 부재를 잘 알 수 있었다.

"그나저나 피터는 어디 있습니까?"

"간식 먹으러 부엌에 갔어요. 자러 가던 참에. 혹시 그 애를 보려고?"

"나중에요. 봐서. 제게 알려 줄 정보가 있다고 하셨죠."

그는 고개를 끄덕였다.

"은행에 있는 친구하고 얘기를 했어요. 마텔의 10만 달러, 사실 12만에 가까운 그 돈은 방코 드 누에바 그라나다, 즉 뉴 그라나다 은행에서 발행한 어음 형태로 입금되었답니다."

"처음 듣는 곳이군요."

"나도 마찬가지요, 파나마 시티에 가 본 적은 있지만. 뉴 그라나다는 파나마 시티에 본부를 두고 있지."

"마텔이 10만 달러를 지역 은행에 두고 떠났습니까?"

"아니요. 지금 그 얘기를 하려고. 한푼 남김없이 인출했어요. 현금으로. 은행이 경비원을 붙여 주겠다고 했지만 굳이 그럴 거 없다고 거절했다더군요. 돈을 서류가방에 챙겨 넣고 차 뒷좌석에 던져 넣더랍니다."

"그게 언제 일이죠?"

"오늘 2시 55분, 은행 닫기 직전에요. 아침에 먼저 전화해서 현금 보유량이 되는지 확인했다더군요."

"그럼 오늘 아침 이미 떠날 계획이 잡혀 있었던 거군요. 어디로 갔을지 궁금한데요."

"파나마겠지, 아마. 거기가 돈의 출처인 모양이니."

"아드님께 보고해야겠습니다. 부엌은 어떻게 가면 됩니까?"

"복도 끝 맞은편. 불빛이 보일 겁니다. 마치고 다시 와서 한잔 더 합시다, 어때요?"

"시간이 늦었는데요."

"잠자리는 기꺼이 내드릴 수 있어요."

"고맙습니다, 저는 호텔에서 일이 더 잘 되어서요."

나는 복도를 따라 부엌 불을 향해 나아갔다. 피터는 매달린 전등 아래 테이블에 앉아 있었다. 나무 쟁반에 담긴 거위 통구이 거의 전체가 앞에 놓여 있었고, 그는 그걸 먹고 있었다.

나는 굳이 발소리를 줄이지 않았지만, 그는 내가 오는 소리를 듣지 못했다. 나는 문간에 서서 그를 지켜보았다. 그렇게 먹는 사람은 생전 처음이었다.

양손으로 그는 거위 가슴살 덩어리를 찢어 고기 가는 기계에 밀어넣는 식으로 입에 욱여넣었다. 얼굴이 뒤틀리고, 눈은 거의 보이지 않았다.

그는 다리를 쭉 뜯어 두툼한 끝 쪽을 베어 물었다. 나는 부엌을 가로질러 그에게 다가갔다. 부엌은 크고 흰색이었으며 삭막했다. 사용 중단된 핸드볼 경기장이 연상되었다.

피터가 고개를 들어 나를 봤다. 그는 거위 다리가 사람 시체의 일부라도 되는 양 죄스럽게 그걸 떨궜다. 그의 얼굴은 소시지처럼 팽팽하게 붓고 얼룩덜룩했다.

"도대체 뭘 하고 있는 겁니까?"

"배가 고파서요." 그의 목소리는 기름기로 흐려졌다.

"아직도?"

그는 멍한 눈을 반쯤 해치운 거위에 고정한 채 고개를 끄덕였다. 그것은 그의 희망의 사체처럼 앞에 놓여 있었다.

거기서 나와 그의 잔금을 돌려보내고 싶은 기분이었다. 하지만 나는 늘 불운에서 손을 털고 벗어나는 걸 잘 못했다. 나는 의자를 끌어다 테이블 맞은편에 앉아 그를 정신 차리게 하려 했다.

내가 무슨 말을 했는지 다 기억이 나진 않는다. 대체로 그 청년에게 인간임을 상기시키려 애썼다. 드문드문 끊어진 나의 독백에 마리에타 파블론의 집 쪽에서 들려온 쾅쾅 소리가 종지부를 찍은 것이 기억난다.

처음 그 소리를 들었을 때는 총성인가 생각했다. 불규칙적인 간격을 두고 소리가 반복되자 그 가능성을 젖혀 두었다. 십중팔구 셔터나 바깥 문이 바람에 부딪히는 소리일 터였다.

마침내 피터가 웅얼거리는 목소리로 말했다.

"미안해요."

"자신에게 미안해하도록 해요."

"뭐라고요?"

"자신에게 미안해하라고요. 당신 자신에게 이러고 있는 거니까."

인정사정없는 불빛 속에 그의 얼굴은 밀가루 반죽 같았다.

"내가 뭐에 홀린 건지 모르겠어요."

"병원에 가 봐야 해요. 그건 병입니다."

"정신과에 가 봐야 할까요?"

"대부분의 사람들은 살다 보면 필요하게 돼요. 당신은 그럴 돈이 있으니 운이 좋은 겁니다."

"없어요, 근데. 진짜로는. 1년은 더 있어야 진짜 돈이 들어와요."

"신용 결제로 해요. 나를 고용할 수 있다면 정신과를 갈 형편도 되겠죠."

"정말로 내 머리에 문제가 있다고 생각해요?"

"마음이죠. 마음에 허기가 지는 겁니다. 음식 말고 다른 걸로 채워 줘야 해요."

"알아요. 그래서 지니를 돌아오게 해야 하는 거고."

"그보다 더한 조치가 필요합니다. 만약 지니가 당신이 이렇게 폭식하는 모습을 본다면……."

잔인한 말이었다. 굳이 끝맺지 않았다.

"봤어요. 그게 문제예요. 이걸 알자마자 사람들이 나한테 등을 돌리거든요. 당신도 그만두겠죠."

"아뇨. 당신을 위해 일이 바로잡히는 걸 보고 싶습니다."

"절대 바로잡히지 않을 거예요. 난 틀렸어요."

그는 자신의 도덕적 무게를 전부 내게 기대려 하고 있었다. 나는 지금보다 더 짐을 짊어지고 싶지 않았기에 상황을 약간 객관화하려 했다.

"마르티네즈에 사시던 우리 할머니는 신심이 깊은 분이었죠. 늘 절망하는 건 죄라고 말씀하셨습니다."

그는 천천히 고개를 저었다. 그의 눈이 움직임에 따라 흔들리는 듯했다. 잠시 후 그는 싱크대로 달려가 토했다.

내가 싱크대를 치우고 그를 추스르려고 하는 사이, 그의 아버지가 문가에 나타났다. 그는 마치 피터가 귀머거리거나 저능아인 것처럼 제쳐 두고 말했다.

"불쌍한 우리 애가 또 먹고 있던가요?"

"물러나세요, 제이미슨 씨."

"무슨 말인지 모르겠군." 그는 자기가 얼마나 다정한 아버지인지 보이기라도 하려는 듯 창백한 두 손을 들어 올렸다. "나는 아들한테 아버지 어머니 노릇을 다 해 왔어요. 그래야만 했지."

피터는 아버지에게 얼굴을 보이기 싫어 등을 돌린 채 싱크대 앞에 서 있었다. 잠시 후 그의 아버지는 다시 물러갔다.

타일 붙인 카운터와 싱크대, 오븐이 딸려 있는 큰 부엌 옆에 유리창 긴 포치 같은 작은 바깥 부엌이 딸려 있었다. 나는 문에서 나는 소리 때문에 그 바깥 부엌을 의식했다. 쾅쾅거리는 소리보다 더 가깝고 더 끈질기게 박박 긁고 끙끙거리는 소리가 났다.

"밖에 개 키웁니까?"

피터가 고개를 저었다.

"떠돌이 개일 거예요. 들어오게 해 줘요. 거위 남은 거 주죠."

나는 바깥 부엌의 불을 켜고 문을 열었다. 마리에타 파블론이 문지방 너머로 기어 들어왔다. 그녀는 무릎을 대고 몸을 일으켰다. 그녀의 손이 내 다리를 붙들고 허리로 올라왔다. 핑크색 퀼트 가운의 가슴께에 염색 실수처럼 피가 번져 있었다. 그녀의 눈은 은화만큼이나 둥그렇고 멍했다.

"날 쐈어요."

나는 몸을 숙여 그녀를 붙들었다.

"누가요, 마리에타?"

그녀의 입이 움직였다.

"애인 놈이."

그녀의 남은 생명이 그 말과 함께 빠져나왔다. 그것이 그녀의 몸을 떠나는 게 느껴졌다.

16장

피터가 부엌 문가에 나타났다. 그는 바깥 부엌으로 나오지 않았다. 죽음이 그 안을 온통 차지했다.

"뭐라고 했어요?"

"애인 놈이 자기를 쐈답니다. 누구를 말하는 걸까요?"

"마텔." 자동적으로 나온 대답이었다. "그분 돌아가셨어요?"

나는 마리에타를 내려다보았다. 죽음이 그녀를 작고 흐릿하게 만들었다. 망원경을 거꾸로 들고 본 것처럼.

"안타깝지만 그렇습니다. 가서 카운티 보안관 사무실에 전화해요. 그다음 아버님께 말씀드리고."

"아버지한테 말해야 해요? 어떻게든 내 탓을 하실 텐데."

"원한다면 내가 말씀드리죠."

"아뇨. 내가 말할게요." 그는 단호히 부엌을 가로질러 갔다.

나는 바람 부는 어둠 속으로 나가 내 차에서 손전등을 꺼냈다. 잘 밟아 다져진 오솔길이 제이미슨네 정원에서 파블론네로 이어져 있었다. 어린 피터의 발이 만든 길일까 궁금했다.

마리에타가 자기 집에서부터 그 길을 따라 기어 온 증거가 남아 있었다. 핏자국과 흙에 남은 무릎 자국. 집 경계 울타리에 난 구멍을 통과하는 길에 분홍색 실크 모자가 떨어져 있었다. 그 자리에 내버려 두었다.

그녀 집 현관문이 바람에 쾅쾅 부딪히고 있었다. 나는 안으로 들어가 서재를 찾아냈다. 19세기 장식용 책상이 자리를 차지하고 있었다. 나는 책상 서랍을 뒤졌다. 오드리 실베스터가 파블론에게 보낸 연애편지는 보이지 않았지만, 그만큼 흥미로운 편지를 한 통 찾았다. 파블론 부인에게 파나마 시티의 뉴 그라나다 은행 부행장 리카르도 로잘레스가 올해 3월 18일에 쓴 편지였다. 조금 과장스러운 영어로 그녀에게 정기적으로 일정 금액이 출금되던 특별 계좌의 잔고가 고갈되었으며, 관련하여 추가 조치에 대해 아무런 연락을 받지 못했다고 되어 있었다. 은행 규칙과 규정상 유감스럽지만 원금은 밝힐 수 없다고 했다.

제일 아래 서랍에서 거의 틀림없이 로이 파블론일 젊은 공군 소위의 사진 액자가 나왔다. 액자 유리가 없었고, 비뚤한 작은 반달 모양으로 사진 일부가 뚫려 있었다. 뾰족한 여자 구두 굽으로 반복해서 밟아 그렇게 되었다는 결론에 이르기까지 조금 시간이 걸렸다. 마리에타가 최근에 남편 사진을 밟은 걸까 궁금했다.

같은 서랍에서 뒤판에 라틴어 네 단어가 새겨진 얇은 남성용 손목시계를 발견했다. 무투이스 아니미스 아만트 아만투르(Mutuis animis amant amantur). 라틴어는 모르지만 '아만트'는 뭔가 사랑과 관련된 뜻이리라.

나는 파블론의 사진을 다시 들여다봤다. 과거사를 아는 내 눈에 비친 그의 머리는 잔혹한 속 빈 동상이었다. 가무잡잡하고 근사한, 딸이 반할 만한 남자였다. 비록 그는 잘생겼고 마텔은 아니었지만, 둘 사이의 유사점을 알 법했고 아마 지니가 마텔에 반한 이유도 설명이 될 만했다. 나는 사진과 시계를 도로 서랍에 넣었다.

내가 마리에타와 얘기를 나누고, 그녀의 이 가는 소리를 들었던 거실에 불이 켜져 있었다. 핑크색 전화기 코드가 벽에서 뜯어져 있었다. 닳은 카펫에 군데군데 핏방울이 튀어 있었다. 그녀가 기어가기 시작한 곳이 바로 여기였다.

저 멀리서 바람 소리보다 더 크고 끔찍하게 웽웽거리는 소리가 들려왔다. 거의 언제나 뒤늦게서야 오는 사이렌 소리였다. 나는 불을 켜 놓고 쾅쾅대는 문도 그냥 둔 채 밖으로 나갔다.

보안관 직원들은 나보다 먼저 제이미슨 집에 와 있었다. 내가 누군지 설명하고 신분증을 보이고 피터가 나서서 내 신원을 보증한 후에야 그들은 나를 집에 들어가게 해 주었다. 부엌에는 들어가지 못하게 했다.

그들의 비협조는 나로선 차라리 잘된 일이었다. 내 조사 결과의 일부를 감춰 두어도 양심에 찔리지 않을 기분이 되었다. 하지만 나는 그들에게 마텔에 대해 알려 주었다. 2시가 되자 담당 수사관 해럴드 올슨 경위가 내가 기다리고 있는 거실로 들어와 마텔에 대해 지명 수배를 내렸다고 말했다. 그가 덧붙였다.

"이제 가 보셔도 됩니다, 아처 씨."

"남아 있다가 검시관하고 얘기 좀 하려고 생각했는데요."

"내가 검시관입니다. 부(副) 검시관인 윌스 선생에게 오늘 밤 여기 올 필요 없다고 말해 놨어요. 쉬라고. 당신도 가서 좀 쉬지그래요, 아처 씨?" 올슨은 천천히 내 쪽으로 다가왔다. 자기 제안을 남들이 명령으로 여겨 주기를 바라는 고집 세고 덩치 크고 굼뜬 스위스인이었다. "긴장 풀고 쉬어요. 최소한 이틀 안에는 검시 결과가 안 나올 테니까."

"왜죠?" 나는 의자에서 일어나지 않은 채 말했다.

"원래 그러니까, 그래서입니다." 그는 여기 지휘를 맡고 있었고, 혹시 자기 권한에 의문을 제기하는지 약간 튀어나온 눈으로 나를 주시하고 있었다. 만약 양자택일해야 한다면 사건 해결보다 독점을 택할 사람이라는 인상이었다. "서두를 것 없어요. 부인이 가슴에 맞은 총탄이 아마 폐를 관통했겠죠. 내출혈로 죽었고요."

"저는 그 남편이 어떻게 죽었는지에 관심이 있습니다."

"그는 자살이었어요. 윌스 선생에게 들을 것도 없지. 내가 직접 그 사건을 다뤘어요." 올슨은 나를 좀 더 주의 깊게 주시하고 있었다. 그는 내가 자신의 수사 결과에 의문을 제기할 가능성에 예민하게 굴며 벌써부터 희미한 분노로 부들부들 하고 있었다. "종결된 사건입니다."

"이 일로 재수사에 들어가지 않습니까?"

"아니. 안 가요." 그는 홧김에 내뱉고 있었다. "파블론은 자살한 겁니다. 본인이 아내에게 그러겠다고 했고 결국 실행했죠. 범죄가 관련된 증거는 없었어요."

"상처가 심했다고 하던데요."

"상어 짓입니다. 그리고 바위에 부딪히고. 파도가 많이 치는 구역인 데다 해저에서 열흘을 굴러다녔으니." 올슨은 그걸 무슨 위협하듯 말했다. "하지만 모든 손상은 익사 후 생긴 겁니다. 그는 소금물에 익사했어요. 윌스 선생도 같은 얘기를 할 거고."

"윌스 선생님을 내일 어디서 찾아뵐 수 있을까요?"

"머시 병원 지하층에 사무실이 있어요. 하지만 가 봤자 내가 한 얘기 이상은 없을 겁니다."

올슨은 도제에게 작품을 비판당한 장인처럼 시무룩해진 자존심에 싸여 거실을 나갔다. 나는 그의 발소리가 들리지 않을 때까지 기다렸다가 서재로 향했다. 문은 잠겨 있었지만 아래로 불빛이 새어 나왔다.

"누구세요?" 가정부 베라가 문 너머에서 말했다.

"아처입니다."

그녀는 문을 열어 주었다. 레이온으로 된 태양무늬 기모노 차림이었다. 그녀가 제이미슨의 발치에 놓인 발 받침대에 앉았을 때, 검은 끈 두 가닥이 등 뒤에 끊긴 전기선처럼 드리워진 것이 보였다.

"끔찍한 일이야." 그가 힘없이 말했다. "어떻게 생각해요, 아처?"

"아직 그걸 물으시긴 이릅니다. 마리에타는 애인 놈이 자기를 쐈다고 말했어요. 그게 혹시 선생님께 특별한 의미가 있습니까?"

"아뇨."

"그녀에게 애인이 있었습니까?"

"내가 아는 한에선 없어요."

"만약 애인이 있었다면, 그게 누구일까요?"

"짐작도 안 가요. 솔직히 로이가 죽은 이후로는 파블론 가족과 관련된 일이 별로 없었거든, 그 전에도 그렇고. 대학 때 그리고 그 후로 몇 년 동안 가까운 친구이긴 했지만, 각자 다른 방향의 인생을 걸었죠. 마리에타의 사생활에 대해선 난 완전히 깜깜해요. 그래도 그녀가 말한 게 다른 사람의 애인일지도 모르겠단 생각이 드는군요."

"마텔 말씀이신가요?"

"뻔한 생각이죠?"

"유감스럽지만 너무 뻔합니다. 하지만 마텔과 마리에타 사이의 희한한 연결 고리를 포착했습니다. 그녀는 뉴 그라나다 은행에서 일종의 수입을 인출하고 있었더군요."

"마리에타가?"

"그렇습니다. 지난 두어 달 사이 끊겼고요."

"소득원이 누구였을까요?"

"그게 분명치 않습니다. 마텔일 수도 있고, 그렇다면 엄청난 가능성이 생깁니다. 마리에타가 그에게 딸을 팔았을지도 모르고요."

"그럴 리 없어요!"

제이미슨은 마비된 정신 상태였지만 그럼에도 큰 충격을 받았다.

"그러는 어머니들 많습니다. 본인들은 판다고는 하지 않지만, 근본을 따져보면 그거예요. 사교계 데뷔 무도회는 수단 노예 시장에 가까운 겁니다."

베라가 상스럽고 유쾌한 기색 없는 웃음소리를 흘렸다. 제이미슨은 그녀에게 인상을 잔뜩 쓰고는 꾸짖듯이 말했다.

"하지만 마리에타는 지니에게 헌신했는데."

"또한 돈이 얼마나 중요한지도 알죠. 본인이 제게 그렇게 말했습니다."

"정말? 마치 화수분처럼 돈을 뿌리고 다녔는데요. 전에 내가 마리에타에게 내줘야 했던······."

베라가 홱 고개를 쳐들었고, 제이미슨은 그 말을 맺지 않고 넘어갔다. 나는 말했다.

"어쩌면 딸이 그녀에게 남은 유일한 소득원이었을지도 모릅니다."

나는 그 발상을 궁리해 보고 있었고, 제이미슨이 내 의도를 알아챘다.

"당신 생각이 옳을 수도 있겠군요. 마리에타는 로이가 죽은 후 지난 몇 년 사이 모질어졌으니. 하지만 당신이 옳다 치더라도, 왜 버지니아를 수상쩍은 외국인과 결혼시킬까요? 내 불쌍한 아들 피터가 기꺼이 대기하고 있는데."

"모르겠습니다. 결혼은 지니의 생각일 수도 있겠죠. 그리고 마리에타와 마텔이 같은 파나마 은행에서 돈을 받은 사실은 순전히 우연의 일치일 수도요."

"하지만 그렇게 믿는 건 아니지요?"

"아니죠. 저는 순전한 우연의 일치에 대한 믿음을 진작 버렸습니다. 삶의 모든 것들은 패턴으로 묶이는 경향이 있죠. 물론 이 사건에서 이제까지 가장 분명한 패턴은 반복되는 죽음이지만. 파블론 부인이 살해당했다는 사실이 그 남편의 죽음에 대한 의문을 다시 불러일으킵니다."

"하지만 로이가 자살한 건 확정된 게 아닌가요?"

베라는 마치 그가 저질스러운 말을 한 것처럼 인상을 찌푸렸다. 조신하게 그녀가 성호를 그었다.

"그게 공식적인 결론이죠, 아무튼. 이제 의심의 여지가 생겼습니다. 모든 것이. 시신이 확인된 걸로 압니다만."

"내가 확인한 장본인이지만."

"로이 파블론이었다고 확신하십니까?"

그는 머뭇거리다가 의자에서 불편하게 몸을 뒤척였다.

"그때는 확신했죠. 그럼 지금도 확신해야 한다는 뜻이지, 안 그래요? 솔직히 곱씹어 보고 싶은 기억은 아니에요. 얼굴이 부어올랐고 끔찍하게 상처가 났지."

제이미슨이 눈을 꼭 감았다. 베라가 그의 손을 잡아 주었다.

"그러면 그가 맞는지 확신할 순 없으셨던 겁니까?"

"그냥 봐서는 몰랐어요. 바다에 있는 사이 꽤 변해서. 하지만 그게 로이라는 걸 의심할 이유도 없긴 마찬가지라. 사인심문에 출석한 의사 윌스 선생이 그게 로이라는 반박불……." 그는 그 단어를 더듬거렸다. "반박불가능한 증거가 있다고 했거든요."

"그게 뭐였는지 기억나십니까?"

"옛날에 골절된 다리의 엑스레이 관련인가 그랬죠."

"그럼 그걸로 해결되겠군요."

"뭐가?" 그는 좀 짜증스레 말했다.

"자살이 가짜고 누군가가 파블론의 코트를 입고 바다에 들어갔을 가능성 말입니다. 사람이 빚더미에 빠져 있을 때는 고려해 볼 만한 가능성이죠. 하지만 방금 하신 말씀으로 그건 제외됩니다."

"그렇겠죠."

"방금 전에, 파블론 부인에게 뭘 내주셨단 말씀을 하시려 했죠?"

"그건 아주 오래전 일입니다. 이따금 내가 두 사람 다 도와줬거든. 어떤 면에서 로이에게 책임감이 느껴졌어요."

베라가 성난 듯이 몸을 뒤척였다.

"그 여자에게 집을 주셨죠."

"무슨 집 말입니까?"

그러자 제이미슨이 대답했다.

"그녀가 살고 있는…… 살던 집을 말하는 겁니다. 정확히 말해 준 건 아니고. 쓸 수 있게 해 줬죠. 뭐니뭐니해도 그녀는 불쌍한 내 아들에게 잘해 줬으니까. 그리고 살아생전에 로이도 그랬고."

"로이 파블론이 선생님께 많이 도움을 받았습니까?"

"몇천 정도. 내 자산이 거의 신탁기금에 묶여 있지만 않았다면 더 많아질 수도 있었겠죠. 로이는 말년에 돈이 많이 궁했어요. 있지 도 않은 돈으로 도박을 했으니."

"케첼이란 사람과 도박을 했습니까?"

"그래요. 그게 그 사람 이름이었지."

"케첼을 아십니까?"

"만난 적은 없고. 얘기만 들었죠."

"누구에게서요?"

"마리에타에게서. 로이가 실종되고 시체가 발견되기 전까지 열흘 내지는 열하루 동안, 마리에타는 케첼에 대해 꽤 많이 얘기했어요. 그가 로이를 살해했다고 의심하는 것 같았더군요. 하지만 그녀에겐 증거가 없었고, 경찰에 신고하려는 걸 내가 말렸죠. 자살로 결론 지어진 후엔 그녀도 그 생각을 버렸고."

베라가 거북한 듯 움직이며 제이미슨의 손을 잡아당겼다. 마치 죽은 여인이 은연중의 라이벌이라도 되는 듯이.

"이제 주무세요, 밤새 이렇게 앉아 있다니 미친 짓이에요."

집안의 특별한 규범이 무너진 듯했다. 나는 가려고 일어섰다. 베라가 안심해서 올려다보았다.

제이미슨이 말했다.

"당시에는 마리에타가 그저 남편의 자살이란 사실을 받아들이기가 힘들어서 살인이라 상상한다고만 여겼는데. 그녀에게 무슨 근거가 있었다고 여기는 건 아니겠죠?"

"어쩌면 근거가 있었는지도 모릅니다. 올슨 경위가 파블론은 분명히 소금물에 빠져 죽었다고 하더군요. 살인 수법이 그거일 수도 있겠죠, 비록 이 사건에서는 그럴 법하진 않지만. 그래도 역시 케첼과 얘기를 해 보고 싶군요. 혹시 어디 가면 찾을 수 있는지 모르시죠?"

"전혀 감도 안 오는걸요. 나에게는 그저 이름뿐인 사람이라."

내게 꽂힌 베라의 시선이 나를 밀어냈다.

경찰들이 아직 부엌에 있었다. 마리에타는 아니었다. 피터도 마찬가지였다. 커다란 부엌엔 내게 익숙한 침울하고 관료적이며 쓸쓸한 분위기가 돌았다. 나도 한때는 여기서 엎어지면 코 닿을 거리인 롱비치에서 경찰로 일했었다.

17장

나는 남은 밤 시간을 브레이크워터 호텔에서 보내려 해안대로로 다시 차를 몰고 돌아왔다. 기대는 하지 않았지만, 헨드릭스 부부 중 누군가가 거기에 나타날지도 모른다.

떠돌이 야영지가 가까워지자 나도 모르게 차 속도를 줄이고 있었다. 그러길 잘한 것이, 안 그랬다면 해리의 캐딜락을 못 보고 지나쳤을지도 모른다. 바다 쪽 풀밭의 야자수 둥치를 박은 채 있었다.

차가 심하게 충돌했다. 나무 둥치가 깊게 상했다. 캐딜락의 묵직한 범퍼가 라디에이터 쪽으로 구겨 들어가 있었다. 앞 유리 한쪽이 머리와 충돌한 흔적으로 흐려져 있었다. 나는 앞좌석에서 핏자국 몇 개를 발견했다.

누가 차를 가져가 박았는지는 몰라도 열쇠를 꽂은 채 두었다. 나는 아까 했어야 했던 일을 했다. 그 열쇠로 뒤쪽 트렁크를 열었다.

해리가 등을 돌린 채 거기 들어 있었다. 나는 손을 그의 머리 아래 넣어 얼굴을 돌렸다. 심하게 얻어맞았다. 그가 신음하기 전까지 난 그가 죽었을지 모른다고 생각했었다.

나는 그의 어깨와 다리 아래를 팔로 받쳐 들어 올렸다. 강철 자궁에 든 크고 무력한 아기를 꺼내는 기분이었다. 나는 그를 풀밭에 내려놓고 도움을 청할 곳을 찾아 주위를 둘러보았다.

바람이 머리 위 마른 야자나무 잎을 흔들어 소리를 냈다. 사람이라곤 보이지 않았다. 하지만 해리를 두고 가고 싶진 않았다. 누군가 다시 그를 훔쳐 갈지도 모르는 일이다.

나는 바닷가로 가서 한쪽 발을 적셔 가며 손수건을 물에 적셔 왔지만 허사였다. 젖은 천으로 얼굴을 닦아 주니 해리는 신음을 내긴 했지만 정신이 들진 않았다. 한쪽 눈꺼풀을 올려 보니 흰자밖에 안 보였다.

내 계산으론 그는 여섯 시간에서 일곱 시간 정도 트렁크에서 의식을 잃고 있었다. 마텔의 구두에 묻어 있던 피가 해리의 피였다는 것은 거의 의심의 여지가 없었다. 나는 그를 병원으로 데려가기로 결심했다. 그를 다시 안아 들어 올렸다.

내 차까지 반쯤 갔을 때 지붕에 경광등이 달린 순찰차가 시야에 들어왔다. 차가 멈추고 경찰관이 내렸다.

"뭐 하시는 겁니까?"

"이 사람이 사고를 당했어요. 병원에 데려가려던 참입니다."

"저희가 하겠습니다."

젊은 경관의 목소리는 예리하게 날이 서 있었다. 그는 해리를 내게서 받아들어 순찰차 뒤에 눕혔다. 그러고는 총 손잡이에 손을 얹고 나에게로 돌아섰다.

"저 사람, 폭행을 당한 모양인데요."

"네."

"손 좀 보여 주세요. 여기 헤드라이트 쪽으로 와서."

나는 하얀 불빛 아래서 그에게 양손을 보여 주었다. 두 번째 경관이 운전석에서 내려 내 뒤로 왔다.

"내가 때린 게 아닙니다. 보면 아시겠죠."

"누가 그랬습니까?"

"나야 모르죠." 나는 마텔 얘기를 설명할 기분이 아니었다. "나무에 충돌한 차를 보고 트렁크를 열어 보니 그 사람이 안에 있었습니다. 차를 도둑맞았던 것 같아요."

"저 사람을 아십니까?"

"조금. 이름은 해리 헨드릭스입니다. 나와 마찬가지로 브레이크워터 호텔에 묵고 있죠. 나중에 날 찾으시려면 거기로 연락하시면 됩니다." 나는 내 신원을 말해 주었다. "지금은 먼저 그를 병원에 데려가셔야 할 거 같은데요."

"걱정 마세요. 그럴 거니까."

"어느 병원에요?"

"공립 병원이죠, 혹시 대신 입원비를 내주실 게 아니라면. 머시 병원은 하루치 보증금을 내야 하거든요."

"얼마죠?"

"20달러요, 일반 병실."

나는 그에게 피터의 돈에서 20달러를 건넸다. 경관은 자기 이름이 워드 라스무센이라고 밝히고, 병원에서 영수증을 가져다주겠다고 했다.

브레이크워터 호텔 로비엔 소파에서 잠든 늙은 벨맨을 제외하면 아무도 없었다. 나는 그를 흔들었다. 그는 화들짝 놀라 소리쳤다.

"마사?"

"마사가 누굽니까?"

그는 흐릿한 눈을 비볐다.

"마사라는 아가씨를 예전에 알았었죠. 내가 마사라고 했어요?"

"네."

"그 여자 꿈을 꿨나 보네. 레드 블러프에서 알았던 사이였어요. 마사 트뤼트. 난 레드 블러프에서 나고 자랐죠. 참 오래전 일인데."

추억에 젖은 눈으로 그는 터덜터덜 데스크 뒤로 돌아가서 나를 체크인하고 내가 요청한 28호실 열쇠를 줬다. 그의 머리 뒤 전자시계에 비친 시각은 3시 5분이었다.

나는 노인에게 빨간 머리 여자, 헨드릭스 부인이 호텔로 돌아왔냐고 물었다. 그는 기억하지 못했다. 마사 트뤼트를 떠올리며 고개를 내젓는 그를 두고 나는 떠났다.

나는 침대에 쓰러졌고 아무 꿈도 꾸지 않고 잤다. 해 뜨기 직전 바람이 잦아들었다. 조용함에 나는 뭐가 빠진 거지 하고 의아해하며 깨어났다. 회색빛에 창문이 뿌옜다. 시내 바닥을 돌아다니는 거지처럼 철퍽거리는 바다 소리가 들렸다. 몸을 돌려 다시 잠에 빠져들었다.

전화벨 소리에 나는 깨어났다. 데스크에서 경찰이 나를 보자고 한다고 전했다. 환한 아침이었고, 내 시계로 7시 45분이었다.

그 김에 에릭 말코브스키의 스튜디오에 전화를 걸었다. 그는 자리에 있었다.

"밤을 새운 겁니까, 에릭?"

"일찍 일어났어요. 그 필름 몇 장 확대 인화해 놨습니다. 보여 드리고 싶은 게 거기서 나왔어요."

"뭡니까?"

"직접 보시고 결론을 내리는 게 낫겠어요."

"브레이크워터 호텔로 가져다줄 수 있을까요?"

그는 그러겠다고 했다.

"28호실이나 아님 커피숍에 있겠습니다."

나는 옷을 입고 로비로 내려갔다. 젊은 경관 라스무센이 해리의 밝은 회색 모자를 들고 있었다. 그는 내게 20달러 영수증을 건넸다.

"이렇게 일찍 깨우기는 싫었지만, 제 근무 시간이 끝나서요."

"어차피 일어나야 할 때인걸요. 해리는 어떻습니까?"

"정신이 돌아오고 있습니다. 보증금을 오늘 더 넣지 않으면 공립 병원으로 보내 버릴걸요."

"그게 말이 됩니까?"

"그게 병원 운영 방식인걸요. 머시에서 공립으로 이송하던 중에 사람 죽는 거 여럿 봤어요. 친구분이 돌아가실 거라는 말은 아닙니다." 그는 조심스레 덧붙였다. "의사가 그분은 괜찮을 거라 했어요."

"정확히 내 친구는 아닙니다."

"20달러 가치는 되는 친구겠죠. 말이 나왔으니 말인데, 혹시 병원에 가실 거면 이 모자 좀 전해 주시죠. 견인하기 전에 그 차에서 꺼내 왔습니다. 좋은 모자니까 돌려받고 싶어 하시겠죠."

그는 나에게 모자를 주었다. 나는 틀린 이름이 붙어 있단 사실을 굳이 지적하지 않았다. L. 스필먼이 누구고 해리가 어쩌다 그 모자를 손에 넣었을지 궁금했다.

"차는 완전히 망가졌어요." 라스무센이 말했다. "별 가치는 없지만, 차량 절도는 차량 절도죠. 그나저나 용의자를 세 명 잡아들였습니다. 본인들이 우리 일을 도와줬죠. 한 명이 사고로 머리에 자상이 생겼고, 친구들이 그를 응급실로 데려왔어요."

"오렌지 일꾼들이요?"

"네?"

"백인 한 명하고 피부 짙은 친구 둘 아닌가요?"

"그 사람들을 보신 거군요?"

"봤죠. 그 사람들을 어쩔 겁니까?"

"그들이 무슨 짓을 했느냐에 달렸죠. 아직 알아내지 못했습니다. 혹시 그들이 친구분을 트렁크에 가두고 차를 몰았다면, 기술적으로는 납치가 됩니다."

"그 사람들은 그가 트렁크 안에 있는 줄 몰랐을걸요."

"그럼 누가 그를 때렸을까요? 의사 말로는 심하게 맞고 발길질을 당했다던데요."

"놀랍진 않습니다."

"누가 그랬을지 혹시 짐작 가는 사람 있으십니까?"

"네, 하지만 설명하려면 시간이 좀 걸려요."

그는 시간 많다고, 사실 하루 종일 된다고 말했다. 나는 그의 사양을 무릅쓰고 아침을 사 주었고, 햄과 달걀 그리고 커피를 놓고 수상스러운 마텔 사건을 일부 말해 주었다.

라스무센은 집중해서 들었다.

"마텔이 헨드릭스를 폭행했다고 생각하십니까?"

"난 그랬을 거라고 확신해요. 마텔이 자기 집을 염탐하는 헨드릭스를 붙잡아 본때를 보여 줬겠죠. 하지만 궁리해 봐야 별 소용없습니다. 헨드릭스가 말할 수 있게 되면 알려 주겠죠."

라스무센은 커피를 홀짝이고 쓴 얼굴을 했다.

"헨드릭스의 차가 어쩌다 대로변까지 내려왔을까요?"

"마텔이 헨드릭스를 트렁크에 넣고, 도둑맞을 만한 데다 갖다 세워 둔 게 아닐까 생각합니다."

워드 라스무센이 커피 잔 너머로 나를 날카롭게 쳐다보았다. 그의 눈은 알코올램프 불처럼 강렬한 파란색이었다. 각진 턱과 기강 잡힌 젊은 입매는 약간 광신자 같은 인상을 주었다.

"그 마텔이란 사람 뭡니까? 버지니아 파블론은 왜 그 사람과 결혼하려는 거죠?"

"그게 내가 조사 중인 문제입니다. 본인은 프랑스 정부와 마찰 관계인 부유한 프랑스인이라고 주장하죠. 헨드릭스는 그를 싸구려 사기꾼이라고 하고. 마텔이 사기꾼일 수 있겠고, 나도 그렇게 의심하긴 하지만, 싸구려는 아닙니다. 10만 달러를 현금으로 들고 다니는 데다 시내에서 제일 예쁜 아가씨를 데리고 벤틀리를 타고 다니는 걸요."

"버지니아하곤 고등학교 때 알던 사이였어요. 예쁜 애였죠. 그리고 똑똑했고. 열여섯 살에 대학까지 갔어요. 고등학교를 한 학기 조기졸업했죠."

"그녀에 대해 상당히 잘 기억하는 것 같군요."

"그 애를 따라다니곤 했죠. 딱 한 번 용기를 내서 같이 댄스파티에 가자고 청했어요. 제가 미식축구팀 주장일 때죠. 하지만 그 애는 피터 제이미슨과 사귀고 있었어요." 부러움이 라스무센의 눈을 스쳤다. 그 생각을 떨치려는 듯 그는 군인처럼 짧게 깎은 머리를 들어 올렸다. "변심해서 이 마텔이란 자와 결혼했다니 재밌네요. 마텔이 그녀와 결혼하려고 여기 왔다고 생각하십니까?"

"아무튼 현재로선 그렇게 되었죠. 그의 원래 계획이 뭐였는진 모르겠습니다."

"그 사람 어디서 10만 달러가 났을까요?"

"그는 파나마 시티 뉴 그라나다 은행 어음을 은행에 예치했습니다. 가족이 세계 여러 나라에 재산을 갖고 있다는 본인 주장과 맞아떨어지죠."

라스무센은 빈 커피 잔 양옆에 팔꿈치를 괴고 테이블 위로 몸을 숙였다.

"사실과도, 그가 사기꾼이라는 가능성과도 마찬가지로 잘 맞아떨어집니다. 범죄 자금의 상당수가 파나마로 흘러들어 갑니다. 그쪽 은행법 때문에."

"알아요. 그래서 말을 꺼낸 겁니다. 또 하나 있어요. 어젯밤 총에 맞은 여자, 버지니아 파블론의 어머니가 같은 은행에서 돈을 인출한 기록이 있었습니다."

"얼마나요?"

"모르죠. 그녀의 이곳 거래 은행 내셔널 은행에서 세부 사항을 알아낼 수 있을지도 모릅니다."

"제가 시도해 보죠." 그는 새것처럼 보이는 수첩을 꺼냈다.

그가 속기로 적는 사이, 에릭 말코브스키가 마닐라 봉투를 들고 도착했다. 나는 두 사람을 소개했다. 그런 다음 에릭이 봉투에서 확대 사진들을 꺼내 테이블에 펼쳤다.

6×8인치 정도의 크기로, 바로 전날 찍은 것처럼 생생하고 또렷했다. 케첼의 얼굴에 잡힌 주름이 하나하나 다 보였다. 그는 미소 짓고 있었으나, 병세가 그 미소 뒤에 도사리고 있었다. 입가의 주름은 낙담을 의미하는 것일 수도 있었다. 그는 정상까지, 혹은 본인이 정상이라고 여기는 곳까지 싸워 올라갔지만, 그것에서도 다른 무엇에서도 기쁨을 느끼지 못하는 사람의 얼굴을 하고 있었다.

확대 사진으로 보니 키티의 표정의 의미가 약간 바뀌었다. 그녀의 눈은 자신이 그저 옷을 차려입는 것보다 뭔가 더 나은 일을 할 수 있지 않을까 하는 희미한 의혹을 품고 있는 듯이 보였다. 하지만 내가 어젯밤 이곳 브레이크워터 호텔에서 만난 키티에게선, 그 의혹은 죽고 아무 흔적도 남지 않은 것 같았다.

"잘했어요, 에릭. 이 사진들이 큰 도움이 될 겁니다."

"고맙습니다." 하지만 그는 안달하고 있었다. 그가 손을 뻗어 제일 위 사진을 쿡쿡 찔렀다. "배경에 있는 남자 잘 보세요, 쟁반 들고 있는 사람."

거의 즉시 나는 그가 무슨 말을 하려는지 알았다. 커다란 검은 콧수염에 가린 젊은 마텔을 나는 알아보았다.

"기껏해야 클럽 웨이터였어요." 말코브스키가 말했다. "웨이터도 아니고. 보조. 그런 놈이 날 무시하게 됐다니."

라스무센이 공손히 말했다.

"좀 봐도 될까요?"

내가 제일 위 사진을 건네자 그는 사진을 들여다보았다. 웨이트리스가 커피포트와 지난 아침식사들의 흔적이 묻은 아침식사 메뉴판을 들고 테이블로 왔다. 웨이트리스도 자기 과거사의 흔적을 큼직한 입매와 실망한 눈, 염색한 금발, 아픈 발가락에 드러내고 있었다.

"주문하실래요?" 그녀가 에릭에게 말했다.

"아침은 벌써 먹었어요. 커피 할게요."

나도 그러겠다고 말했다. 웨이트리스는 커피를 따르다가 내 앞에 놓인 사진을 알아챘다.

"그 여자 알아요. 어젯밤 여기 왔었죠. 머리색을 바꿨네요, 그렇죠?"

"어젯밤 몇 시요?"

"7시 전이었을 거예요. 내가 7시 퇴근했으니. 치킨 샌드위치를 주문했어요, 흰 고기만." 그녀는 비밀스레 내 위로 몸을 굽혔다. "그 여자 영화 스타나 뭐 그런 사람인가요?"

"왜 영화 스타일 거라 생각했죠?"

"몰라요. 옷차림이나 겉보기 뭐 그런 거. 무척 근사한 여자였어요." 그녀는 들떠 높아진 자신의 목소리를 듣고 낮추었다. "실례했어요, 참견하려던 건 아닌데."

"괜찮습니다."

그녀는 발을 절름거리며, 아까보다 조금 더 실망스러운 모습으로 사라졌다. 얘기가 안 들릴 만큼 그녀가 멀어지자 라스무센이 말했다.

"희한한 게, 저도 그 여자 아는 거 같습니다."

"그럴 수 있어요. 이곳에서 자랐다고 하더군요, 철길 근처 동네에서."

워드 라스무센은 짧은 머리를 긁적거렸다.

"확실히 본 거 같아요. 이름이 뭐죠?"

"키티 헨드릭스. 해리 헨드릭스의 아내거나, 아니면 전처입니다. 본인 말에 따르면 아직 헨드릭스와 결혼한 상태지만 같이 살지 않는다고. 7년 전 그녀는 거기 사진에 나온, 케첼이란 이름의 남자와 살고 있었고, 아마 지금도 그럴 겁니다. 나한테 자기가 거물 사업가의 개인 비서이며 마텔이 그에게서 채권을 훔쳤다는 이야기를 구구절절 풀어 놓더군요. 하지만 난 별로 믿음이 가지 않습니다."

워드는 메모를 했다.

"이제 어디로 가야 할까요?"

"이 사건에 빠졌군요?"

그는 미소 지었다.

"무단횡단 적발보다 낫죠. 수사 일을 하는 게 제 꿈입니다. 말이 나왔으니 말인데, 이 사진 가져가도 될까요?"

"그래 줬으면 합니다. 지금은 여자가 일곱 살 더 먹었고, 빨간 머리라는 거 명심하고요. 그 가족을 추적해서 여자의 행방에 대한 정보를 얻을 수 있을지 알아봐 줘요. 그 여자 아마 나한테 말한 것보다 훨씬 많이 알고 있을 겁니다. 그리고 우릴 케첼한테 연결해 줄수 있을 거고요, 내 바람이지만."

그는 사진을 수첩에 접어 넣었다.

"즉시 착수하겠습니다."

떠나기 전 워드는 자기 주소와 전화번호를 수첩 한쪽에 적었다. 아직 아버지와 같이 살고 있지만, 곧 결혼하고 싶다고 말했다. 그는 찢어낸 수첩 페이지를 나한테 주고, 성큼성큼 카페에서 나갔다. 자기 시간을 들이는 일임에도 열성적이었다.

나는 그 청년에게 마음이 갔다. 20여 년 전, 내가 롱비치 경찰 신입이었을 때, 나도 그와 아주 비슷한 기분이었다. 그는 경찰에 아직 낯설었고, 나는 그의 자발적인 자세를 조직이 너무 짓누르지 않기를 바랐다.

18장

테니스 클럽은 10시에나 연다고 에릭이 말해 주었다. 나는 백쇼 부인 옆 독채에서 클럽 매니저 레토 스톨을 찾았다. 그는 금박 단추가 달린 파란 블레이저를 입고 있었으며 거실의 묵직하고 진중한 가구들과 묘하게 어울렸다. 향 태운 희미한 묵은 내 말고는 실내에 개인적인 것은 일절 없었다.

스톨은 불안해하며 예의 바르게 나를 맞이했다. 본인이 아침 신문을 읽고 있었던 자리가 분명한 안락의자에 나를 앉혔다. 그는 안절부절못하며 손을 쥐어짰다.

"파블론 부인 일은 참 끔찍하군요."

"아직 신문에 나왔을 리는 없을 텐데요."

"아니죠. 백쇼 부인이 말씀해 주셨습니다. 몬테비스타의 노부인들 연락망이 있거든요." 그는 덧붙였다. "모두에게 끔찍한 충격이었습니다. 파블론 부인은 저희의 가장 유쾌한 회원 중 한 분이셨어요. 누가 그런 매력적인 여성을 죽이고 싶어 했을까요?"

분명 그는 진심이겠지만, 그렇게 들리게 하는 재주가 없었다.

"그 답을 찾는 데 도움을 주실 수 있을지도 모릅니다, 스톨 씨." 나는 그에게 사진을 보였다. "이 사람들 알아보시겠습니까?"

그는 사진을 파티오로 통하는 슬라이딩 유리문 쪽으로 가져갔다. 그의 회색 눈이 가늘어졌다. 불쾌함에 입을 단단히 다물었다.

"몇 년 전에 회원 게스트로 여기 숙박했던 사람들입니다. 솔직히, 전 받고 싶지 않았죠. 저희 타입이 아니었어요. 하지만 실베스터 선생님이 문제 삼고 나섰죠."

"왜요?"

"남자가 그분 환자였고, 아주 중요한 인물이었던 거죠."

"그 사람에 대해 선생이 달리 뭔가 말하던가요?"

"그럴 필요 없었어요. 보면 그런 타입 아니까. 팜스프링스나 라스베이거스에 어울리지, 여긴 아닙니다." 그는 괴로움에 얼굴을 찡그리고 자기 이마를 철썩 쳤다. "이름이 기억이 나야 하는데."

"케첼."

"맞아요. 케첼. 그 사람과 여자한테 제 옆 독채를 내줬지요." 그는 백쇼 부인 독채 쪽을 손짓했다. "지켜볼 수 있게끔."

"뭘 보셨습니까?"

"예상보단 행동거지가 괜찮았어요. 폭음 파티나 그런 건 없었죠."

"카드 게임을 많이 했다고 들었습니다만."

"네?"

"그리고 로이 파블론이 그 판에 끼었다고."

스톨의 시선이 나를 지나쳤다. 그는 스캔들이 밀어닥쳐 오는 것을 감지할 수 있었다.

"그건 어디서 들으셨습니까?"

"파블론 부인에게서요."

"그럼 사실이겠지요. 저는 기억이 나지 않습니다."

"털어놓으세요, 레토. 몬테비스타 연락망이 있으니 파블론이 케첼에게 큰돈을 잃었다는 소식을 들었을 텐데요. 파블론 부인이 남편 죽음은 그 사람 탓이라고 비난했습니다."

스캔들 걱정에 그의 얼굴이 어두워졌다.

"테니스 클럽에는 책임이 없습니다."

"파블론이 실종된 밤 여기 계셨습니까?"

"아뇨. 없었어요. 24시간 근무할 순 없죠." 그는 시계를 봤다. 10시가 거의 다 되었다. 그는 면담을 슬슬 끝내려 하고 있었다.

"사진을 다시 한 번 봐 주셨으면 합니다. 흰 재킷 입은 젊은 남자 알아보시겠습니까?"

그는 사진을 빛에 들어 보았다.

"희미하게 기억나네요. 겨우 몇 주 일했을 겁니다." 그는 돌연 숨을 훅 들이켰다. "마텔처럼 보이네요. 그렇죠?"

"거의 그렇게 확신합니다. 어째서 여기서 웨이터로 일하고 있었을까요?"

그는 과거와 현재 그리고 상당히 미심쩍은 미래를 한데 아울러 어쩔 수 없다는 손짓을 해 보였다. 그는 의자에 앉았다.

"전혀 모르겠습니다. 제 기억으론 거의 치우는 일만 한 파트타임이었어요. 성수기에는 독채 관리에 일용직을 가끔 쓰죠."

"어디서 사람들을 데려옵니까?"

"주(州) 고용센터에서요. 경력 없는 사람들이라 우리가 가르치죠. 몇몇은 주립대학 취업지원부서에서 소개받았고. 이 사람이 어디에서 왔는지는 기억 안 나는군요." 그는 다시 사진을 쳐다보다가 그걸로 부채질을 했다. "기록에서 찾아볼 수 있을 겁니다."

"부탁드립니다. 올해 가장 중요한 일이 될지도 몰라요."

그는 독채 문을 잠그고 나를 데리고 정문을 지나 수영장 울타리로 들어갔다. 수영하는 사람들이 없어 햇살 아래 녹색 유리 조각처럼 물이 잔잔했다. 우리는 수영장을 빙 돌아 스톨의 사무실로 향했다. 그는 자기 책상에 나를 앉혀 두고 기록실로 들어갔다.

5분가량 지나고 그가 파일 카드를 들고 나왔다.

"기억이 맞는다면 이게 우리가 찾는 사람일 겁니다. 하지만 이름이 마텔이 아니에요."

이름은 펠리스 세르반테스였다. 주립대학을 통해 채용되었으며 오후와 저녁 때 시급 1.25달러에 파트타임으로 일했다. 그의 근무 기간은 짧았고, 1959년 9월 14일에서 9월 30일까지 연장되어 있었다.

"해고되었습니까?"

"본인이 관뒀어요. 기록에 따르면 9월 30일에 마지막 이틀 치 급료도 안 받고 떠났습니다."

"그거 흥미롭군요. 로이 파블론은 9월 29일 실종되었죠. 펠리스 세르반테스는 9월 30일 그만뒀고. 케첼은 10월 1일 떠났습니다."

"그리고 그 세 가지 건을 연결지어 생각하시는 겁니까?"

"안 그러기가 힘들죠."

나는 스톨의 전화로 대학 취업지원부서 부서장인 마틴이란 사람과 11시 약속을 잡았다. 나는 그에게 펠리스 세르반테스라는 이름을 확인해 달라고 말했다.

클럽에 있는 동안 나는 백쇼 부인을 찾아가 봤다. 마지못해 그녀는 마텔이 아는 사이라고 주장했던 조지타운 지인인 플림솔 가족의 주소를 알려 주었다.

나는 주소와 마텔의 사진을 워싱턴에서 탐정 사무소를 운영하는 랠프 크리스트먼이라는 사람에게 특급으로 부쳤다. 크리스트먼에게 프림솔 가족과 직접 면담하고, 결과를 할리우드에 있는 내 전화 비서 대행 서비스에다가 남겨 달라고 부탁했다. 모든 것이 맞아떨어진다면 내일쯤 결과를 얻을 수 있을 것이다.

19장

대학은 최근까지 시골이던 곳에 있었다. 주위의 벌채된 언덕에는 한때 무성했을 오렌지 나무들이 드문드문 남아 있었다. 캠퍼스 내의 나무들은 대부분 야자나무였고, 다 자란 것을 들여와 심은 듯이 보였다. 학생들도 비슷한 인상이었다.

그중 한 명, 턱수염을 길러 키 큰 툴루즈 로트렉처럼 보이는 젊은이가 마틴 씨 사무실 가는 길을 알려 주었다. 탁 트인 캠퍼스 중앙을 타원형으로 둘러싼 건물들 중 하나인 교무처 건물 옆쪽에 입구가 뚫려 있었다.

나는 햇빛 속에서 차가운 형광등 불빛 속으로 들어섰다. 젊은 여자가 카운터 뒤에서 나와 마틴 씨가 기다리고 있다고 알려 주었다.

마틴은 셔츠 바람에 강매하는 세일즈맨의 눈빛을 한 대머리 남자였다. 사무실 패널 벽은 차갑고 몰개성적이었으며 그와 어울리지 않아 보였다.

"훌륭한 사무실이군요." 악수를 하며 나는 그렇게 말했다.

"익숙해지지가 않아요. 희한한 일이죠. 8월이면 이 사무실을 쓴 지 5년이 되는데, 아직도 처음 시작할 때의 임시 건물이 그리워요. 하지만 과거사에 관심 있으신 건 아니겠죠."

"펠리스 세르반테스의 과거사에 관심 있습니다."

"맞아요. 그거 거창한 이름이네요. 펠리스(feliz)는 '행복한'이란 뜻이죠. 행복한 세르반테스. 흠, 그가 행복하길 빌어 봅시다. 개인적으론 기억이 나지 않아요. 여기 오래 있지 않은 학생이라. 하지만 기록을 찾아 놨죠." 그는 책상 위 마닐라 폴더를 펼쳤다. "행복한 세르반테스에 대해 뭘 알고 싶으십니까?"

"갖고 계신 거 전부."

"유감스럽지만 별로 없군요. 왜 스톨 씨가 그 친구에게 관심을 보이죠?"

"몇 달 전에 이곳으로 돌아왔습니다. 가명으로요."

"뭔가 나쁜 짓을 했습니까?"

"폭행 혐의로 수배 중입니다." 나는 돌려 말했다. "우린 그의 신원을 확인하려고 하는 중이고요."

"스톨 씨에게 기꺼이 협조해 드려야죠. 저희 학생들을 많이 채용해 주셨는데. 하지만 별 도움이 안 될지도 모릅니다. 세르반테스도 가명일 수 있어요."

"하지만 학생들이 입학 전에 출생증명서며 졸업증명서 같은 걸 제출해야 하지 않습니까?"

"그래야 하죠. 하지만 세르반테스는 내지 않았어요." 마틴은 폴

더 내용물을 내려다보았다. "본인 주장에 따르면 LA 주립대 편입생이라는 내용의 메모가 여기 있군요. 10월 1일까지는 증명서가 도착해야 한다는 조건으로 잠정적으로 등록을 허용했습니다. 그 무렵엔그는 이미 학교를 떠났고, 혹시 증명서가 여기 도착했었다면 반송했겠죠."

"그는 어디로 갔습니까?"

마틴은 어깨를 으쓱하며, 대머리를 거북이처럼 어깨 사이에 파묻었다.

"중퇴생들을 일일이 확인하진 않습니다. 사실 애초에 우리 학생도 아니었죠." 증명서가 없으니, 고로 그는 존재하지 않는다고 마틴은 말하는 듯했다. "여기 나온 옛날 주소를 찾아가 보셔도 되겠네요, 혹시 새 주소를 남겨 놨을지도 모르니. 그랜섬 부인이 관리하는 곳입니다. 쇼어 드라이브 148호. 아파트 몇 채를 학생들에게 빌려주죠."

나는 주소를 받아 적었다.

"세르반테스가 무슨 과목을 들었습니까?"

"그 기록은 없군요. 학점을 받을 만큼 오래 있지 않았고, 우리가관심 있는 건 그것뿐이니까요. 중요한 일이라면 학장실에 가보셔도되겠죠. 이 건물 안에 있습니다."

나는 건물 바깥을 빙 돌아 학장실로 갔다. 비서는 나이를 가늠할 수 없는 가슴 큰 검은 머리 여성으로, 형식화된 정확함으로 움직였다. 그녀는 세르반테스의 이름을 타자로 종이에다 치고는 문서실로 가져가, 그가 고급 프랑스어와 문학 그리고 상급 근대 유럽사수업에 등록했었다는 기록을 적어 나왔다.

처음으로 펠리스 세르반테스와 프란시스 마텔이 동일인물이라는 확신이 들었다. 어느 정도 그가 느낄 수치심이 공감되었다. 그는 힘껏 절벽을 건너뛰어 반대편에 착지했었다. 이제는 추락하고 있었다.

"그에게 프랑스어와 문학을 가르친 사람은 누굽니까?"

"태핑거 교수님요. 아직도 그 과목 가르치고 계세요."

"태핑거 교수님이길 바라고 있었죠."

"그래요? 그분 아시나요?"

"조금. 지금 교내에 계십니까?"

"네, 그래요, 하지만 지금 수업 중이시네요." 여자는 벽의 전자시계를 흘끗 쳐다보았다. "11시 40분이네요. 12시 정각에 수업을 끝내실 거예요. 늘 그러시니까." 그녀는 거기에 일종의 자부심을 갖는 듯했다.

"교내의 모든 사람들이 어디 있는지 늘 파악하고 계십니까?"

"그냥 몇 분들만이죠. 태핑거 교수님은 저희 보물 중 한 분이에요."

"별로 보물처럼 보이진 않던데요."

"하지만 그렇답니다. 제일 뛰어난 학자 중 한 분이시죠." 마치 자신도 보물인 양, 그녀가 덧붙였다. "그분을 저희 학교에 모시게 되어 대단히 행운이라고 여기고 있어요. 승진하지 못했을 때 혹시 학교를 떠나실까 걱정했었죠."

"왜 승진 못 했습니까?"

"진실을 원하세요?"

"목숨 걸었죠."

그녀는 내 쪽으로 몸을 숙이고 목소리를 낮췄다. 마치 학장이 방에다 도청장치라도 해 놓은 것처럼.

"태펑거 교수님은 너무 연구에 헌신적이세요. 학과 내 정치에 신경을 못 쓰시죠. 게다가 솔직히 부인이 도움이 안 돼요."

"귀엽던데요."

"귀엽기야 하겠죠. 하지만 사람이 가벼워요. 만약 태펑거 교수님에게 성숙한 배우자가 있었더라면……."

그녀는 말끝을 흐렸다. 잠시 그녀의 유능한 눈이 꿈의 세계에 가 있었다. 그녀가 태펑거의 성숙한 배우자로 마음에 둔 사람이 누구인지를 짐작하기는 어렵지 않았다.

그녀는 비교적 점잖게 인문학 건물에 있는 그의 연구실을 알려주고 교수는 늘 집에 점심 먹으러 가기 전에 강의 노트를 갖고 거기로 돌아온다고 장담했다. 그녀의 말은 틀리지 않았다. 12시 1분, 교수가 수업을 잘 마친 듯이 얼굴이 달아오르고 환한 눈을 하고 복도를 성큼성큼 걸어왔다.

나를 보자 그는 흠칫했다.

"어, 아처 씨군요. 현실 세계 사람을 여기 변두리에서 보면 늘 깜짝 놀라요."

"여기는 현실이 아닙니까?"

"진짜 현실은 아니죠. 우선 여기 오래 있지 않았으니까."

"전 오래 있었습니다."

태펑거는 웃었다. 아내와 가족과 떨어지자, 그는 훨씬 명랑해 보였다.

"우린 둘 다 자신이 누구인지 알 만큼 오래 살았죠. 하지만 여기 계속 서 계시게 할 순 없죠." 그는 연구실 문을 열고 나를 재촉해 안에 들였다. 벽 두 개는 책이 가득 꽂힌 책장이 차지했고, 상당수가 제책하지 않은 프랑스 책들과 전집이었다. "테스트 결과를 알려주려 오셨나 봅니다?"

"그것도 있습니다. 마텔의 관점에서 보면 성공이었죠. 모든 질문에 정확하게 답했습니다."

"송과선까지?"

"그것도요."

"감탄스럽군요, 솔직히 감탄했어요."

"교수님께서 잘 가르치신 덕일 수도 있겠죠. 마텔이 교수님의 옛 제자인 것 같습니다. 한두 주 정도 가르치셨더군요, 7년 전에."

그는 놀란 표정을 했다.

"어떻게 그런 일이?"

"모르겠습니다. 하지만 순전한 우연일 순 없겠죠."

나는 마텔의 사진을 꺼내 그에게 건넸다. 그는 고개를 끄덕거렸다.

"이 사람 기억나요. 내가 가르친 중에 제일 뛰어난 학생 중 하나였죠. 희한하게도 나한테 한마디도 없이 학교를 관뒀고요." 그의 명랑함이 사라졌다. 이제 고개를 천천히 내젓고 있었다. "무슨 일이 있었던 겁니까?"

"모르겠습니다. 그가 7년 후에 돈뭉치와 새로운 신원을 갖고 여기 나타난 것을 제외하면. 그가 수업에서 어떤 이름을 썼는지 기억나십니까?"

"그런 학생은 잊지 못하죠. 펠리스 세르반테스라고 했습니다." 그는 다시 사진을 내려다보았다. "여기 다른 사람들은 누군가요?"

"테니스 클럽 손님들이에요. 세르반테스는 1959년 9월 두어 주가량 그곳에서 일했습니다. 파트타임으로 뒷정리 일을 했죠."

태핑거는 혀 차는 소리를 냈다.

"돈이 필요해 보였던 게 기억나요. 한번은 우리 집에 초대했더니 그야말로 눈앞에 있는 걸 다 먹어 치우다시피 하더군요. 하지만 지금은 돈이 있다고요?"

"최소한 10만 달러요. 현금으로."

그는 휘파람을 불었다.

"대략 내 10년 치 봉급이군요. 어디서 돈이 났을까요?"

"집안 재산이라고 했지만, 거짓말이라고 거의 확신합니다."

그는 아직도 마텔의 이중 신분이 혼란스럽다는 듯이 사진을 더 들여다보았다.

"분명히 집안 배경이라고 할 만한 건 없을 겁니다."

"그가 어디 출신인지 혹시 짐작 가십니까?"

"스페인계 미국인일 거라고 여겼죠, 아마 1세대 멕시코인. 억양이 꽤 강하거든요. 사실, 그 사람은 프랑스어 실력이 영어보다 낫습니다."

"그럼 프랑스인이 맞나 보군요."

"이름이 펠리스 세르반테스인데?"

"그게 본명이 맞는지 모릅니다."

"증명서에 본명이 나올 텐데요."

"하지만 여기 서류엔 그게 없어요. 여기 오기 전에 LA 주립대학에 다녔던 걸로 되어 있습니다. 어쩌면 그쪽에서 도움을 줄 수 있겠죠."

"내가 LA 주립대에 문의해 보죠. 옛날 제자가 거기 프랑스어 학과에서 가르치고 있거든요."

"내가 연락하죠. 그분 이름이?"

"앨런 보슈." 그는 성의 철자를 불러 주었다. "하지만 내가 연락하는 게 나을 텐데요. 대학 교수들은 자기 학생들에 대해 얘기하는 걸 어느 정도 음…… 꺼리거든요."

"언제 교수님께 다시 확인해 보면 되겠습니까?"

"내일 아침이면 될 겁니다. 지금 당장은 스케줄이 아주 빡빡해서. 아내가 내가 점심 먹으러 올 거라고 기다리고 있는 데다가 여기에 제때 돌아와서 2시 강의 노트를 들여다봐야 하거든요." 내 얼굴에 실망한 기색이 비쳤는지 그가 덧붙였다. "저기, 나하고 같이 집에 가서 점심 드십시다."

"그럴 순 없습니다."

"괜찮대도. 베스도 괜찮다고 할 거요. 선생에게 꽤 호감이 있거든. 게다가, 아내가 세르반테스에 대해 내가 기억 못하는 걸 떠올릴 수도 있어요. 그 사람이 우리 집 파티에 왔을 때 아내가 감탄했던 기억이 나요. 그리고 솔직히 말해서 인간은 내 메티에(전문)가 아닙니다."

나는 따로 그의 집으로 가겠다고 말했다. 가는 길에 나는 샴페인을 한 병 샀다. 사건이 풀리기 시작하고 있었다.

베스 태핑거는 근사해 보이는 파란 드레스에, 새로 립스틱을 발랐고 향수를 지나치게 많이 뿌렸다. 나는 그녀의 눈에 담긴 의도적인 시선이 마음에 들지 않았고, 핑크 샴페인이 후회되기 시작했다. 그녀는 마치 외도를 기념하는 데 그걸 쓰기라도 할 듯이 내 손에서 병을 받아들었다.

그녀는 가로세로 접힌 자국이 선명한 새 리넨 식탁보를 간이식
탁에 깔아 놓았다.

"햄을 좋아하시나 모르겠네요, 아처 씨. 있는 거라곤 찬 햄하고
감자 샐러드뿐이라." 그녀는 남편에게로 돌아섰다. "아빠, 와인 책에
선 햄하고 핑크 샴페인 궁합을 뭐라고 해요?"

"분명히 잘 어울릴 거야." 그는 무심하게 말했다.

태핑거의 흥분이 가라앉았다. 샴페인 한 잔도 기분을 되살려주
진 못했다. 그는 햄 샌드위치를 발작적으로 씹으며 내게 세르반테
스-마텔에 대해 물었다. 나는 그의 옛 제자가 살인 혐의로 수배 중
이라고 털어놓지 않을 수 없었다. 태핑거는 젊은이의 무너진 꿈에
고개를 설레설레 내저었다.

베스 태핑거는 샴페인에 들떠 있었다. 그녀는 우리의 관심을 원
했다.

"누구 얘기예요?"

"펠리스 세르반테스. 당신도 기억할 거야, 베스."

"내가요?"

"분명히 기억날 텐데. 스페인계 젊은 남자. 7년 전에 우리 세클
프랑셰즈 모임에 왔었어. 아내한테 그 사람 사진 좀 보여 주시죠,
아처?"

나는 그녀의 접시 옆 리넨 천 위에다가 사진을 놓았다. 그녀는 웨
이터를 즉시 알아보았다.

"당연히 기억하고말고요."

"그럴 줄 알았어." 남편이 의미심장하게 말했다. "그 후에 당신이
그 사람 얘기를 했었잖아."

"어떤 점이 인상 깊었습니까, 태핑거 부인?"

"잘생겼다고 생각했어요, 강인하고 남성적인 느낌으로." 그녀의 눈에 악의가 번뜩였다. "우리 교수 부인들은 창백하고 학자적인 타입에 질렸거든요."

태핑거가 간접적으로 반박했다.

"훌륭한 학생이었어. 아테네 이후로 최고인 프랑스 문화에 열정을 갖고 있었고, 기본이 부족한 걸 감안하면 프랑스 시를 보는 눈이 뛰어났지."

그의 아내는 샴페인을 한 잔 더 마시고 있었다.

"아빠는 천재예요. 한 문장을 말해도 50분짜리 강의로 들린다니까."

그녀의 의식적인 예쁜 미소를 보자면 가볍게 놀린답시고 했는지도 모르지만, 그 말은 둔중하게 울려 퍼졌다.

"제발 아빠라고 부르지 마."

"하지만 이젠 탭스라고 부르는 거 싫어하잖아요. 그리고 우리 애들 아빠고."

"아이들은 여기 없고 난 당신 아버지가 아니잖아. 난 마흔한 살밖에 안 됐어."

"난 스물아홉밖에 안 됐어요." 그녀는 우리 두 사람에게 말했다.

"12년은 큰 차이도 아니야." 그는 마치 판도라의 상자나 되듯 그 화제를 얼른 마무리 지었다. "그나저나 테디는 어디 있는 거지, 여기 없으면?"

"협동 어린이집에요. 거기서 낮잠 재우고 데려올 거예요."

"잘됐네."

"나는 점심 먹고 플라자에 가서 쇼핑 좀 하려고요."

잠시 가라앉았던 그들 사이의 갈등이 다시 확 불붙었다.

"안 돼."

그의 얼굴이 상당히 창백해졌다.

"왜요?"

"내가 차를 쓸 거야. 2시 수업이 있어." 그는 손목시계를 내려다보았다. "사실 이제 출발해야 해. 수업 준비를 해야지."

"아직 부인하고 제대로 얘기를 못 했습니다만……."

"알아요. 미안합니다, 아처 씨. 현실은 난 공장 노동자들과 마찬가지로 말 그대로 출근 카드를 찍어야 하는 신세예요. 그리고 학생들도 점점 더 공산품처럼, 우리를 지나가며 교육이라는 얇은 꺼풀을 얻을 뿐이죠. 불규칙 동사를 배우지만 문장에서 어떻게 써야 할지는 모릅니다. 사실 훨씬 훌륭한 문장의 언어인 프랑스어는커녕 영어로도 제대로 된 문장을 만드는 학생이 드물어요."

그는 아내에 대한 분노를 자신의 일에 대한 분노로 전환시키는 듯했고, 한바탕 설교가 되었다. 그녀는 마치 자신이 남편을 만들어 낸 듯이 희미한 미소를 띠고 나를 쳐다보고 있었다.

"나 좀 플라자까지 태워다 주시겠어요, 아처 씨? 그 참에 얘기를 마저 하면 되겠죠."

"그럼요."

태핑거는 반대하지 않았다. 그는 이류 대학에서 가르치는 설움에 대해 일장연설을 마친 다음, 초라한 점심상에서 물러났다. 그의 피아트가 털털거리며 멀어지는 소리가 들렸다. 그의 아내와 나는 간이 식탁에 앉아 샴페인을 마저 마셨다.

"자. 우리만 남았네요."

"부인이 계획하신 대로."

"내가 계획한 거 아니에요. 당신이 샴페인을 사 왔고, 난 샴페인을 못 이긴다고요." 그녀는 어지러워하는 표정을 지었다.

"난 괜찮습니다."

"뭐예요, 당신도 냉담한 타입?"

그녀는 거칠었다. 너무 일찍 결혼해서 부엌에 갇혀 살다가 10년 후 어느 날 갑자기 세상이 어디로 가 버린 걸까 의문을 느끼게 된 여자들이 종종 그런 식이었다. 내 생각을 읽은 것처럼 그녀가 말했다.

"알아요, 내가 싸앙녀언이죠. 하지만 이유가 있어요. 남편은 밤마다 자정 너머까지 서재에 앉아 있어요. 그이가 신경 쓰는 게 플로베르와 보들레르와 그 끔찍한 학생들뿐이라고 내 인생이 끝나야 해요? 걔들이 몰려들어 남편에게 얼마나 대단한 분인지 모르겠다고 떠들어 대는 걸 보면 토 나올 거 같다고요. 그 애들이 정말 원하는 건 학점뿐이에요."

그녀는 심호흡을 하고 말을 이었다.

"남편은 그렇게 대단하지 않아요, 내가 알죠. 12년을 같이 살면서 성질과 역정을 견뎌 왔어요. 가끔 하는 모양을 누가 보면 그 사람이 뭐 보들레르나 반 고흐라도 되는 줄 알 거예요. 그럼 난 뭐라도 이뤄지나 하고 바라 왔지만, 그렇게 되는 법이 없어요. 앞으로도 그렇겠죠. 우린 이 후진 주립대학에 발이 묶였고 그이는 자기 힘으로 승진할 주변머리도 없어요."

허름한 작은 집, 또는 샴페인이 설교를 이끌어 내는 모양이었다. 나는 내 나름의 관찰 결과를 내놓았다.

"남편분에게 좀 가혹하군요. 나가서 애쓰셔야 하잖습니까. 그 점을 봐서 격려해 드려야죠."

그녀는 고개를 숙였다. 머리카락이 앞으로 휙 쏠렸다.

"알아요. 그러려고 노력하고 있어요, 진짜로."

그녀는 어린 소녀의 목소리로 변환했다. 하지만 현재 감정 상태에 맞지 않아서 그만두었다. 전날 아들에게 썼던 분명하고 날카로운 목소리로 그녀가 말했다.

"탭스와 난 결혼하지 말았어야 했어요. 그이는 애초에 결혼 자체를 하지 말았어야 하는 사람이죠. 가끔은 그 사람을 보면 중세 수도사가 떠올라요. 그의 인생에서 최고의 2년은 우리가 결혼하기 전이었죠. 가끔 나한테 그 얘기를 해요. 전쟁 끝나고 얼마 안 지나서, 파리의 비블리오테크 나쇼날(국립 도서관)에서 보냈던 시간을요. 나도 물론 알았죠, 하지만 난 아직 어린애였고 그는 일리노이 대학 프랑스어 학과의 빛나는 기대주였던 데다가 2학년 애들이 다들 스콧 피츠제럴드처럼 잘생긴 그와 결혼하면 얼마나 멋질까 떠들어 댔고, 내 공부는 집에서 마치면 되겠거니 생각했어요." 그녀는 싱크대 파티션 너머를 넘겨다보았다. "그건 확실히 마쳤죠."

"아주 어릴 때 결혼했군요."

"열일곱 살. 끔찍한 일은, 아직도 마음은 열일곱 살 기분이라는 거예요." 그녀는 가슴 사이에 손을 얹었다. "모든 것은 앞서가는데, 알죠? 하지만 아무것도 남지 않아요."

처음으로 그 여자의 마음이 와 닿았다.

"자녀분들이 있잖습니까."

"그래요, 아이들이 있죠. 내가 애들을 위해 최선을 다하지 않으

19장 **207**

리라는 생각은 하지 마세요. 앞으로도 늘 그럴 거고. 다만, 그게 전부인 걸까요?"

"어떤 사람들에겐 그것조차 없지요."

"나는 더 많은 걸 원해요." 그녀의 예쁜 붉은 입이 처량하게 탐욕스러워 보였다. "오랫동안 더 많은 걸 원했지만, 그걸 손에 넣을 용기가 없었죠."

"내게 주어질 때까지 기다려야 하는 거죠."

"명언을 참 많이 아시네요? 라 로슈푸코(프랑스의 귀족 출신 작가로 잠언집을 썼다 ― 옮긴이)나 남편보다 더 많이. 하지만 실제 문제를 말로 해결할 순 없잖아요. 탭스는 그럴 수 있다고 생각하지만. 그이는 인생을 이해 못해요. 말하는 기계일 뿐이죠, 심장 대신 컴퓨터가 들어앉은."

그녀는 남편 생각에 계속 시달리는 듯했다. 거의 시적이라 할 만했지만, 나는 점점 그녀의 억눌린 긴장감이 지겨워졌다. 내가 끌어낸 화제일 수도 있겠지만, 기본적으로는 나와 아무 상관없었다. 나는 말했다.

"다 아주 흥미롭습니다만, 펠리스 세르반테스 얘기를 하려던 참이었죠."

"그랬죠." 그녀의 표정이 상념에 젖었다. "아주 흥미로운 젊은 남자였어요. 격하고, 공격적이고, 투우 황소 같은 사람. 나도 그땐 그 정도 나이였는데, 스물둘인가 셋밖에 안 되는 남자였어요. 아시죠?"

"그 사람과 얘기 나눴습니까?"

"조금요."

"무엇에 관해?"

"우리 그림요, 대체로. 프랑스 미술에 아주 관심이 많았어요. 언젠가는 꼭 파리에 가 볼 거라고 했죠."

"그런 말을 했습니까?"

"네. 놀랍진 않아요. 프랑스어 전공 학생들은 다 파리에 가고 싶어 하니까. 나도 가고 싶었더랬어요."

"또 무슨 말을 하던가요?"

"그 정도가 전부예요. 다른 학생들이 왔고, 그는 나한테서 떨어졌죠. 파티 끝나고 탭스랑 나랑 싸웠는데, 탭스 왈 내가 너무 젊은 남자하고 노골적이었다나요. 나를 자백하게 만들려고 당신을 데려온 거 같아요. 남편은 아주 은근하게 사람을 볶주거든요."

"내겐 두 분 다 너무 은근하군요. 뭘 자백해요?"

"내가 펠리스 세르반테스한테 관심 있었다고요. 하지만 그쪽은 나한테 관심 없었어요. 그 사람에겐 내가 거기 없는 거나 마찬가지였을걸요."

"그건 믿기 힘들군요."

"그래요? 탭스 수업을 듣는 신입생인 금발 여자애가 파티에 있었어요. 그는 단테가 베아트리체를 쳐다볼 법한 눈으로 그 애를 눈으로 따라다녔죠."

그녀의 목소리는 부러움으로 차가웠다.

"그 여학생 이름이 뭡니까?"

"버지니아 파블론. 아직 학교 다닐 거예요."

"결혼하려고 그만뒀습니다."

"정말? 그 행운아는 누구예요?"

"펠리스 세르반테스."

나는 그녀에게 어떻게 그럴 수 있는지 말해 주었다. 그녀는 열심히 귀 기울여 들었다.

베스가 쇼핑 준비를 하는 사이 나는 거실을 돌아다니며 감히 존재할 수 없었던 세계의 복제품들을 둘러보았다. 그 집은 역사적 유물이나 유명인의 생가처럼 내게 강한 관심을 불러일으켰다. 세르반테스-마텔과 지니는 이 집에서 만났다. 그러니 내 사건의 탄생지가 되는 셈이었다.

베스가 방에서 나왔다. 그녀는 등 쪽 단추를 채워야 하는 드레스로 갈아입었고 내가 단추를 채워 줘야 했다. 비록 쓰다듬고 싶을 만한 등이긴 했지만, 나는 손이 닿지 않게 조심했다. 쉬운 여자는 거의 늘 골칫거리였다. 냉담하거나 밝히거나, 다중인격이거나 돈을 밝히거나 알코올 중독이거나, 때로는 그 다섯 가지 전부이기도 했다. 멋지게 꾸몄지만 포장을 풀고 보면 사제폭탄이거나, 독이 든 퍼지 케이크로 밝혀지기도 했다.

우리는 폭발을 기다리는 침묵 속에 플라자로 차를 타고 갔다. 새로 지은 커다란 쇼핑 센터로, 잔디 대신 아스팔트가 깔린 아무것도 배울 수 없는 캠퍼스 같았다. 집에 돌아갈 택시비를 주니 그녀는 받았다. 친근한 행동이었고, 상황을 고려하면 지나치게 친근했다. 하지만 그녀는 내가 자기를 삶보다 더 지독한 운명에 버리고 가기라도 하는 듯이 쳐다보았다.

20장

쇼어 드라이브는 대학 아래쪽에 개발은 폭발적이며 규제는 미비
한 지역에 바다를 따라 뻗어 있었다. 아파트 건물과 단독주택, 그리
스어 글자가 문 위에 쓰인 남학생 클럽 건물이 뒤엉켜 있었다.

148호라는 숫자가 붙은 장식벽토 집 뒤로 벽이 마주 붙은 독채
여섯 채가 옹기종기 자리잡고 있었다. 내가 현관에 다가서기도 전
에 땅딸한 여자가 문을 열었다.

"6월까지는 방 다 찼어요."

"방 구하는 거 아닙니다. 그랜섬 부인이신가요?"

"방문판매 물건 안 사요, 혹시 그거라면."

"그냥 정보 좀 얻으려는 것뿐입니다." 나는 그녀에게 내 이름과
직업을 말해 주었다. "대학의 마틴 씨가 부인 이름을 알려 주셨습
니다."

"왜 진작 그렇게 말 안 했어요? 들어와요."

안에 들어서니 작고 가구가 빡빡하게 들어찬 거실이 나왔다. 서로 마주 보고 앉으니 거의 무릎이 맞닿을 지경이었다.

"우리 학생 중 누구에 대한 불만 사항은 아니었으면 좋겠네요. 다 내 아들 같은 애들인데."

그녀는 능숙하게 어머니 같은 미소를 짓고 말했다.

그녀는 벽난로 쪽을 향해 손짓했다. 그 위의 선반과 벽은 젊은 남자들의 졸업 사진이 완전히 차지하고 있었다.

"최근 학생은 아닙니다, 아무튼. 7년 전으로 거슬러 올라가요. 펠리스 세르반테스 기억하십니까?"

나는 마텔-세르반테스가 배경에, 케첼과 키티가 전면에 나온 사진을 보여 주었다. 그녀는 사진을 들여다보려고 안경을 꼈다.

"세 사람 다 기억나요. 학생이 떠날 때 덩치 큰 남자하고 금발이 와서 짐을 실어 갔죠. 셋이 같이 차를 타고 갔어요."

"확실합니까, 그랜섬 부인?"

"그럼요. 죽은 남편이 늘 나더러 뭘 잊어버리는 법이 없다고 그랬는걸. 혹시 그렇지 않더라도, 그 세 사람을 잊진 않았을걸요. 그 사람들이 롤스로이스를 몰기에, 멕시코 청년이 저런 사람들과 뭘 하나 싶었으니까."

"세르반테스가 멕시코인이었습니까?"

"그럼요, 본인이 무슨 얘기를 하든 간에. 처음엔 받고 싶지 않았어요. 전에 한 번도 멕시코 학생을 둔 적이 없었거든요. 하지만 대학에서 안 그러면 자기네 하숙 명부에서 빼겠대서 그 사람에게 방을 빌려줬죠. 그런데 오래 있진 않았어요."

212

"무슨 얘기를 했습니까?"

"온갖 얘기를 했죠. 멕시코인이냐고 내가 물었더니, 아니래요. 나는 평생 캘리포니아에 살았고 멕시코인은 보면 알아요. 심지어 억양도 맞는데, 본인은 그게 스페인 억양이래요. 자기가 스페인에서 온 순혈 스페인 사람이라나.

그래서 내가 그랬죠, 여권 보여 달라고. 그 사람, 여권이 없었어요. 조국에서 도망쳐 나왔다고, 정부를 위해 싸웠기 때문에 프랑코 장군이 자기 뒤를 쫓고 있댔어요. 하지만 난 넘어가지 않았죠. 멕시코인은 보면 알아요. 내 의견을 묻는다면 아마 불법이민자라 그래서 거짓말을 했을 거예요. 이민국에 붙들려 버스에 실려 고향으로 돌아가기 싫었겠죠."

"그가 다른 거짓말도 했습니까?"

"했고말고요, 떠나는 당일까지. 떠날 때 자기는 파리에 간다고, 거기서 대학에 갈 거랬어요. 스페인 정부가 자기 집안 재산을 일부 풀어 줘서 여기 학교보다 더 좋은 곳에 갈 여유가 생겼다고. 나야 쓰레기 떨쳐 버려 속 시원하다 했죠."

"세르반테스를 좋아하지 않으셨군요?"

"정도만 지나치지 않으면 그냥저냥 괜찮아요. 하지만 너무 주제 넘었죠. 게다가 10월 첫날에 떠나는 바람에 남은 학기 내내 방을 비워 둘 수밖에 없었다고요. 애초에 그 학생을 받은 게 후회되더 군요."

"그가 어떻게 주제넘었나요, 그랜섬 부인?"

"많은 면에서요. 혹시 담배 있어요?" 나는 그녀에게 한 개비 주고 불을 붙여 주었다. 그녀는 내 얼굴에 연기를 뿜었다. "왜 그 사람에게 그렇게나 관심이에요? 다시 여기로 돌아왔나요?"

"그랬었지요."

"세상에. 그 사람이 돌아올 거라고 나한테 그랬어요. 100만 달러를 갖고 롤스로이스를 타고 돌아와 몬테비스타 아가씨와 결혼할 거라고. 그게 주제넘은 소리죠. 비슷한 사람하고 만나라고 난 그랬어요. 그렇지만 자기에겐 그 여자뿐이라 하더라고요."

"여자 이름을 말했나요?"

"버지니아 파블론. 누군지 알아요. 내 딸이 그 애와 고등학교를 같이 다녔거든요. 아름다운 아가씨였고, 아직도 그렇겠죠."

"세르반테스도 그렇게 생각하죠. 바로 얼마 전에 둘이 결혼했습니다."

"농담 마세요."

"그랬으면 좋겠습니다. 몇 달 전에 그가 돌아왔습니다. 롤스로이스가 아니라 벤틀리를 타고, 100만 달러 대신 12만 달러를 들고요. 하지만 그는 그녀와 결혼했습니다."

"허, 세상에." 그랜섬 부인은 마치 이 상황을 흡수하듯이 담배를 깊이 빨아들였다. "딸에게 얘기해 줘야겠네요."

"하루 이틀은 아무에게도 얘기하지 않는 것이 좋겠습니다. 세르반테스와 버지니아가 자취를 감췄어요. 그녀가 위험에 처했는지도 모릅니다."

"그 사람이 해코지를 할까 봐요?" 그녀가 열성적으로 말했다.

"그럴 수도요."

나는 그가 버지니아에게서 뭘 원하는지 알지 못했다. 아마 존재하지 않는 무언가일 것이다. 그리고 그가 그게 존재하지 않는다는 것을 알았을 때 어떻게 나올지 나는 알지 못했다.

그랜섬 부인은 브레이크워터 호텔 재떨이에다가 담배를 비벼 끄고 꽁초를 다른 꽁초들이 든 손잡이 없는 찻잔에 넣었다. 그녀는 비밀을 털어놓듯 내게로 몸을 숙였다.

"더 알고 싶은 거 있어요?"

"네. 세르반테스가 자기를 데려간 사람들에 대해 뭔가 설명했습니까?"

"그 커플?" 그녀는 무릎에 놓인 사진을 손가락으로 짚었다. "정확히 뭐라 했는지는 잊었어요. 친구들이 자기를 데리러 온다고 했던 것 같네요."

"누군지는 말 안 했고요?"

"안 했어요. 하지만 그 사람들 돈깨나 있어 보이더라고요. 할리우드 사람들이고, 자기를 비행기에 태워 줄 거라고 그가 말했던 것 같아요."

"어떤 비행기?"

"프랑스행 비행기요. 당시엔 허튼소리 참 많이도 하네 싶었어요. 하지만 이제 와 보니 모르겠네요. 그 사람 프랑스에 가긴 했대요?"

"그런 것 같습니다."

"돈이 어디서 나서? 정말 그 가족들이 스페인에 돈이 있다고 생각해요?"

"스페인에 성은 있겠죠, 아무튼."

차를 몰면서 나는 마텔이 자신의 꿈을 실천에 옮기는 위험한 몽상가, 거짓말을 사실이 되게 억지로 만드는 거짓말쟁이라고 생각했다. 그의 세상은 태평거네 벽에 걸려 있는 그림들처럼 잔뜩 색칠되

어 있고 인공적이었으며, 프랑스에 대한 그의 첫 공상 역시 그러했
을지 모른다.

21장

머시 병원 수납원의 눈은 계산기 같았다. 그녀는 내 수입을 가늠하고 지출을 빼고, 총액을 적자로 계산하는 듯한 눈으로 창살 뒤에서 나를 살펴보았다.

"내가 값이 얼마나 나갈까요?" 나는 명랑하게 말했다.

"죽어서요 아님 살아서요?"

그 바람에 나는 농담을 그만두었다.

"해리 헨드릭스 씨의 병원비를 하루치 더 내고 싶습니다."

"그럴 필요 없어요. 부인이 처리하셨거든요."

"빨간 머리? 그녀가 여기 왔습니까?"

"오늘 아침 오셔서 몇 분간 남편을 면회하셨어요."

"그 사람을 볼 수 있을까요?"

"3층 수간호사에게 문의하셔야 해요."

수간호사는 뻣뻣하고 입매가 얄팍한 여자로 기록을 정리하는 동안 날 기다리게 했다. 결국엔 내가 탐정이고 경찰과 함께 수사 중이라는 말을 들어 주었다. 그러고 나자 그녀는 꽤 친절해졌다.

"그 환자에게 질문 몇 가지 해서 안 될 이유는 없겠죠. 하지만 힘들게 하진 말고, 마음 상할 말은 하지 마세요."

해리는 시내가 내려다보이는 창문이 있는 개인 병실에 있었다. 머리와 얼굴에 붕대를 감아 미완성 미라처럼 보였다.

나는 밝은 회색 모자를 들고 있었고, 그의 시선이 거기 가 꽂혔다.

"그거 내 모자인가요?"

"당신이 어제 쓰고 있던 모자죠. 하지만 안에 적힌 이름은 스필먼이고요. 그건 누굽니까?"

"난 모르죠."

"당신이 쓰던 모자 주인이잖습니까."

"그랬어요?" 그는 누워서 생각해 보았다. "자선 장터에서 샀어요."

나는 믿지 않았지만, 그렇게 말해 봐야 아무 소용이 없을 것이다. 나는 모자를 서랍장 위에 던졌다.

"누가 당신을 쳤습니까, 해리?"

"나도 확실히 몰라요. 보지 못했거든요. 어두웠고, 뒤에서 날 쳐서 기절시켰어요. 그러고는 내 얼굴을 짓밟았다고 의사가 그러더라고요."

"대단한 사람이군요. 마텔이었습니까?"

"네. 그의 집에서 당했어요. 집 뒤쪽을 돌아다니고 있었죠. 바람 소리가 워낙 심해서 뒤에서 다가오는 소리를 못 들었어요." 그의 손가락이 몸을 덮고 있는 시트 위를 기어갔다. "상당히 심하게 손 본

게 틀림없어요. 온몸이 다 쑤셔요."

"당신은 차 사고를 당했거든요."

"내가요?"

"마텔이 당신 차 뒷 트렁크에 당신을 가두고 해안가에 차를 세워 놨어요. 웬 주정뱅이들이 차를 훔쳐 나무에 박았죠."

그는 신음을 흘렸다.

"내 차 아니에요. 내 고물차가 고장이 나는 바람에 판매소에서 캐딜락을 빌려온 건데. 보험도 없고, 아무것도 없어요. 완전히 못쓰게 됐던가요?"

"돈 들여 고칠 만한 가치는 없을 겁니다."

"꼭 그렇다니까. 이렇게 또 직장에서 잘리겠군요." 그는 한동안 말없이 하늘을 내다보고 있었다. "낮에 나 자신에 대해 생각해 보고 있었어요. 내기해도 좋지만…… 아니, 내기는 안 하고 그냥 말할게요, 난 미시시피 서쪽에서 제일가는 실패자일 겁니다. 살 가치도 없어요."

"누구나 살 가치는 있습니다."

"그렇게 말해 주니 고맙네요. 말이 났으니 말인데, 아처 씨가 여기 병원비를 내줬다던데. 그게 당신입니까?"

"내가 20달러 냈습니다."

"정말 고맙습니다. 진짜 좋은 분이예요."

"됐어요. 비용 처리할 거니까."

하지만 그는 감동받았다.

"난 운이 좋은 거겠죠, 일단 살아 있는 것만 해도. 그리고 아내가 보러 오기까지 했으니, 꼭 고향 방문 주간 같군요."

"키티가 아직 이 지역에 있습니까?"

"아닐걸요. 떠난다고 했어요." 그의 머리가 잠시 베개 위에서 가만히 움직이지 않았다. "키티를 아는 줄은 몰랐네요."

"어젯밤 얘기 나눴습니다. 아름다운 분이더군요."

"내가 그걸 모르겠어요. 그녀를 잃었을 때는 하늘이 무너지는 것 같았죠."

"케첼이 빼앗아 간 겁니까?"

또 다른 정적.

"그 사람도 알아요?"

"그 사람에 관해서 좀 압니다. 마음에 들지 않더군요."

"알수록 더 싫어질걸요. 내 인생의 가장 큰 멍청한 실수는 그 자의 낚싯바늘에 걸린 거였어요. 그래서 키티를 잃었죠."

"어떻게요?"

"난 도박사입니다. 왜인진 모르겠어요. 그냥 그렇게 됐죠. 도박하는 게 좋아서. 살아 있는 기분이 들거든요. 내가 정신 나간 놈이지." 그의 눈은 깊은 구멍을 내려다보는 듯했다. "그래서 어느 무더운 아침 동틀 무렵 프리몬트 가에 있는 스코피언 클럽에서 무일푼에 아내도 잃고 나오게 된 겁니다. 주사위 도박에 아내를 걸었다가 졌어요. 아내는 나한테 정나미가 떨어져서 그에게로 갔죠."

"케첼에게요?"

해리는 누운 채 서랍장 위 모자를 쳐다보았다.

"진짜 이름은 레오 스필먼입니다. 케첼은 그냥 그가 쓰는 이름이고요. 옛날 권투 선수 시절 이름이죠. 케이요 케첼이라고. 그만두고 아예 도박판에 손대기 전에는 제법 괜찮은 라이트 헤비급 선수였어요."

"어떤 도박판을 말하는 겁니까, 해리?"

"뭐든 안 한 게 없죠, 아니면 전에 했거나. 중서부에서 슬롯머신을 시작해서 군 기지에서 돈깨나 만졌어요. 아직 슬롯머신 사업을 한다고 할 수도 있겠죠. 라스베이거스 스코피언 클럽의 주 소유주예요."

"한 번도 이름을 들은 적이 없는데 희한하네요."

"그걸 비공개 소유주라고 하던가 그럴걸요. 자기 이름을 감추는 방법을 익혀서, 케첼이란 이름으로 여행을 다닌다든가 하는 식이죠. 레오 스필먼은 구린 냄새가 나는 이름이에요. 물론 이젠 반 은 퇴했죠. 못 본 지 몇 년 됐어요."

"어떻게 그의 모자를 손에 넣은 겁니까?"

"키티가 지난 주 나를 만나러 왔을 때 줬어요. 레오는 나보다 훨씬 덩치 크지만 모자 사이즈는 7과 4분의 1로 똑같거든요. 그리고 몬테비스타 사람들하고 맞닥뜨리려니 모자가 필요했고."

"레오는 어디 가면 찾을 수 있습니까?"

"스코피언 클럽에 가 보면 되려나요. 예전엔 거기 자기 사무실 옆에 스위트룸을 쓰고 있었어요. 남캘리포니아 어디에 은신처가 있다는 건 알지만, 어디인지 키티가 절대 안 가르쳐 줘요."

"그의 목장은요?"

"오래전에 팔았죠. 키티가 송아지 낙인 찍는 걸 보기 싫어서."

"상당히 자주 연락하고 지내나 봅니다."

"꼭 그렇진 않고요. 하지만 여러 해 동안 봐 왔죠. 진짜 곤경에 처했을 때나 필요할 때면 나한테 오거든요." 그는 베개에서 머리를 조금 들어 나를 쳐다보았다. "내가 지금 이렇게 솔직히 다 털어놓는 이유 알아요, 아처? 동료가 필요하거든요."

"어제도 그렇게 말했죠."

"오늘은 더 절실해요." 천천히 턱을 쓸어 그는 자신의 무력함을 의식하게 하고, 베개에 다시 머리를 눕혔다. "그리고 당신은 좋은 친구고. 이게 진짜 큰 건인데 딱 절반씩 나누는 걸로 합시다."

"뇌진탕 같은 거요?"

"진지한 얘기예요. 한 10만 이상 걸렸을지도 모르는 건입니다. 이게 웃음거리요?"

"마텔-세르반테스가 훔친 돈 말입니까?"

"마텔 누구라고요?"

"세르반테스. 그게 마텔이 쓰던 다른 이름입니다."

"그럼 그놈이구먼!" 해리가 흥분해서 벌떡 일어나 앉았다. "우리가 놈을 잡았어요!"

"불행히도 우린 잡지 못했어요. 10만 달러 현금을 갖고 도망갔죠. 혹시 우리가 잡더라도, 레오 스필먼이 돈을 돌려받으려 들지 않을까요?"

"아뇨." 그의 손이 휙 올라갔다. "10만, 12만 정도야 레오에겐 껌값이죠. 우리가 가져도 될 거라고 키티가 그랬어요. 키티와 그가 정말로 찾으려는 돈은 100만 단위까지 올라간다고."

그가 한 팔을 올려 잠깐 경례하듯 들고 있었다. 그는 다시 베개로 풀썩 누웠다.

"마텔이 그에게서 몇백만을 훔쳤다고요?"

"키티가 그랬어요."

"키티가 당신을 낚으려 그러는 거겠죠. 100만 달러를 훔칠 순 없어요, 현금 수송 차량을 털었다면 모를까."

"그게 된다니까요. 그리고 키티가 거짓말한 거 아니에요, 한 번도 나한테 그런 적이 없는걸. 이게 일생일대의 기회라는 걸 알아야 해요."

"일생일대의 죽을 기회겠죠, 해리."

그 생각에 그는 엄숙해졌다.

"그래요. 그것도."

"왜 레오 스필먼이 그걸 당신 손에 맡긴답니까?"

"키티가 맡긴 거죠. 그녀가 믿는 사람은 나뿐이거든요." 그는 내 미심쩍어하는 표정을 알아챘는지 덧붙였다. "희한하게 들릴지 몰라도 그게 사실이에요. 난 키티를 사랑하고, 키티도 그걸 알죠. 내가 이걸 해결하면 나한테 돌아올지도 모른다 그랬어요."

진짜처럼 들리게 하려 그의 목소리가 커졌다.

복도에서 간호사의 바쁜 발걸음 소리가 다가오는 것이 들렸다.

"키티가 여기 살았다고 그러던데요."

"맞아요, 키티는 여기 사람이었죠. 사실 우리 첫 허니문을 브레이크워터 호텔에서 보냈답니다." 붕대 뒤에서 그의 눈이 움직였다.

"결혼 전 키티의 성은 뭐였습니까?"

"세크자. 아버지가 폴란드 사람이었어요. 어머니도 그렇고. 아직 어린 자기를 낚아챘다고 날 미워했죠."

수간호사가 문을 열고 들여다보았다.

"이제 그만하세요. 조용히 하겠다고 하셔 놓곤."

"해리가 좀 흥분해서요."

"그러시면 안 돼요." 그녀는 문을 활짝 열었다. "이제 나오세요."

"나하고 편 먹을 겁니까, 아처?" 해리가 침대에서 말했다. "무슨 말인지 알죠?"

나는 그의 편이 아니었고 그의 적도 아니었다. 나는 엄지와 검지로 동그라미를 만들어 격려의 뜻으로 그에게 보여 주었다.

22장

머시 병원 근방에는 부속 치료 센터와 의원이 여럿 있었고, 실베스터 선생 의원은 그중 하나였다. 주위 이웃들에 비하면 작고 덜 번창하는 듯이 보였다. 정문에서 접수처로 이어진 로비의 바닥 깔개엔 닳은 흔적이 역력했다. 내과 조지 실베스터를 필두로 의사 이름 여럿과 전공이 문 옆의 안내판에 나와 있었다.

접수처 아가씨는 실베스터 선생이 점심 먹으러 나가서 아직 안 돌아왔다고 말해 주었다. 혹시 내가 기다리겠다면 일정에 30분 여유가 있다고 했다.

나는 그녀에게 내 이름을 말하고 기다리는 환자들 사이에 앉았다. 좀 지나고 나자 나도 그들 중 하나가 된 기분이 들기 시작했다. 핑크 샴페인, 또는 같이 마신 여자가 내게 둔한 두통을 남겼다. 몸의 다른 부위들도 불평하기 시작했다. 실베스터 선생이 나타났을

즈음에 나는 무너져서 그에게 내 증상을 늘어놓을 지경이었다.

그는 본인도 증상이 있는 듯이 보였고, 아마 숙취 증상일 법했다. 내가 반갑지 않은 게 분명했다. 하지만 손을 내밀어 악수하고 직업적인 미소를 지었으며, 당당해 보이는 비서를 지나 자기 진료실로 나를 안내했다.

그는 흰 가운으로 갈아입었다. 나는 벽에 걸린 수료증과 증명서를 둘러보았다. 실베스터는 좋은 학교와 병원에서 수련했으며 자격시험을 통과했다. 최소한 믿을 만한 의사로서의 배경은 갖추었다. 걱정되는 것은 전면이었다.

"내가 뭘 도와주면 되나요, 아처? 그나저나 피곤해 보이는데."

"피곤하기 때문이죠."

"그럼 좀 앉아요." 그는 책상 끝 의자를 가리키고 본인도 앉았다. "몇 분밖에 시간이 없으니 얼른 끝냅시다."

갑작스러운 친한 척은 억지로 꾸며 낸 것이었다. 속으론 포커꾼처럼 나를 지켜보고 있었다.

"선생님 환자 케첼이 누군지 알게 되었습니다."

그는 눈썹을 치켜세웠으나 아무 말도 하지 않았다.

"라스베이거스 카지노 소유주더군요. 도박판 쪽 배경이 쟁쟁하고요. 진짜 이름은 레오 스필먼입니다."

실베스터는 놀라지 않았다. 그는 선선히 말했다.

"우리 기록과 일치하는군요. 오늘 아침 확인해 봤어요. 주소를 라스베이커스 스코피언 클럽으로 해 놨더라고요."

"어젯밤에 기억해 내셨더라면 제가 써먹을 수 있었는데 아깝군요."

"내가 모든 걸 기억할 순 없으니까."

"이걸로 기억력을 시험해 보시죠. 레오 스필먼을 로이 파블론에게 소개하셨습니까?"

"기억 안 나요."

"그랬거나 아니거나 둘 중 하나 아닙니까, 선생님."

"그딴 식으로 말하지 말아요."

"질문에 답하시죠. 아니면 대답해 줄 사람을 달리 찾아보겠습니다."

그는 생각에 잠겨 얼굴을 살짝 앞으로 숙였다. 절벽 끄트머리에 놓인 바위처럼 위험하고 위협적으로 보였다.

"왜 마리에타 파블론이 선생님에게 돈을 부탁했을까요?"

"오랜 친구니까. 달리 누구에게 부탁할까요?"

"선생님을 협박하려 든 게 아닌 거 확실합니까, 오랜 친구를?"

그는 진료실을 동물원 우리처럼 둘러보았다. 입가 주름이 깊고 잔혹하게 패어 마치 스스로 낸 흉터 같았다.

"뭘 숨기려는 겁니까, 선생?"

생각에 잠겨 잠시 있다가 그가 말했다.

"내가 빌어먹을 멍청이라는 사실." 그는 날카롭게 내 눈을 흘끗 보았다. "비밀 지켜 줄 수 있겠어요?"

"범죄 관련이라면 안 됩니다."

"무슨 범죄?" 그는 커다란 양손을 손바닥을 위로 해서 책상에 펼쳐 보였다. "범죄라곤 아무것도 없었는데."

"그럼 왜 그렇게 걱정하십니까?"

"저번날 밤에 말한 대로 이 동네는 루머의 온상이오. 만약 레오 스필먼과 나에 대한 얘기가 새어 나가면 난 죽은 목숨이라고." 그의 손이 불가사리 두 마리처럼 천천히 오므라들었다. "진실을 알고 싶다면 난 지금 빈사 상태요. 이 지역엔 빌어먹을 의사들이 너무 많아. 그리고 재정 면에서 손해를 봤고."

"도박으로요?"

그는 화들짝 놀랐다.

"그건 어디서 캐낸 겁니까?" 그는 주먹으로 책상을 두들겼다. 위협적으론 아니고, 뭔가 궁리하는 사람처럼. 그는 교묘한 사람은 아니었고, 초조함에 더욱 노골적이 되었다. "나한테 뭔 짓을 하려고?"

"뭘 하려는지 아시잖습니까. 이 마텔이란 사람에 대한 사실을 모으고, 동시에 파블론에게 있었던 일에 대한 모든 의혹을 불식시키는 겁니다. 그 두 가지는 스필먼으로 연결되고, 다른 면에서도 연결되어 있을 가능성도 있겠죠. 파블론이 죽고 이틀 후 스필먼이 이곳을 뜰 때, 마텔을 데리고 갔습니다. 그거 알고 계셨습니까?"

그는 혼란스러운 눈으로 나를 쳐다보았다.

"7년 전 얘기요?"

"맞습니다. 선생님은 스필먼을 이곳으로 데려왔기 때문에 이 모든 일에 관계된 거죠."

"내가 데려온 거 아닙니다. 제 발로 왔지. 사실 그의 여자, 그러니까 그의 아내의 생각이었고. 그 여자에게 천국이란 테니스 클럽에서 보내는 2주였거든요."

그의 입 한쪽이 올라가며 이 가장자리가 보였다.

"스필먼에게 돈을 빚졌습니까?"

"아닐 리가 있을까." 그의 눈이 삭막해지며 나의 너머로 자신의 삶을 바라보았다. "내가 솔직하게 대답해 주면, 그걸로 뭘 하려 그러는 겁니까?"

"가능한 한에선 저만 알고 있겠습니다. 한번은 의뢰인이 저한테 어찌나 속이 깊은지 비밀을 떨구면 바닥에 떨어지는 소리가 들리지 않을 정도라고 했죠. 선생님은 제 의뢰인이 아니지만, 좋은 평판을 지켜 드리기 위해 할 수 있는 일은 하겠습니다."

"그 말 믿기로 합시다. 날 충동적인 도박꾼으로 여기진 말고. 내가 판에 나선 건 사실이지만, 요새 세금을 그렇게 뜯어 가니 버틸 방법이 그것밖에 없어요. 하지만 난 라스베이거스 타입 도박꾼은 아니오. 그쪽엔 얼씬도 안 해요."

"그래서 레오 스필먼을 만난 적 없으셨던 거군요."

"솔직히 과거에는 갔었죠. 마지막으로 라스베이거스에 갔을 때는 기분이 안 좋았어요, 자기파괴적인 기분. 될 대로 되라는 생각이었죠. 아내가……." 그는 입을 꾹 다물었다.

"계속하시죠."

그는 떠듬떠듬 말했다.

"그냥 아내가 같이 있지 않았다고 하려던 것뿐인데."

"부인이 다른 남자와 바람을 피우고 있었다고 하시려는 줄만 알았죠."

그의 얼굴이 고통으로 일그러졌다.

"맙소사, 그 여자가 그것도 말하던가요?"

"아뇨. 제가 어떻게 알아냈는지는 중요한 게 아닙니다."

"그 다른 남자가 누군지도 알아요?"

"로이 파블론. 그러면 선생님이 그의 죽음을 바랄 이유가 되겠죠."

"지금 혐의를 씌우려는 겁니까?"

"그냥 말씀드려야 할 거 같아서요, 선생님."

"그거 참 고맙군요. 참 까다로운 커브볼을 던지네요."

"산다는 게 그렇죠. 마지막에 라스베이거스에 가셨을 땐 무슨 일이 있었습니까?"

"온갖 일이. 먼저 테이블에서 몇백 달러를 잃었죠. 손 털고 일어났어야 했는데 화가 나서 더 달려들었어요. 끝나기도 전에 신용 한도까지 다 썼고. 아직도 그건 다 회복 못 시켰죠. 그리고 레오 스필먼에게 거의 2만 달러를 빚졌어요.

스필먼이 나를 자기 사무실로 불러들여 논의했죠. 나는 최대한 만 달러까지는 만들어 볼 수 있고, 나머지는 기다려야 한다고 했어요. 스필먼은 벌컥 화를 내며 나더러 협잡꾼에 기생충이니 별별 욕을 합디다. 여자가 말리지만 않았으면 나한테 달려들어 공격했을걸요."

"키티가 그 자리에 있었습니까?"

"그래요. 그 여자는 내가 여기 출신인 걸 알고 흥미를 갖고 있었죠. 스필먼에게 주먹을 쓰면 중죄가 된다고 달래더군요. 듣자니 전직 프로 권투선수였던 모양이더라고. 하지만 그 사람 몸이 영 엉망이어서 내가 쓰러뜨릴 수 있었을 거 같았는데." 실베스터는 자기 주먹을 어루만졌다. "내가 대학 때 권투를 좀 했거든요."

"시도하지 않은 게 잘한 겁니다. 프로를 이길 수 있는 아마추어는 거의 없어요."

"하지만 그 사람은 육체적으로나 감정적으로나 아픈 사람이었는데."

"어디가 아픈 겁니까?"

"눈가 신경이 펄떡이는 게 보이더군요. 그가 좀 진정한 다음, 설득해서 눈을 들여다보고 혈압을 재 봤죠. 차에 진료 장비를 갖고 있어서. 그 상황에서 하기엔 좀 이상한지도 모르지만, 의사로서 걱정이 되었어요. 그럴 만했고. 고혈압이 심했고 혈압이 위험할 정도로 높았어요. 알고 보니 한 번도 의사에게 진찰도, 검사도 받은 적이 없다는 겁니다. 그런 건 다 샌님들이나 하는 거라고 여겼답디다.

처음엔 내가 자기를 겁주려 그런다 생각하더군요. 하지만 여자의 도움을 받아 그에게 뇌졸중 위험이 있다는 걸 납득시켰죠. 그래서 그가 거래를 제안했고. 내가 현금으로 만 달러를 긁어모으고, 그의 고혈압을 치료하고, 테니스 클럽에 독채를 잡아 주기로. 역사상 가장 괴상한 거래일걸요."

"글쎄요. 스필먼은 주사위 도박판에서 다른 남자의 아내도 딴 적 있습니다."

"그 얘기 하더군요. 그런 일화가 잔뜩 있었죠. 그런 사람을 내 클럽에 들이는 기분이 어땠을지 짐작이 될 겁니다. 하지만 난 선택의 여지가 없었고, 그는 거의 만 달러를 기꺼이 치르려 했으니."

"그의 입장에선 아무 손해 볼 게 없죠."

"내 서비스 대가로 만 달러 가까이 들인 거 아니오."

"선생님이 다른 만 달러를 현금으로 그에게 냈다면 아니죠. 세금으로 그 차액을 메꾸고도 남았을 겁니다."

"그가 탈세를 하고 있었다고 생각해요?"

"확실합니다. 라스베이거스에선 늘 그렇게 하거든요. 그들이 빼돌린 돈을 '블랙 머니'라고 하는데, 그게 딱 맞는 이름이죠. 그게 모여 큰돈이 되고, 코자 노스트라(미국 마피아의 비밀 조직 ― 옮긴이)

에서부터 지금까지 이 나라의 불법 사업 절반의 자금줄이 되어 온 겁니다."

실베스터는 싸늘한 목소리로 말했다.

"내 책임은 아니잖아요?"

"도덕적으로는 그럴 수 있습니다. 법적으론 모르겠군요. 만약 조직범죄에 협력한 모든 이들이 책임을 지게 된다면, 이 나라 머저리들 절반은 감옥에 가겠죠. 불행히도 그렇게 되진 않을 겁니다. 우리는 미국의 범죄 수도를 무슨 디즈니랜드처럼 취급하고, 가족 여행이나 컨벤션 하러 가기에 좋은 곳처럼 포장하고 있단 말입니다."

나는 입을 다물었다. 라스베이거스가 화제로 나오면 난 약간 우울해졌는데, 부분적으로는 내가 다루는 범죄 사건들이 거기로 이어지는 경우가 자주 있기 때문이었다. 지금 이 사건처럼.

"7년 전에 마텔이 스필먼과 함께 이곳을 떴던 거 아닙니까?"

"아까 당신이 말해서 알았죠. 그게 무슨 의미가 있는지 이해는 안 가지만."

"마텔은 지역 대학교 학생으로, 테니스 클럽에서 파트타임 임시직으로 일했습니다."

"마텔이?"

"당시엔 펠리스 세르반테스라고 했죠. 그는 프랑스어 학생 모임에서 지니 파블론을 만났거나, 최소한 그녀를 보고 사랑에 빠졌습니다. 그녀를 좀 더 자주 보려고 클럽에 일자리를 얻었을지도 모르죠. 그는 거기서 스필먼을 만났습니다."

실베스터는 열심히 귀 기울여 듣고 있었다. 자기가 움직이면 건물이 내려앉기라도 할 듯이 조용하고 잠잠히 있었다.

"이런 걸 다 어떻게 알아냈고요?"

"부분적으로는 추론입니다. 대부분은 아니고. 하지만 레오 스필먼을 만나야겠고, 연락하려면 선생님 도움이 필요합니다. 최근에 그 사람 보셨습니까?"

"7년 동안 못 봤어요. 여기로 다시 돌아오지 않았죠. 나도 굳이 나서 권하지 않았고. 직업적인 접촉을 제외하면 난 최선을 다해 그 사람을 피해 다녔거든. 예를 들자면 내 집에 초대한 적도 없고."

실베스터는 자존심을 건지려 애쓰고 있었다. 하지만 나는 그 자존심은 지난 30분 사이 이 방에서 영영 사라진 게 아닐까 싶었다.

23장

내 뒤에 있는 문 너머로 실베스터의 바깥 사무실에서 전화벨 소리가 울리는 것이 들렸다. 20초쯤 후 그의 책상 위 전화가 작게 울렸다. 그는 수화기를 들고 조급히 말했다.

"뭐요, 로프틴 부인?"

비서의 목소리가 전화기를 통해 그리고 문 너머로 해서 스테레오로 들려왔다. 무슨 말을 하는지 들을 수 있을 만큼 소리가 컸다.

"버지니아 파블론이 말씀 나누고 싶어하네요. 흥분 상태예요. 전화 연결할까요?"

"잠깐만. 내가 나가서 받지."

실베스터는 양해를 구하고 밖으로 나가면서, 보란 듯이 문을 닫았다. 눈치 주는 걸 무시하고, 나는 그를 따라 바깥 사무실로 나갔다. 그는 비서 책상 앞에 서서 전화기를 무슨 얼굴 고정하는 의료 기구처럼 옆머리에 대고 있었다.

"거기 어디야?" 그가 말하고 있었다. 하던 말을 중단하고 나한테 윽박질렀다. "거 프라이버시 좀 존중해요, 응?"

"복도로 나가 주세요." 로프틴 부인이 말했다. "선생님은 응급 환자에게 조언 중이세요."

"무슨 응급입니까?"

"말씀 못 드려요. 복도로 좀 나가 주시겠어요?"

로프틴 부인은 각지고 단호한 얼굴의 덩치 큰 여자였다. 그녀가 물리적 힘을 쓸 각오로 나에게 다가왔다.

나는 복도로 물러났다. 그녀가 문을 닫았다. 나는 문에 귀를 대고 실베스터가 하는 말을 들었다.

"왜 그 사람이 죽을 거 같다고 생각하는데?" 그러고는 말했다. "그렇군…… 그래, 지금 당장 갈게. 당황하지 말고."

몇 초 후 실베스터가 진료실에서 어찌나 급하게 달려 나오던지 하마터면 나와 부딪힐 뻔했다. 그는 왕진가방을 들었고 흰 가운 차림 그대로였다. 얼굴을 붙잡아 주던 전화기는 이제 없었다.

나는 그의 옆에서 함께 의원 정문을 향해 걸었다.

"제가 운전하죠."

"아뇨."

"마텔이 다쳤습니까?"

"말하고 싶지 않은데요. 본인이 프라이버시 보호를 원해서."

"전 사설탐정입니다. 제가 운전하죠."

실베스터는 고개를 저었다. 하지만 주차장 위 테라스에 멈춰 서서 햇살에 잠시 눈을 깜빡였다.

"그 사람이 어떻게 된 겁니까?"

"총을 맞았어요."

"그럼 공공문제가 되는 거 아시죠. 제 차는 이쪽입니다."

나는 그의 팔꿈치를 잡아 도로변으로 데려갔다. 그는 전혀 저항하지 않았다. 그의 행동은 약간 기계적이었다.

나는 차 시동을 걸면서 말했다.

"거기 어딥니까, 선생님?"

"로스앤젤레스요. 샌디에이고 고속도로로 접어들어서 브렌트우드에 개들 집이 있어요."

"집이 하나 더 있다고요?"

"그런가 보죠. 난 주소만 받았어요."

사바도 대로에 있는, 나무가 줄지어 섰고 20년대에 지어진 커다란 스페인식 주택가였다. 나 같은 기분만 아니라면 전쟁 전 로스앤젤레스의 화창한 평화를 느낄 수 있는, 이제는 점차 사라져 가는 그런 지역이었다. 사바도 대로 입구에는 '막다른 길' 표지가 있었다.

우리가 찾던 집은 긴 블록에서 가장 크고 공들인 집이었다. 마당의 벽과 분수가 포레스트 론 공원묘지를 약간 연상시켰다. 현관에 나온 아가씨도 마찬가지였다. 얼마나 입가가 딱딱하고 눈이 부었던지 지니인지 거의 알아보기 힘들 정도였다.

그녀는 실베스터의 하얀 가운에 대고 다시 울기 시작했다. 그는 그녀의 떨리는 등을 빈 손으로 토닥였다.

"그 사람은 어디냐, 버지니아?"

"가 버렸어요. 선생님에게 전화하느라 이웃집에 갔었거든요. 우리 전화는 아직 연결이 안 되어서." 끅끅대는 흐느낌에 말이 사이

236

사이 끊겼다. "그 사이 그이는 차를 타고 가 버렸어요."

"그게 언제야?"

"모르겠어요. 시간이 어떻게 가는지 모르겠어요. 전화드린 직후예요."

"그럼 한 시간 안 되었군요." 내가 말했다. "남편분 부상이 심합니까?"

그녀는 여전히 실베스터에게 매달린 채 고개를 끄덕였다.

"내출혈이 있는 거 같아요. 배에 총을 맞았어요."

"언제요?"

"한 시간쯤 전에요. 정확한 시간은 모르겠어요. 집주인이 우리한테 집 빌려줄 때 시계를 남겨 놓지 않아서요. 거의 밤을 새우는 바람에, 전 낮잠을 자고 있었는데 현관 벨이 울렸어요. 남편이 나갔죠. 총소리가 나서 뛰어내려와 보니 그가 바닥에 앉아 있었어요."

그녀는 자기 발치를 내려다보았다. 무늬목 위에 마른 피 같은 자국이 군데군데 있었다.

"총을 쏜 사람은 봤습니까?"

"실제로 보진 못했어요. 차가 가는 소리만 들었죠. 남편이……."

그녀는 마치 그 말을 반복하면 남편을 구하고 결혼 생활을 지킬 수 있을 것처럼 그랬다.

실베스터가 끼어들었다.

"계속 여기 세워 둔 채 심문할 순 없어요. 우리 중 하나는 경찰에 신고를 해야지."

"나오기 전에 신고를 하셨어야죠."

지니는 내가 자기 탓을 한다고 여기는 듯했다.

"남편이 신고 못 하게 했어요. 모든 것이 끝나 버릴 거라고 그랬어요."

모든 것의 끝이 닥쳐온 것처럼 그녀는 무거운 눈길을 이리저리 돌렸다.

실베스터가 그녀를 안고 진정시켰다. 천천히 그리고 살며시 그녀를 데리고 집 안으로 들어갔다. 나는 옆집에 갔다. 검은 알파카 스웨터를 입은 땅딸막하고 회사 중역 타입의 남자가 무력하고 원망스러운 얼굴을 하고 앞마당 잔디에 서 있었다. 사바도 대로에 살고 있다면 조용한 생활이 보장되어야 하는 법이었다.

"무슨 일이오?"

"전화 좀 쓰게 해 주시죠. 총격 사건이 있었습니다."

"그게 그 소리였나?"

"총소리 들으셨어요?"

"그땐 자동차 엔진 역화 소리인 줄 알았죠."

"차를 보셨습니까?"

"검은 롤스로이스가 나가는 거 봤죠. 아니면 벤틀리거나. 하지만 조금 지나서였는데."

별 도움이 되지 않았다. 나는 그에게 전화를 부탁했다. 그는 나를 데리고 뒷문을 지나 부엌으로 들어갔다. 온통 번뜩이는 금속에다가 조절장치가, 당장이라도 달 궤도로 출발할 듯한 그런 우주선 풍의 부엌이었다. 남자는 내게 전화기를 건네고 부엌에서 나갔다. 마치 골 아픈 일을 알게 되는 걸 피하려는 듯이.

몇 분 만에 순찰차가 도착했고, 곧 이어 펄버그란 이름의 강력계 경감이 뒤따라 왔다. 오래 지나지 않아 마텔의 벤틀리를 찾아냈다.

멀리 가지 않았다.

그 반짝거리던 앞머리는 사바도 대로 막다른 끝의 금속 안전 방지 레일에 처박혀 있었다. 레일 너머로는 경사가 이어지다가 태평양이 내려다보이는 절벽 끝이었다.

벤틀리 엔진은 아직 돌아가고 있었다. 마텔은 운전대에 턱을 대고 있었다. 누런 얼굴에서 죽은 눈이 푸른 바다 위 허공을 응시하고 있었다.

펄버그와 나는 아는 사이였고, 나는 그에게 사건 개요를 간단히 설명했다. 그와 부하들은 마텔의 10만 달러를 찾아 수색했으나, 차에서도 집에서도 아무 흔적을 발견하지 못했다. 마텔의 목숨을 빼앗은 총잡이가 돈도 가져간 것이다.

그때쯤 되니 지니의 상태가 약간이나마 나아졌고, 실베스터가 펄버그에게 그녀한테 잠깐 질문해도 좋다고 허락해 주었다. 실베스터와 나는 그들과 함께 거실에 앉아 면담을 관찰했다. 지니와 마텔은 지난 토요일 비벌리힐스의 판사한테서 결혼식을 올렸다. 같은 날 그는 부동산 업자를 통해 가구 완비된 이 집을 세냈다. 그녀는 실제 법적 소유주가 누구인지 몰랐다.

그녀는 남편을 쏜 사람이 누군지 몰랐다. 그 일이 벌어졌을 때 자는 중이었다. 그녀가 아래층에 내려왔을 땐 다 끝난 후였다.

"하지만 남편은 아직 살아 계셨죠." 펄버그가 말했다. "뭐라고 하던가요?"

"아무 말도요."

"뭔가 말했을 텐데요."

"그냥 아무한테도 전화하지 말라고만 했어요. 자기 많이 다친 거 아니라고. 심한 줄은 나중에서야 알았어요."

"얼마나 나중에?"

"모르겠어요. 너무 충격받은 데다가, 시계가 없거든요. 앉아서 그의 얼굴에서 생명이 빠져나가는 걸 보고 있었죠. 저한테 말을 안 하려 했어요. 엄청나게 창피해하는 것 같더라고요. 그의 부상이 얼마나 심각한지 겨우 깨달았을 때, 옆집에 가서 실베스터 선생님에게 전화했죠." 그녀는 근처에 앉은 의사를 향해 고개를 끄덕였다.

"왜 이 지역 의사에게 전화를 안 하셨죠?"

"아는 의사가 없어서요."

"왜 저희에게 신고 안 하셨습니까?" 펄버그가 말했다.

"겁이 났어요. 남편이 그러면 자긴 끝장이라고 했거든요."

"그게 무슨 뜻입니까?"

"몰라요, 하지만 겁이 났어요. 드디어 전화를 걸었더니, 그사이 그가 가 버렸어요."

그녀는 양손으로 얼굴을 가렸다. 실베스터가 경감을 설득해서 질문을 중단시켰다. 펄버그의 부하들이 사진을 찍고, 피 묻은 무늬목 바닥을 닦아낸 다음, 크고 횡한 집에 지니와 우리만 남겨 두고 가 버렸다.

그녀는 어머니 집에 가고 싶다고 했다. 실베스터는 그녀에게 어머니가 죽었다고 말해 주었다. 그녀는 받아들이지 못하는 눈치였다.

나는 그녀의 물건 몇 가지를 챙기겠다고 자청했다. 실베스터가 그녀와 거실에 있는 동안, 나는 2층에 있는 안방으로 올라갔다. 방의 주인공인 침대는 원형이었고, 직경 2.7미터쯤 되었다. 마치 옛날 신들을 향한 희망 가득 찬 제단 같은, 킹사이즈 침대를 참 많이도 봐 왔다. 침대는 정리되지 않은 채였고, 뒤엉킨 시트는 사랑을 나누었음을 암시했다.

슈트케이스는 옷방의 비어 있는 옷걸이 아래 놓여 있었다. 밤사이 필요한 몇 가지를 제외하곤 짐을 안 풀은 채였다. 지니의 잠옷과 머리빗 그리고 칫솔과 화장품, 마텔의 파자마와 안전 면도기. 나는 그의 슈트케이스를 얼른 살펴보았다. 그의 옷 대부분은 새것이고 고급품이었으며, 몇 벌은 본드 가 라벨이 붙어 있었다. 프랑스어로 된 데카르트의 『성찰』을 제외하면 개인적인 것은 무엇 하나 찾지 못했고, 심지어 책 면지에도 이름이 적혀 있지 않았다.

나중에 몬테비스타의 끝없는 교외 지역을 차로 가는 사이, 나는 지니에게 남편이 어떤 사람인지 아느냐고 물었다. 실베스터가 그녀에게 진정제를 주었고, 그녀는 우리 사이에 앉아 그의 뻗은 팔에 머리를 기대고 있었다. 마텔의 죽음으로 인한 충격에 그녀는 아이처럼 되어 버렸다. 그녀의 목소리는 꼭 잠꼬대로 말하는 사람같이 들렸다.

"프란시스 마텔이에요, 파리 출신의. 아시잖아요."

"나도 그런 줄 알았어요, 지니. 하지만 바로 오늘 다른 이름이 나왔습니다. 펠리스 세르반테스."

"그런 사람 몰라요."

"당신은 그를 만났어요, 아니면 최소한 그는 당신을 만났죠. 태핑거 교수 집의 세클 프랑셰즈 모임에서."

"언제요? 세클 프랑셰즈 모임에는 수십 번을 나갔어요."

"7년 전, 9월에 있었던 모임입니다. 프란시스 마텔은 세르반테스라는 이름으로 참석했죠. 태핑거 부인이 그의 사진을 알아봤어요."

"사진 좀 볼 수 있을까요?"

나는 서행 차선으로 넘어가 주머니에서 사진을 꺼냈다. 그녀는 사진을 받아들었다. 그러고는 얼마 동안 아무 말이 없었다. 차들이 우리 왼쪽으로 쌩하니 지나갔다. 운전사들은 마치 차에 납치당한 듯이 걱정스러워 보였다.

"벽가에 서 있는 게 정말 프란시스예요?"

"거의 확실합니다. 그 시절엔 정말 그를 몰랐습니까?"

"몰랐어요. 알았어야 하나요?"

"그는 당신을 알았거든요. 하숙집 주인에게 언젠가는 부자가 되어 돌아와 당신과 결혼하겠다고 했답니다."

"하지만 말도 안 돼요."

"별로 그렇지도 않은데요. 실제로 그렇게 되었으니."

그때까지 조용히 있던 실베스터가 나더러 닥치라는 소리를 으르렁거렸다.

지니는 생각에 잠겨 사진 위로 고개를 숙였다.

"만약 이 사람이 프란시스라면, 케첼 부부하고 뭘 하는 거죠?"

"케첼 부부를 압니까?"

"한 번 만났어요."

"언제?"

"7년 전 9월에요. 아버지가 그 사람들과의 점심 자리에 절 데리고 가셨어요. 돌아가시기 바로 전이죠."

실베스터는 그녀 너머로 나한테 인상을 썼다.

"이젠 그만 좀 해요, 아처. 예민한 일을 쑤시고 다닐 때가 아니라고."

"제겐 지금밖에 시간이 없습니다." 나는 여자에게 말했다. "이런 일 얘기하는 게 싫습니까?"

"도움이 된다면 괜찮아요." 그녀는 힘없는 미소를 지어 보였다.

"좋아요. 케첼 부부와의 그 점심 자리에서 무슨 일이 있었죠?"

"별로 아무것도요. 그 사람들 독채 파티오에서 식사를 했어요. 나는 케첼 부인과 대화하려 노력했어요. 부인은 여기 사람이라고 그랬지만, 그게 우리의 유일한 공통점이었죠. 절 싫어했어요."

"왜죠?"

"케첼 씨가 절 좋아했으니까요. 뭔가 절 돕고 싶어 했고, 학업이나 그런 걸 지원해 주고 싶어 했어요." 그녀의 목소리는 덤덤했다.

"아버지는 그 일을 알고 계셨고요?"

"네. 그게 그 점심식사 목적이었어요. 로이는 사람들을 이용하는 일이 굉장히 만만한 줄 알았어요. 자기는 이용당하지 않고 케첼 씨 같은 사람을 이용해 먹을 수 있을 줄만 알았죠."

"뭐에 이용해요?"

"로이는 그 사람에게 빚을 졌어요. 로이는 좋은 사람이었지만 그 무렵엔 모든 사람들에게 빚을 졌죠. 난 도울 수 없었어요. 케첼 씨 계획에 장단을 맞췄어도 아무 소용 없었을 거예요. 케첼 씨는 모든 것을 앗아 가고 아무것도 주지 않는 부류의 사람이었거든요. 난 로이한테 그렇게 말했어요."

"정확히 계획이 뭐였습니까?"

"좀 애매하긴 했는데, 케첼 씨가 절 유럽에 있는 학교에 보내 주신다고 했어요."

"그리고 아버님은 그 계획을 지지하셨고요?"

"딱히 그렇진 않아요. 그냥 제가 케첼 씨 비위를 좀 맞춰 주길 원했죠. 하지만 케첼 씨는 전부를 원했어요. 남자들은 죽어 가는 게 무서울 때 그런 식이 되죠."

그 아가씨는 나를 놀라게 했다. 나는 그녀가 어린애가 아니라, 이미 짧고 비극적인 결혼을 뒤로 한 여자임을 새삼 상기했다. 그리고 길고 비극적인 유년기를 보낸 모양이었다. 아버지를 '로이'라고 부르기 시작했을 때, 마치 젊은 시절을 건너뛰고 중년이 된 것처럼 그녀의 목소리가 두드러지게 변했다.

"케첼을 얼마나 자주 만났죠?"

"딱 한 번 얘기했어요. 그 사람이 클럽에서 절 봤죠."

"아버지가 돌아가시기 바로 전에 점심식사를 했다고 했죠. 같은 주였습니까?"

"같은 날이었어요. 그게 로이가 살아 있는 모습을 본 마지막 날이었어요. 그날 밤 어머니가 로이를 찾아오라고 절 보내셨죠."

"어디로요?"

"바닷가에, 그리고 클럽. 피터 제이미슨이 어느 정도 저랑 같이 다녔어요. 제가 가고 싶지 않아서, 피터가 케첼의 독채에 가 봤지만 그 부부는 거기 없었어요. 최소한 대답을 하지 않았죠."

"케첼과 아버지가 당신을 두고 언쟁을 했을까요?"

"모르겠어요. 그럴 수 있죠." 그녀는 똑같은 덤덤한 목소리로 말을 이었다. "차라리 코 없이 태어났으면 좋았을 텐데. 아니면 한쪽 눈만 있거나."

지니에게 무슨 뜻이냐고 묻지 않아도 알 수 있었다. 남자들이 뭘 해 주겠다며 따라붙는 여자들을 여러 명 알고 있었다.

"케첼이 당신 아버지를 살해했을까요, 지니?"

"몰라요. 어머니는 그렇게 생각했죠, 당시에."

실베스터가 신음했다.

"그걸 지금 들춰 봐야 무슨 소용이 있는지 모르겠군."

"현재의 상황과 연관되어 있으니 소용이 있는 겁니다, 선생님. 본인이 원인과 영향의 연결 고리에서 한몫을 하셨으니 그 관련성을 보고 싶지 않으신 거죠."

"또 그 얘기를 해야 하나?"

"제발." 지니가 얼굴을 찌푸리고 고개를 옆으로 저었다. "제발 절 사이에 두고 말다툼하지 마세요. 부모님은 늘 저를 사이에 두고 싸웠어요."

우리 둘 다 미안하다고 말했다. 잠시 후 그녀가 부드러운 목소리로 내게 물었다.

"케첼 씨가 제 남편을 죽였다고 생각하세요?"

"유력한 용의자죠. 그가 직접 했을 거란 생각은 안 듭니다. 그보다는 청부업자를 썼겠죠."

"하지만 왜요?"

"모든 상황을 세세히 설명할 순 없고요. 7년 전 당신 남편은 케첼과 함께 몬테비스타를 떠났습니다. 케첼이 그를 프랑스에 있는 학교에 보내 준 모양이더군요."

"저 대신에요?"

"그건 아닐 것 같습니다. 하지만 케첼에겐 분명히 남편분이 쓸데가 있었겠죠."

그녀는 발끈했다.

"프란시스는 그런 사람 아니에요."

"섹스 얘기가 아니라요. 케첼이 프란시스를 사업에 이용했다고 봅니다."

"사업이라뇨?"

"그는 도박장 거물입니다. 프란시스가 케첼에 대해 말한 적 없나요?"

"아뇨. 한 번도 없어요."

"아니면 레오 스필먼, 케첼의 본명으로는요?"

"없어요."

"프란시스와 무슨 얘기를 했어요, 지니?"

"주로 시와 철학에 대해 얘기했죠. 프란시스에게 배울 게 참 많았어요."

"현실적인 건 없고요?"

그녀는 괴로워하는 목소리로 말했다.

"왜 현실적인 건 늘 추하고 끔찍해야 하죠?"

그녀가 이제야 고통을 느끼는 거라고 나는 생각했다. 사흘간의 결혼 후 홀몸이 되어 집으로 돌아가는 잔혹한 고통을.

고속도로를 벗어날 때가 되었다. 저 멀리 몬테비스타가 보였다. 나무들이 지평선 위 녹색 숲 같았다. 연결 도로는 바다를 향해 죽 뻗어 있었다.

나의 생각은 프란시스 마텔, 혹은 이름이 뭐든 간에 아무튼 그 사람에게 가 있었다. 그는 7년 된 꿈을 이루기 위해 몇 달 전에 이 도로로 벤틀리를 몰고 왔다. 그 꿈을 품게 하고, 그리고 잠시나마 현실로 밀어붙인 에너지는 이제 다 소진되었다. 심지어 내 옆의 여자마저 그 몽상가와 함께 자신의 일부도 죽은 듯 인형처럼 축 처져 있었다. 그녀는 자기 어머니 집에 도착할 때까지 다시 입을 열지 않았다.

현관문은 잠겨 있었다. 지니는 문전박대당한 분위기로 돌아섰다.

"어머니 브리지 게임 날이에요. 기억했어야 했는데." 그녀는 가방에서 열쇠를 찾아 문을 열었다. "제 슈트케이스 좀 들여놔 주시겠어요? 제가 기운이 좀 없어서."

"그럴 만하지." 실베스터가 말했다.

"사실 어머니가 집에 안 계셔서 안심했어요. 제가 무슨 말을 하겠어요?"

실베스터와 나는 서로 마주 보았다. 나는 내 차 트렁크에서 슈트케이스들을 꺼내 현관 복도로 날랐다. 지니는 거실에서 말했다.

"전화기가 어떻게 된 거죠?"

"어젯밤 여기 문제가 좀 있었습니다." 내가 말했다.

그녀가 문가에서 내다보았다.

"문제?"

실베스터가 그녀에게로 다가가 어깨에 양손을 올렸다.

"이런 말 하게 되어 미안하다, 지니. 너희 어머니가 어제 총에 맞으셨어."

그녀는 그의 손 아래에서 풀썩 바닥으로 쓰러졌다. 얼굴은 잿빛이고 눈은 남색으로 어두워졌지만, 그녀는 기절하지 않았다. 벽에 등을 기대고 앉았다.

"마리에타가 죽었어요?"

"안타깝지만 그렇단다, 지니."

나는 그녀 옆에 쪼그렸다.

"누가 어머니를 쐈는지 압니까?"

그녀가 고개를 격하게 저어 대서 머리카락이 금발 장막처럼 얼굴을 가렸다.

"어머님이 어젯밤 아주 속상해하셨어요. 당신이나 마텔이 무슨 말 했습니까?"

"우린 작별 인사를 했어요." 그녀는 그 말이 주는 이젠 끝이라는 느낌에 헐떡였다. "그것뿐이에요, 다만 어머니는 제가 가는 걸 원치 않았죠. 뭔가 다른 방법으로 돈을 구해 보겠다고 했어요."

"무슨 뜻입니까?"

"제가 돈을 보고 프란시스와 결혼했다는 뜻이겠죠. 어머니는 이해하지 못했어요."

"어머님은 돌아가시기 전 애인 놈이 자기를 쐈다고 했어요. 애인 놈이 누굴까요?"

"프란시스요, 아마. 하지만 그는 저와 내내 같이 있었어요." 그녀가 고개를 뒤로 떨구는 바람에 쿵 소리와 함께 벽에 부딪혔다. "무슨 뜻으로 말씀하셨는지 모르겠어요."

"그 애를 가만 둬요. 지인으로 그리고 의사로서 말하는 겁니다."

실베스터의 말이 옳았다. 나는 그녀 옆에 웅크리고 앉아 고문하는 악마가 된 기분이었다. 나는 일어나서 지니를 도와 일으켰다.

"지켜 줄 사람이 있어야 합니다. 선생님이 같이 있어 주시겠습니까?"

"그럴 수가 없어요. 환자들이 10여 명은 밀린 채 날 기다리고 있을 텐데." 그는 손목시계를 보았다. "왜 본인이 곁에 있어 주지 않고? 나는 택시 불러 가면 되는데요."

"시내에 볼일이 있습니다." 나는 지니에게로 돌아섰다. "피터가 옆에 있어도 참을 수 있겠어요?"

"그럴 거 같아요." 그녀는 고개를 떨군 채 말했다. "아무한테도 아무 말도 하지 않아도 된다면."

나는 집에 있는 피터를 찾아내어 상황을 설명했다. 클레이 사격이 취미라는 그는 총을 쓸 줄 안다며 기꺼이 보초를 서겠다고 했다.

그는 엽총에 장전을 하고 약간 군인 같은 분위기로 들고 왔다. 마텔이 죽었다는 소식에 기분이 나아진 듯했다.

지니는 복도에서 조용히 그를 맞이했다.

"이렇게 와 줘서 고마워, 피터. 하지만 아무것도 얘기 안 할 거야. 괜찮지?"

"그래. 그런데 정말 유감이야."

그들은 남매처럼 악수했다. 하지만 나는 그의 눈이 그녀의 상처받은 아름다움을 포착하는 것을 보았다. 피터에게는 이 사건이 막 끝났을지도 모른다는 생각이 퍼뜩 들었다. 나는 피터 본인 역시 그 사실을 알아채기 전에 그곳을 나왔다.

24장

나는 몬테비스타와 도시를 잇는 가장 짧은 경로인 고갯길로 천
천히 차를 몰았다. 실베스터는 지니를 두고 온 계곡 쪽을 자꾸 돌
아보았다. 나무들 사이로 반쯤 드러난 지붕들이 거친 녹색 물결에
떠다니는 표류물 같았다. 나는 말했다.

"지니를 병원에 입원시키거나, 최소한 간호사를 붙여야 하지 않
을까요?"

"나중에 내가 알아보죠, 의원 쪽 일을 처리한 다음에."

"괜찮아질까요?"

실베스터의 대답은 느렸다.

"지니는 심지가 굳은 아가씨요. 물론 운이 없었고, 그 위에 판단
을 잘못 내렸지. 애초에 피터와 결혼했어야 했어요. 최소한 그랬으
면 안전했겠지. 어쩌면 이젠 그럴지도 모르겠군요."

"어쩌면. 그 아가씨를 아끼시는 것 같군요."

"내가 감히 마음에 품을 수 있는 한에선."

"그게 무슨 뜻이죠, 선생님?"

"말한 대로입니다. 예쁜 애고 나를 믿지. 어째 하는 말마다 비난 같군요."

"아닌 것 같습니다."

"그럼 직접 좀 들어 봐요. 무슨 말인지 알 텐데."

"그럴지도 모르죠." 나는 그가 계속 말하기를 바랐다. 잠시 후 내가 말했다. "로이 파블론을 잘 아시죠. 딸을 이용해서 도박 빚을 갚으려 할 만한 남자였습니까?"

"왜 나한테 물어요?"

"지니는 그렇다고 생각하는 듯해서요."

"나는 아까 대화에서 그런 거 모르겠던데. 최악을 가정하면 로이가 스필먼을 유하게 만들려고 딸을 이용했거나, 아니면 이용하려고 했을진 모르죠. 스필먼 같은 고릴라한테 약점을 잡히면 사람이 얼마나 절박해지는지……." 그는 말끝을 억눌렀다. "난 알아요."

"말씀하신 걸 종합하면 확답이 나오는군요. 파블론은 딸을 이용해 먹을 만한 남자였다고."

"그런 궁리를 했을 수는 있겠죠. 하지만 절대 실행하진 못했을걸요."

"하진 않았죠, 아무튼. 그럴 기회가 없었으니까. 그가 스필먼에게 제안을 했다가 취소했다고 쳐 봅시다. 스필먼처럼 벌컥하는 사람이면 충분히 그를 죽이고도 남았을 겁니다."

"그 반대도 충분히 성립하죠. 훨씬 더 가능성 높아요, 배경 상황을 안다면. 로이 같은 사람은 그런 도덕적으로 옴짝달싹할 수 없는 지경에 몰리면 자살하기 쉽죠. 실제로 그렇게 되었고. 말이 나왔으니 말인데, 로이의 부검을 시행했던 부 검시관 윌스 선생에게 오늘 아침에 다시 확인해 봤어요. 로이가 바다에서 자살했다는 확실한 화학적 증거를 발견했더군요."

"아니면 살해당했거나요."

"물에 빠뜨려 살해하는 사건들이 있긴 하죠. 하지만 아픈 사람이 한밤중에 바다에서 저지른 경우는 들어 본 적 없어요."

"스필먼은 남들에게 그런 일을 시킬 수 있는 위치였고 지금도 그렇죠."

"그에겐 동기가 없었는데요."

"방금까지 가능성 있는 동기에 대해 얘기하고 있었죠. 파블론이 스필먼에게 3만 달러를 빚지고 갚을 수 없었다는 더 분명한 동기가. 스필먼은 그런 일 가볍게 넘어갈 사람 아닙니다. 선생님 본인이 그 증인 아닙니까."

실베스터는 자리에서 꼼지락거렸다.

"마리에타가 정말 고약한 생각을 불어넣었구먼. 마리에타는 스필먼 일에 집착하고 있었죠."

"최근에 그분과 그 사람에 대해 얘기하셨습니까?"

"어제 점심에, 당신이 쳐들어왔을 때요."

"그 부인 말씀을 진지하게 들으신 모양인데요, 아니라면 오늘 윌스 선생님에게 확인했을 리가 없겠죠."

"윌스에게 직접 확인해 봐요. 똑같은 소리 할 테니까."

우리는 고갯길의 나지막한 꼭대기에 도달했다. 내 왼쪽의 경사진들판에는 나이 먹은 백마가 햇빛 아래 갈기를 휘날리며 생존자처럼 어슬렁거리고 있었다.

나는 햇빛을 가리려 해가리개를 조정하고 고개를 내려가기 시작했다. 저 아래 도시는 영감을 받은 아이가 만든 미로를 닮았다. 복잡하면서도 동시에 수제처럼 보였다. 그 뒤로는 끊임없이 변화하는 푸른 수수께끼 바다가 있었다.

나는 실베스터를 의원 앞에 내려 주고 길 건너 머시 병원으로 갔다. 부 검시관 사무실 겸 실험실은 지하층 병원 영안실 옆에 있었다.

윌스 선생은 헌신적인 과학자 인상이 금속 안경테로 더 강조된 마르고 작은 사람이었다. 자기 손, 손가락, 심지어 눈과 입마저 유용하지만 생명 없는 기구를 다루듯했고, 진짜 윌스 선생은 두개골 안에 숨어 그걸 조종하는 것처럼 보였다.

그는 내가 살인 사건이 또 났다는 말을 했을 때도 눈 하나 깜빡하지 않았다.

"심해져 가네요." 그 말뿐이었다.

"파블론 부인 부검은 끝내셨습니까?"

"완전히 끝나진 않았죠. 딱히 그럴 필요도 없어 보입니다. 총탄이 대동맥을 스쳤고, 그걸로 끝입니다." 그는 안쪽 문을 손짓했다.

"총탄은 어떤 종류입니까?"

"38구경 같습니다. 총탄 상태가 좋으니 혹시 총을 찾게 되면 비교해보기 괜찮을 겁니다."

"볼 수 있을까요?"

"이미 올슨 경위에게 넘겼는데요."

"마텔을 죽인 총탄과 비교해봐야 한다고 전해 주세요."

윌스는 내게 의아한 표정을 했다.

"왜 직접 얘기하지 않고요?"

"선생님에게서 듣는 쪽을 더 편하게 받아들일 테니까요. 그리고 로이 파블론 사건을 재수사해야 한다고 생각합니다."

"난 그건 반대예요." 윌스는 잘라 말했다. "현재 살인 사건 한두 건 벌어졌다고 해서, 과거의 자살이 바뀌진 않죠."

"자살이라고 확신하십니까?"

"상당히. 바로 오늘 아침 기록을 살펴볼 기회가 있었습니다. 파블론이 물에 빠져 자살한 건 의문의 여지가 없어요. 외부 타박상은 거의 확실히 사후에 생긴 겁니다. 아무튼 사망에 이를 정도는 아니었고요."

"상당히 부상이 심했다고 들었습니다만."

"이런 바다에선 시체가 그렇게 되죠. 하지만 자살이었다는 건 의심의 여지가 없습니다. 실물 증거에 더해, 아내와 딸 앞에서 자살하겠다고 위협했어요."

"그렇게 들었습니다."

실베스터와 지니와의 대화에 더해, 그 생각을 하니 우울해졌다. 윌스 말대로 현재는 과거를 바꿀 수 없지만, 그 수수께끼와 의미를 아프게 의식하게 만들 수 있다.

윌스는 내 침묵을 오해했다.

"내 말이 의심스럽거든, 사인 심문 기록을 찾아봐도 돼요."

"선생님이 정확한 조사 결과를 말씀해 주셨다는 건 의심치 않습니다. 자살 위협에 대해 증언한 사람은 누굽니까?

"파블론의 부인요. 그걸 의심할 순 없어요."

"인간에 대해선 무엇이든 의심을 품어볼 수 있죠." 어젯밤 마리에타와의 모호한 대화가 아직도 뇌리에 맴돌고 있었다. "검시 전 부인이 남편은 살해된 거라고 주장했다고 압니다만."

"그랬나 보죠. 물리적 증거를 보고 달리 납득하게 된 모양입니다. 사인 심문에서는 자살이란 견해를 강하게 밀던데요."

"말씀하신 물리적 증거가 뭐였습니까?"

"심장에서 빼낸 혈액의 화학적 성분요. 익사했다는 게 확정적으로 증명되었죠."

"맞고 기절해서 욕조에서 익사했을 수도 있지요. 전에도 있던 일이고."

"이 사건에서는 아닙니다." 윌스 선생은 잘 프로그램된 컴퓨터처럼 매끄럽고 빠르게 말했다. "좌심실 내 혈액의 염화물 성분이 평균보다 25퍼센트 이상 높았어요. 우심실에 비교해 마그네슘 성분이 크게 증가했고. 이 두 가지 수치를 종합하면 파블론이 바닷물에서 익사했다는 것이 증명됩니다."

"그리고 시체가 파블론이었다는 것엔 의심의 여지가 없고요?"

"전혀. 제가 동석한 가운데 부인이 확인했습니다." 윌스는 안경을 고쳐 쓰고, 마치 내게 집착증이라도 있는 게 아닐까 의심스럽다는 듯 진단하는 눈으로 쳐다보았다. "솔직히 파블론에게 있었던 일을 이것과 관련지으려는 건 실수라고 생각합니다."

그는 냉각장치가 된 칸 속에 마리에타가 누워 있는 벽 저쪽을 다시 가리켰다.

어쩌면 거기 남아 윌스와 논쟁을 계속해야 했는지도 모른다. 그는 정직한 사람이었다. 하지만 그 장소와 지하의 냉기에 기분이 가라앉았다. 시멘트 벽과 높이 달린 작은 창문은 구식 감옥 감방을 닮았다.

나는 그곳을 나왔다. 병원을 떠나기 전 나는 공중전화 부스를 찾아내 로스앤젤레스 주립대학 앨런 보슈 교수에게 장거리 전화를 걸었다. 그는 연구실에 있다가 직접 전화를 받았다.

"루 아처라고 합니다. 제 이름은 모르시겠지만……."

그가 말을 잘랐다.

"오히려 성함 들은 지 한 시간도 안 되었습니다."

"그럼 태핑거 교수님 연락을 받았군요."

"방금 가셨어요. 페드로 도밍고에 대해 제가 드릴 수 있는 정보는 다 드렸습니다."

"페드로 도밍고?"

"그게 세르반테스가 제 학생일 때 썼던 이름입니다. 그게 진짜 이름일 거고, 일단 파나마 사람인 건 확실해요. 그 두 가지가 지금 문제가 된 사안인 거죠?"

"더 있습니다. 혹시 만나서 얘기할 수……."

그의 빠르고 젊은 목소리가 다시 내 말을 잘랐다.

"지금은 좀 빡빡해요. 태핑거 교수님이 찾아오셔서 스케줄에 도움이 안 된지라. 우선 그분에게서 전해 듣고 혹시 달리 아셔야 하는 게 있거든 나중에 저한테 연락 주시면 어떻겠습니까?"

"그렇게 하죠. 그 사이 알아 두셔야 할 게 있습니다. 교수님 옛 학생은 오늘 오후 브렌트우드에서 총에 맞아 숨졌습니다."

"페드로가 총에 맞아요?"

"살해당했죠. 그러니 그의 신원이 학교만의 문제가 아니게 되었습니다. 강력계 펄버그 경감에게 연락해 보시는 게 좋겠군요."

"그래야 하려나 보네요." 그는 천천히 말하고 전화를 끊었다.

나는 할리우드에 있는 내 전화 비서 대행 서비스를 확인했다. 랠프 크리스트먼이 워싱턴에서 전화해서 메시지를 남겼다. 직원이 전화선 너머에서 메시지를 읽어 주었다.

"플림솔 대령은 사진 속 콧수염 기른 웨이터를 중미나 남미 외교관 도밍고로 알고 있다고 합니다. 각국 대사관에 문의할까요?"

나는 직원에게 크리스트먼에게 대신 전화해서 대사관들을, 특히 파나마 대사관을 확인해 보라고 전해 달라 부탁했다.

과거와 현재가 한데 모이고 있었다. 나는 공중전화 부스에서 잠시 폐소공포증을 느꼈다. 점차 조여드는 벽 사이에 갇힌 것처럼.

25장

키티의 결혼 전 성인 세크자는 전화번호부에 없었다. 나는 공공 도서관에 가서 시민 명부를 찾아보았다. 병원 직원 마리아 세크자 부인이 주니퍼 가 137번지에 등재되어 있었다. 나는 철로 공터와 맞닿은 가난하고 작은 그 동네를 찾아냈다. 주니퍼 가에서 내가 제일 처음 본 사람은 젊은 경관 워드 라스무센이었고, 인도로 쓰이는 비포장 흙길을 따라 나를 향해 성큼성큼 다가오고 있었다.

나는 차에서 내려 손을 흔들었다. 그는 나는 보고 좀 실망한 얼굴이었다. 가끔 여자를 따라다니는데 다른 남자가 끼어들면 딱 그런 기분이 된다.

"키티의 어머니를 찾았습니다. 고등학교에 가서 키티를 기억하는 여학생 담당 상담교사를 만났어요."

"그거 머리 잘 썼군요."

"별로 그 정도는 아닙니다." 하지만 그는 진지하게 기뻐했다. "그 런데 어머니 쪽에선 별 운이 없었어요. 아마 탐정님께는 입을 열지 도 모르겠습니다. 딸이 심각한 상황에 처했다고 생각하는 것 같더 군요. 키티는 10대 시절부터 말썽이었다고 상담교사가 그랬습니다."

"남자 문제?"

"달리 뭐가 있겠습니까?"

나는 화제를 바꿨다.

"은행에 혹시 갈 기회가 있었나요, 워드?"

"네, 거긴 좀 수확이 있었죠." 그는 주머니에서 수첩을 꺼내 팔락 팔락 페이지를 넘겼다. "파블론 부인은 파나마의 뉴 그라나다 은행 에서 정기적으로 송금을 받았습니다. 지난 2월까지 매달 은행 어음 을 보내왔다가 그때 끊겼다고 하더군요."

"매달 얼마나요?"

"1000달러. 그게 6~7년가량 계속되었습니다. 합하면 8만 달러 정도 되죠."

"그 수입원에 대한 단서가 있던가요?"

"여기 사람들 말로는 아니랍니다. 계좌 번호만 있고 이름은 없는 모양이에요. 전체 이체 과정에 사람 손이 닿지 않았답니다."

"그러다가 멈췄고."

"맞습니다. 어떻게 생각하시죠, 아처 씨?"

"섣부른 결론을 내리고 싶진 않군요."

"아, 물론 그렇죠. 하지만 암흑가 자금일 가능성이 있습니다. 아 까 아침식사 자리에서 그 얘기 나왔던 거 기억하시죠."

"그게 맞을 거라고 거의 확신합니다. 다만 증명하려면 시간 꽤나 걸리겠죠."

"압니다. 내셔널 은행의 외환 담당자와 얘기를 했어요. 파나마 은행은 스위스 은행과 마찬가지죠. 예치된 자금 출처를 공개하지 않아도 되기 때문에 갱단들의 천국이죠. 우리가 어떻게 하면 될까요?"

나는 얼른 세크자 부인과 얘기하고 싶었고, 그래서 이렇게 말했다. "법을 바꿔야죠. 내 차에서 기다릴래요?"

그는 차에 탔다. 나는 걸어서 세크자네 집으로 향했다. 지나가는 기차의 진동에 페인트가 다 떨어진 것처럼 보이는 작은 집이었다.

나는 녹슨 방충망 문을 두들겼다. 염색한 검은 머리 여자가 문 저편에 나타났다. 덩치가 크고 건장했으며, 쉰 살쯤 되었지만 염색한 머리 때문에 더 들어 보였다. 잘생긴 미인이지만 딸만큼은 아니었다. 싸구려 염색한 머리에 늦은 오후의 햇살 아래 무지갯빛 광택이 흘렀다.

"무슨 일이에요?"

"말씀 좀 나누고 싶……."

"또 키티 일이에요?"

"그 비슷합니다."

"난 그 애에 대해 아무것도 몰라요. 아까 온 사람한테도 그렇게 말했고 지금도 달리 할 말 없어요. 난 이 마을서 고개 들고 다니려고 평생 열심히 일해 온 사람이라고요." 그녀는 턱을 치켜들었다. "쉽지 않았고, 키티는 전혀 도움이 안 되었지요. 이제 나와는 아무 상관없어요."

"따님 아닙니까?"

"네, 뭐 그런 셈이겠죠." 그녀의 목소리는 거칠었다. "딸 노릇을 안 하는데. 그 애가 저지른 일은 내 책임 아니에요. 옛날에 피투성이가 되도록 때려 주기도 했지만 아무 소용 없었어요. 하던 대로 제멋대로고, 주님의 가르침을 비웃었어요."

부인은 녹슨 방충망 너머로 올려다보았다. 그녀의 눈은 반항적이었다.

"들어가도 될까요, 세크자 부인? 제 이름은 아처고, 사설탐정입니다." 그녀의 얼굴은 꿈쩍하지 않았고, 나는 서둘러 말을 이었다. "따님에게 절대 무슨 해를 끼치려는 건 아닙니다만 행방을 찾는 중입니다. 살인 사건에 대한 정보를 얻을 수 있을지도 몰라서요."

"살인?" 부인은 경악했다. "아까 온 사람은 살인 얘기는 안 했는데. 여긴 바르게 사는 집안이라고요." 그녀는 가난한 이들의 긴장되고 위태로운 도덕적 자부심을 갖고 말했다. "키티가 떠난 이후로 이 집에 경찰이 온 건 처음이에요." 그녀는 마치 이웃들이 몰래 훔쳐보기라도 할 듯이 길 위아래를 둘러보았다. "들어오시는 게 낫겠네요."

그녀는 방충망 문고리를 따고 열어 주었다. 거실은 작고 허름했다. 소파침대와 의자 두 개, 색 바랜 낡은 깔개가 있었고, 주간 연속극이 틀어져 있는 텔레비전에선 얼핏 듣기로 모든 상황이 힘들어져 간다는 말이 나오고 있었다.

세크자 부인이 텔레비전을 껐다. 텔레비전 위에는 커다란 성경책과 흔들면 안에서 눈이 내리는 유리구슬이 놓여 있었다. 벽에 걸린 그림은 다 종교적이었으며, 어찌나 많던지 세상에 맞서는 수비선이 아닐까 싶었다.

나는 소파침대에 앉았다. 희미하지만 확실하게 키티 냄새가 났다. 이 거실 배경으론 그녀의 향수 냄새가 이상하게 느껴졌다. 성스러운 냄새는 아니었다.

"키티가 어젯밤 여기 있었죠, 아닙니까?"

세크자 부인은 내 앞에 선 채 고개를 끄덕였다.

"기찻길 쪽에서 울타리를 넘어 왔어요. 차마 내쫓을 수가 없더라고. 겁에 잔뜩 질려서."

"뭐 때문인지 말하던가요?"

"이제껏 살아온 방식 탓이죠. 자업자득이에요. 어울린 남자들을 보면 불량배며 깡패에……." 그녀는 퉤 소리를 냈다. "그 얘긴 맙시다."

"얘기해야 할 것 같은데요, 세크자 부인. 키티가 어젯밤 뭔가 얘기를 한 게 있습니까?"

"별로요. 좀 울었죠. 잠깐 내 딸이 돌아왔구나 싶었지. 밤새도록 여기 있었어요. 하지만 아침이 되니 늘 그렇듯 무정해졌죠."

"그렇게 무정하진 않던데요."

"처음부터 그렇진 않았을지도 모르죠. 걔 아버지가 있을 때만 해도 그만하면 착한 애였어요. 하지만 남편이 병이 들어 죽기 전 마지막 두 해는 공립 병원에서 보냈어요. 그 후로 키티는 돌처럼 무정해졌어요. 자기 아버지를 공립 병원에 넣었다고 나와 다른 어른들을 탓하더라고요. 내가 뭐 달리 어쩔 도리가 있기나 했나.

열여섯 살 때 걔가 엄지손톱으로 내 눈을 노리고 덤벼들었어요. 내가 그 손톱들을 다 잘라 버렸지. 내가 걔보다 힘이 세지 않았다면 장님이 되었겠죠. 그 후로는 걔하고 아무것도 못 하겠더라고요.

걘 남자들하고 놀아났죠. 난 막으려고 했어요. 남자들하고 놀아나면 끝이 어떻게 되는지 아니까. 그래서 그저 나한테 반항하느라 걔가 제일 먼저 청혼한 남자와 결혼해 버린 거예요." 그녀는 말을 멈추고 분노가 치미는 기억에 눈을 부라렸다. "죽은 사람이 해리 헨드릭스예요?"

"아뇨, 하지만 그는 부상을 입었습니다."

"병원에서 들었어요. 난 간호조무사거든요." 그녀는 약간의 자부심을 담아 말했다. "누가 살해당했어요?"

"마리에타 파블론이라는 여자, 그리고 자칭 프랜시스 마텔이라는 남자입니다."

"둘 다 못 들어 본 사람인데."

나는 마텔이 나와 있고, 키티와 레오 스필먼이 앞쪽에 있는 사진을 보여 주었다. 그녀가 폭발했다.

"그 남자예요! 걔 법적 남편에게서 걔를 빼앗아 간 남자요." 그녀는 손가락으로 스필먼의 머리를 찔렀다. "내 딸에게 그런 짓을 한 놈을 죽여 버리고 싶어요. 걔를 데려가 진흙탕에 굴렸는데. 그런 마당에 쟤는 저기 다리 꼬고 앉아 고양이처럼 생글거리고 있네요."

"레오 스필먼을 아십니까?"

"그 이름이 아닌데."

"케첼?"

"그래요. 키티가 그 남자를 이 집에 데려왔죠, 6~7년 전일 텐데. 그 남자가 나한테 뭘 해 주고 싶어 한다고 키티가 그러더군요. 그런 남자들은 늘 내가 너한테 뭔가 해 주고 싶다 하는데, 여자가 정신을 차려 보면 어느새 그 남자 소유가 되어 있는 거죠. 키티가 그 남자 소유가 되었듯이. 그 남자는 자기가 LA에 아파트가 한 채 있으니 나더러 거기 공짜로 들어와 살고 병원 일은 은퇴하라는 거예요. 난 그 남자한테 댁의 돈을 받느니 차라리 계속 일하겠다 했죠. 그래서 둘이 그냥 떠났어요. 그 뒤로 어젯밤까지 키티를 못 봤어요."

"둘이 어디 사는지 아십니까?

"라스베이거스에 살았더랬죠. 키티가 거기서 크리스마스카드를 몇 번 보냈어요. 지금은 어디 사나 모르겠네. 걔가 편지 안 보낸 지 몇 년 됐어요. 그리고 어디 사냐고 내가 어젯밤 물었는데 대답을 안 하더라고."

"그럼 어디 가면 키티를 찾을 수 있는지 전혀 모르십니까?"

"몰라요. 알았어도 말 안 하지. 댁을 도와 내 딸을 감방에 보내진 않을 거니까요."

"따님을 교도소에 보내려는 게 아닙니다. 전 그저 정보를……."

"안 속아요. 그 둘이 소득세 때문에 수배 중인 거죠, 아닌가요?"

"누가 그런 말을 했습니까?"

"정부에서 나온 사람이 말해 줬어요. 지금 댁이 앉은 바로 그 자리에 앉아서요. 2주도 안 되었죠. 내가 딸을 설득해서 자수시키면 그게 걔 위하는 길이고, 그 둘이 법적 부부가 아니니까 그 돈의 몇 퍼센트를 걔랑 내가 받을 수도 있다 하더라고요. 난 그건 유다의 돈이라고 했죠. 딸내미 망신을 신문에다 전부 도배하게 만들면 그게 어디 좋은 어미겠냐고 내가 그랬어요. 그 사람이 나더러 그게 시민으로서의 내 의무라나. 난 세상엔 이 의무도 있고 저 의무도 있는 법이라 했죠."

"키티에게 그 일 얘기하셨고요?"

264

"오늘 아침 하려고 했죠. 그랬더니 걔가 가 버렸지 뭐예요. 우린 도무지 잘 지내지 못하는 사이지만 그렇다고 딸을 정부에 넘기는 건 전혀 다른 문제죠. 그때 왔던 사람한테도 말했고 댁한테도 지금 말해 두는 거예요. 돌아가서 정부에 나는 걔가 어디 있는지 모르고 안다 해도 말 안 할 거라고 전해요."

그녀는 앉아서 반항심에 씩씩거렸다. 기차가 로스앤젤레스 방향에서 기적을 울렸다. 장거리 화물 열차가 천천히 가고 있었다. 어쩐지 정부가 떠올랐다.

부엌 접시들이 덜그럭거리는 것이 멈추기 전에 나는 세크자 부인에게 작별 인사를 하고 나왔다. 워드를 세크자 부인 집보다 딱 한 단계쯤 나은 그의 아버지 집에 내려 주고, 좀 자라고 충고해 주었다. 그런 다음 나는 국제공항으로 가서 라스베이거스행 왕복 항공권을 샀다.

26장

비행기가 라스베이거스를 향해 이륙했을 때는 아직 밝았고, 탐
조등 같은 태양이 바다 위에 빛나고 있었다. 우리는 태양에서 멀어
져가 갑자기 찾아온 자줏빛 석양 속에 내렸다.

나는 택시를 타고 프리몬트 가로 향했다. 엎치락뒤치락 빛나는
간판 네온사인에 밀려 좁다란 하늘에 뜬 몇 안 되는 별이 빛을 잃
고 민망해하는 듯이 보였다. 스코피언 클럽은 그 거리의 대형 카지
노 중 하나로, 2층 건물 위에 꼬리를 뒤트는 전기 전갈 간판이 솟
아 있었다.

카지노 안 슬롯머신에 앉은 사람들은 비슷한 체계로 움직이는
듯했다. 돈 찍는 공장 작업라인의 노동자들처럼 왼손으로 25센트와
1달러 동전을 넣고 오른손으로 레버를 당겼다. 아직 수염을 깎지도
않을 만큼 어린, 눈밑이 시커먼 사내애들이 있었고, 레버 당기는 손

에 작업용 장갑을 낀 여자들 중 일부는 어찌나 늙고 지쳤던지 기계에 몸을 기대고 앉아 있었다. 돈 공장은 일이 고된 곳이었다.

나는 이른 저녁 손님들 사이를 헤치고, 블랙잭과 룰렛 테이블을 지나고, 커다란 방의 뒤쪽에서 주사위 테이블을 지켜보고 있는 플로어 관리자를 찾아냈다. 장의사 옷을 입은 눈이 재빠른 남자였다. 나는 그에게 보스를 만나고 싶다고 말했다.

"내가 보스인데."

"농담 마시고."

그의 눈길이 천장으로 휙 향했다.

"데이비스 씨를 뵙고 싶은 거면, 그럴 만한 이유가 있어야 합니다. 이유가 뭡니까?"

"그분께 말하죠."

"나한테 말해요."

"데이비스 씨가 원치 않을 텐데요."

그의 눈길이 나의 얼굴에 머물렀다. 반감을 느낄 수 있었다.

"데이비스 씨를 뵙고 싶으면 용건을 나한테 말해야 합니다."

나는 그에게 내 이름과 직업, 그리고 살인 사건 두 건을 조사 중이라는 사실을 밝혔다.

그는 표정을 바꾸지 않았다.

"데이비스 씨가 당신을 도와주실 거라 생각하고요?"

"그분께 여쭤볼 기회를 얻었으면 합니다."

"여기서 기다려요."

그는 커튼 뒤로 사라졌다. 위층으로 올라가는 소리가 들렸다. 나는 녹색 테이블 옆에 서서 등 파인 드레스 차림의 아가씨가 주사위를 던지는 것을 지켜보았다. 여기는 돈 공장의 창의적인 한쪽 끝, 주사위를 만지고 말할 수 있는 곳이었다.

"뜨거워져 가는데요."

교양 있는 목소리의 예쁜 아가씨였고, 지니가 떠올랐다. 그녀 옆에 서서 돈을 대주는 남자는 북슬북슬한 검은 구레나룻을 기르고 굽 높은 부츠를 포함하여 도시 멋쟁이 차림을 했다. 이따금 여자가 이기면 남자는 가짜 카우보이 함성을 질렀다. 그의 손이 계속 여자의 등허리로 내려갔다.

플로어 관리자가 아래층으로 내려와 커튼 가장자리에서 나한테 엄지를 휙 뒤로 젖혀 보였다. 나는 그를 따라 커튼 뒤로 갔다. 천 뒤에 버티고 섰던 두 번째 남자가 총이 있나 내 몸을 수색했다. 거대한 목과 어깨 위에 얹힌 머리는 작아서 실수 같았다.

"올라가도 좋습니다." 그는 나를 따라왔다.

데이비스 씨는 계단 꼭대기에서 기다리고 있었다. 그는 정치인의 유한 얼굴과 숱 많은 회색 곱슬머리를 한 미소 짓는 남자였다. 가는 줄무늬 회색 정장은 주머니가 비스듬하고 어깨에 주름을 잡아 활동성을 살렸다. 데이비스 씨는 최근에 별로 활동을 하지 않았다. 섬세하게 재단한 정장으로도 거대하고 물렁한 둥근 배를 단단하게 만들거나 감출 순 없었다.

"아처 씨?"

"데이비스 씨."

그는 악수를 청하지 않았고, 어차피 잘된 일이었다. 나는 보석 박힌 반지를 낀 남자와 악수하는 걸 좋아하지 않았다.

"뭘 도와드리면 될까요, 아처 씨?"

"몇 분만 시간을 내주십시오. 서로 도울 수 있을지도 모릅니다."

그는 내 수수한 캘리포니아 정장과 광을 내야 하는 구두를 미심쩍게 쳐다보았다.

"그건 의심스러운데. 아래층에서 살인 얘기를 했다면서요. 누구 내가 아는 사람인가?"

"그럴 겁니다. 프란시스 마텔."

그는 그 이름에 반응하지 않았다. 나는 그에게 사진을 보였다. 그가 반응했다. 사진을 내 손에서 홱 낚아채고 나를 데리고 사무실로 들어가 문을 닫았다.

"이거 어디서 난 거요?"

"몬테비스타요."

"레오가 거기 있었고?"

"최근엔 아닙니다. 그건 최근 사진이 아니거든요."

그는 사진을 책상으로 가져가 빛 아래서 들여다보았다.

"그래, 최근 게 아니라는 걸 알겠군. 레오는 절대 다시 이렇게 젊어질 수 없지. 키티도 마찬가지고." 그는 그 사실에 기뻐하는 듯했다. 마치 그 비교로 자기가 더 젊어지기라도 하는 듯이. "여기 쟁반 든 사람은 누구요?"

"저한테 알려 주실 수 있기를 바라고 있었는데요."

그는 나를 올려다보았다.

"세르반테스 아닌가?"

"펠리스 세르반테스, 일명 프란시스 마텔." 일명 페드로 도밍고. "오늘 총에 맞았습니다. 브렌트우드의 살바도 대로에서."

데이비스의 눈이 싹 식었다. 아까부터 계속 그러는 걸 난 알아챘다. 관심이나 호기심, 또는 심지어 악의가 번뜩이다가 다시 생기가 사라졌다.

"그 총격에 대해 얘기하고 싶은 거요?"

"딱히 내키는 건 아니지만 해 드리죠." 나는 마텔의 죽음과 거기에 이르게 된 과정을 짧게 설명했다. "나머지는 조간신문에서 보시면 됩니다."

"그리고 살인자가 돈을 챙겨 도망갔고, 맞아요?"

"아무래도. 그건 누구 돈입니까?"

"내가 아나." 그는 갑자기 애매하게 말했다.

그는 자리에서 일어나 내게서 성큼성큼 멀어져 긴 사무실 저쪽 벽면을 차지한 사막 사진들을 살펴보았다. 사막 색깔의 깔개에 그의 발걸음 소리가 묻혔다. 그의 동작에는 약간 여성적인 구석이 있었고, 마치 그 커다란 배에 죽음을 배고 있기라도 하듯이 불길한 데가 있었다.

"당신 돈은 아니겠죠, 데이비스 씨?"

그는 돌아서서 고함을 지를 듯 입을 벌렸지만 아무 소리도 내지 않았다. 소리없이 내게로 걸어와, 약간 옆걸음으로 말굽 모양 책상을 지나쳤다.

"아니." 그는 내 얼굴에 대고 속삭였다. "내 돈 아니고 그자가 끝장난 건 나랑 아무 상관없는 일이오." 그는 미소 짓고 마치 농담이라도 할 듯이 팔꿈치로 나를 툭 쳤지만, 미소에는 유머라곤 전혀 없었다. "사실 왜 그 얘기를 들고 날 찾아왔는지 모르겠군요."

"레오의 파트너시죠, 아닙니까?"

"내가?"

"그리고 세르반테스는 그의 사람이었고."

"무슨 뜻이죠, 그의 사람이라니?"

데이비스는 다시 나를 툭 쳤다. 그 동작으로 정장의 어깨 주름이 벌어졌다 접히는 광경이 외설적으로 보였다.

"당신이 말씀해 주실 수 있을 줄 알았는데요, 데이비스 씨."

"다시 생각해 봐요. 내가 세르반테스를 본 건 평생 딱 한 번, 작년에 레오와 같이 왔을 때뿐이라고. 일이 어떻게 된 건지 모르겠군. 무슨 일이든 간에, 난 상관 안 하고 싶어요. 나는 합법적인 사업을 하는 사업가고, 말 나온 김에 말인데 레오는 내 파트너가 아니오. 서류상에 레오가 조금이라도 이 카지노의 지분을 갖고 있단 기록은 전혀 없어요. 내 입장에선 그와 전혀 상종하고 싶지 않고."

대담한 단언이었다. 데이비스는 대담한 사람이란 인상은 아니었다. 나는 혹시 레오 스필먼도 죽었나 하는 생각이 들기 시작했다.

"어디서 레오를 찾을 수 있을까요?"

"내가 알 리가."

"그에게 돈을 보내시는 거, 아닙니까?"

"그가 나한테 돈을 보내야 할 판이오."

"어째서요?"

"질문이 많으시네. 가 봐요, 내 신경 거스르기 전에."

"그냥 있을까 합니다. 소득세 문제로 도움이 필요해서요. 저 말고. 레오의 소득세 말입니다. 그리고 어쩌면 당신도."

데이비스는 벽에 기대 한숨을 쉬었다.

"왜 국세청에서 나왔다고 진작 말 안 하시고?"

"아닙니다."

"그럼 방금 사칭했네요."

"사칭이라뇨. 공무원이 아니어도 소득세 얘기는 할 수 있죠."

"나한테는 안 되지. 공무원인 척하고 내 사무실에 속여 들어와선 안 된다 이거요."

그는 내가 그러지 않았다는 걸 알았지만, 분노를 쏟을 포인트가 필요했다. 자기 내부에는 지속적인 초점이 없는 듯했다. 나는 라스베이거스나 레노에서 그런 바지사장들을 여럿 봤다. 천성인 상냥함을 잃은 사람들, 자기가 죽음의 앞잡이가 되었고 그들 손아귀에 들어갔음을 점차 깨닫고 미소를 잃은 사람들.

"정부에서 레오를 찾고 있습니다. 알고 계시리라 생각하는데요."

"그런가 보네요."

"왜 못 찾는 거지요? 죽었습니까?"

"그랬으면 오죽 좋을까." 그는 코웃음 쳤다.

"사람을 시켜 세르반테스를 처리한 겁니까?"

"내가? 난 합법적인 사업가라니까요."

"아까 들었습니다. 그게 질문에 대한 답은 아니죠."

"좋은 질문이 아니네요."

"더 나은 질문 방식을 구상해 보죠. 법정에서 전문가들에게 묻는 가정상의 질문으로."

"난 전문가가 아니고, 여긴 법정도 아닌데."

"혹시 나서게 되실 수도 있으니, 좋은 연습이 될 겁니다." 그는 내 말에 든 가시를 느끼지 못했다. 아무래도 더 깊은 통증을 느끼고 있다는 의미일 것이다. "레오가 카지노 회계에서 블랙 머니를 얼마나 빼돌렸습니까?"

그는 덤덤히 대답했다.

"나는 모르는 일이오."

"당연히 모르시겠죠. 합법적으로 일하시니."

"조심해요. 내가 누구한테 이런 소리 듣고 이렇게 참아 주는 일 없다고."

"레오가 카지노에서 크게 잃은 사람들을 대상으로 할인을 해 주고 세르반테스를 시켜 수금하고 돈을 모았습니까?"

데이비스가 나를 유심히 쳐다보았다. 그의 눈은 싸늘했지만 잠잠하진 않았다.

"그 자체에 답이 있는 질문이네. 내가 필요하진 않겠군요."

"우린 서로 필요한 사람입니다. 저는 레오 스필먼을 원하고, 당신은 그가 사업에서 빼돌린 돈을 원하고."

"LA에 있는 돈 얘기라면, 그건 글렀어요. 돌려받을 방법이 없는걸. 어차피 푼돈이고. 우리 회계실은 매일 그 이상의 돈을 다룹니다."

"그럼 아무 문제 없으신 거군요."

"당신이 도울 수 있는 일은 없죠."

데이비스는 다시 방 저쪽 끝으로 갔다가 돌아왔다. 그는 여성적인 조심스러움으로, 마치 사막 색깔의 사무실이 실제 사막이고 깔개 아래 방울뱀들이 있기라도 한 듯 경계하며 움직였다.

"레오 소식을 알게 되면 나한테 알려 줘요. 정보에 대한 비용은 치를 테니까. 5000달러 어때요, 결정적인 거라면."

"밀고자로 일할 생각은 없습니다."

"그래요?" 그는 내 정장을 다시 쭉 훑어보았다. "아무튼 제안은 유효해요."

그는 문을 열어 주었다. 어깨 넓고 머리통 작은 남자가 나를 아래층으로 안내하려고 기다리고 있었다. 지니를 연상케 하던 주사위 테이블의 아가씨는 다른 사람과 있었다. 라스베이거스에서 벌어지는 일은 뭐든 전에 있었던 일의 반복인 것처럼 여겨졌다.

나는 비행기를 타고 로스앤젤레스로 돌아와서 내 집에서 잤다.

27장

근처에 사는 어치 때문에 아침에 깨어났다. 아파트 2층 내 방 창문 밖 나뭇가지에 앉아서, 목이 터져라 가염 땅콩을 달라 조르고 있었다.

나는 찬장을 들여다봤다. 가염 땅콩은 없었다. 나는 창가에다가 눅눅한 콘플레이크를 조금 뿌렸다. 어치는 나뭇가지에서 내려오지도 않았다. 고개를 한쪽으로 기울이고는 냉소적으로 통 큰 밥상을 쳐다보았다. 그러더니 포르륵 날아가 버렸다.

냉장고 안의 우유는 상했다. 나는 면도하고 깨끗한 속옷과 다른 정장을 입고 아침을 먹으러 나갔다. 베이컨과 달걀을 먹으며 아침 신문을 읽었다. 마텔 살인 사건은 2면에 있었고, 갱단 살인으로 다루고 있었다. 마리에타 파블론 살인 사건은 남부 지역 소식 쪽으로 밀려나 있었다. 그 두 사건 사이의 관련성은 나오지 않았다.

선셋 대로에 있는 사무실로 가는 길에 나는 법원에 들렀다. 펄버그 경감은 과학수사실의 예비 보고서를 갖고 있었다. 윌스 선생이 마리에타 파블론의 흉부에서 제거한 총탄은 마텔을 죽인 총탄과 같은 총에서 나온 게 거의 확실했다. 아마 오래된 38구경 리볼버일 권총 자체는 발견되지 않았고, 그걸 쏜 사람도 마찬가지였다.

"혹시 뭐 생각나는 거 있나?" 펄버그가 내게 물었다.

"알아낸 사실 있죠. 마텔은 레오 스필먼이라는 라스베이거스 카지노 소유주 아래서 일했습니다."

"무슨 일?"

"스필먼의 수금 담당인 것 같습니다. 최근 자기 사업에 나섰죠."

펄버그는 내게 우울한 표정을 지었다. 그는 담배에 불을 붙여 어지럽혀진 책상 맞은편에 앉은 내 쪽으로 연기를 뿜었다. 그는 적의가 있거나 공격적이지는 않았지만, 주위를 둘러싸는 유태계의 위압감이 있었다.

"왜 어제 그 얘기를 않고, 아처?"

"어젯밤 라스베이거스에 가서 좀 물어봤죠. 썩 속 시원한 대답을 들은 건 아니지만, 마텔이 스필먼과 협력해서 탈세를 하고 있었다는 심증을 얻을 만큼은 됩니다. 그러다가 협력을 중단했죠. 자기가 현금 욕심이 난 겁니다."

"그리고 스필먼이 그를 총으로 처단했고?"

"아니면 사람을 시켜 했거나요."

펄버그는 담배를 빨며 작은 사무실을 연기로 가득 채웠다. 마치 매연이 그의 두뇌가 가장 잘 작동하는 자연환경인 것처럼.

"파블론 부인은 이 가설에 어떻게 끼어 들어가지?"

"모르겠습니다. 스필먼이 그 부인의 남편을 죽였고 부인이 그걸 알고 있었다는 가설을 세워 봤는데요."

"몬테비스타 쪽 사람들이 그 남편은 자살이라던데."

"그렇게들 말하죠. 하지만 확증된 건 아닙니다. 자살이 아니라고 쳐봅시다."

"그럼 미해결 살인이 두 건이 아니라 세 건이 돼. 추가 살인 사건 같은 건 머리에 총구멍만큼이나 사양이라고." 그는 격하게 담배를 비벼 껐다. 그게 그가 유일하게 갑갑함을 내색한 행동이었다. "그래도 정보는 고마워, 가설도. 도움이 될지도 모르지."

"저도 좀 도움 받고 싶은 게 있었는데요."

"뭐든지, 납세자들 세금이 드는 것만 아니면."

"레오 스필먼을 찾으려고 하는데……."

"걱정 마, 자네가 이 사무실을 나서자마자 나설 거니까."

이만 가 보라는 소리였다. 나는 문가에서 서성였다.

"행방을 찾게 되면 연락 주시겠습니까? 그 사람과 얘기할 기회가 절실해서요."

펄버그는 그러겠다고 했다.

나는 시내를 가로질러 내 사무실로 차를 몰았다. 우편함에 우편물 한 묶음이 들어 있었지만, 흥미로워 보이는 건 없었다. 나는 안쪽 사무실로 들고 들어가 책상 위에 쌓았다. 얇게 깔린 먼지에 금요일 이후로 여기 안 들렀음을 새삼 상기했다. 나는 휴지로 먼지를 닦고 전화 비서 대행 서비스에 연락했다.

"실베스터 선생님이란 분이 연락하셨어요."

교환대 아가씨가 말했다.

"전화번호를 남겼던가요?"

"아뇨, 병원 전화를 걸어야 한다고 하셨어요. 1시 이후로 진료실에 계시겠다고 하셨습니다."

"용건은 뭐였는지, 혹시 알아요?"

"말씀 안 하셨어요. 하지만 중요한 일 같던데요. 그리고 어젯밤 태핑거 교수님이란 분이 전화하셨어요. 번호 남기셨습니다."

그녀는 번호를 불러 주었고, 나는 태핑거 자택에 전화를 걸었다. 베스 태핑거가 받았다.

"루 아처입니다."

"어머 좋아라." 그녀는 어린 소녀의 목소리, 미성년 의제강간으로 걸릴 법한 연령대 같은 목소리로 말했다. "그리고 참 우연이네요. 마침 당신 생각을 하고 있었는데."

나는 뭘 생각하고 있었는지 묻지 않았다. 알고 싶지 않았다.

"남편분 계십니까?"

"탭스는 오전 내내 강의 있어요. 커피 한잔하러 오시죠? 나 이탈리안 커피를 정말 잘 끓여요."

"고맙습니다, 하지만 지금 그쪽에 있는 게 아니라."

"아. 어디세요?"

"할리우드요."

"겨우 80킬로미터예요. 탭스가 점심 먹으러 오기 전에 여기 도착할 수 있겠네요. 하고 싶은 말 있어요, 루."

"무엇에 관해?"

"우리요. 모든 거. 어젯밤 그 생각, 내 인생의 변화에 대해 생각하느라 거의 꼬박 새웠어요. 당신이 그 변화의 일부죠. 진심이에요, 루."

나는 그녀의 말을 잘랐다.

"미안합니다, 태평거 부인. 난 해야 할 일이 있어요. 불만에 찬 주부 상담은 내 일이 아니라."

"날 조금도 좋아하지 않아요?"

"물론 좋아하죠."

내가 워낙 통 큰 사람이다 보니, 그것마저 거절할 수 없었다.

"그럴 줄 알았어요. 보면 알아요. 열여섯 살 때 집시 점쟁이에게 점을 봤어요. 1년 이내에 내 인생에 변화가 생길 거라고, 잘생기고 똑똑한 남자를 만나 결혼할 거랬어요. 그래서 그렇게 된 거예요. 나는 탭스와 결혼했죠. 하지만 점쟁이는 내가 서른 살이 되었을 때 또 다른 변화가 있댔어요. 그게 다가오는 게 느껴져요. 꼭 다시 임신한 것처럼요. 진심이에요. 내 인생이 끝난 줄만 알았는데……."

"전부 재미있네요. 다음에 얘기합시다."

"하지만 미룰 수 없어요."

"그럴 수밖에 없겠군요."

"날 좋아한다면서요."

"좋아하는 여자는 많습니다."

멍청한 소리였다.

"나는 좋아하는 남자 많지 않아요. 그 이후론 당신이 처음……."

문장을 끝맺지 않은 채였다. 나는 그녀에게 마저 말하라고 하지 않았다. 아무 말도 하지 않았다.

그녀는 울음을 터트리고 전화를 끊었다.

베스는 아마 다중인격이거나, 아니면 야한 소설에 머리가 혼란스러워졌거나, 갑갑함이나 교수 부인 노이로제 또는 7월의 서리처럼 때 이른 중년의 첫 징조에 시달리는지도 모른다. 분명히 그녀는 문제가 있었고, 내가 아는 시카고의 현명한 사람이 딱 잘라 말한 바 있다. "너보다 더 심한 문제가 있는 사람과는 절대 같이 자지 마라."

하지만 베스를 뇌리에서 몰아내기 어려웠다. 주차장에서 차를 빼 샌디에이고 고속도로에서 남쪽으로 향할 때, 나는 그녀에게로 가는 기분이었다. 비록 만나러 가는 상대는 그녀의 남편이었지만.

정오에 나는 인문학 건물에 있는 그의 연구실 앞에서 기다리고 있었다. 12시 1분에 그가 복도를 걸어왔다.

"교수님을 보고 시계를 맞춰도 되겠군요."

그는 움찔했다.

"내가 무슨 기계 인간이 된 기분이군요. 사실 나는 이런 딱 정해진 일정에 따르는 거 싫어합니다." 그는 연구실 문을 따고 활짝 열었다. "들어와요."

"세르반테스에 관해 뭔가 더 알아내셨다고요."

그는 우리가 책상을 사이에 두고 마주 앉을 때까지 입을 열지 않았다.

"그랬죠. 어제 가신 후로 간만에 일정을 무시해 보기로 마음먹었습니다. 오후 수업을 취소하고 주신 그의 사진을 갖고 로스앤젤레스 주립대에 갔어요." 그는 가슴 주머니를 툭툭 쳤다. "그 사람 이름은 페드로 도밍고입니다. 최소한 LA 주립대에는 그 이름으로 등록했어요. 보슈 교수는 그게 진짜 이름이라 생각하더군요."

"압니다. 어제 보슈와 얘기했거든요."

태평거는 내가 자기를 무시하기라도 한 듯이 불쾌해 보였다.

"앨런은 나한테 그런 얘기 안 했는데."

"교수님이 떠난 후에 내가 전화를 했거든요. 그 교수님이 바빠서, 거의 별 얘기를 못 들었습니다. 도밍고가 파나마 출신이라고 하더군요."

태핑거는 고개를 끄덕였다.

"그게 그가 문제에 휘말린 이유 중 하나예요. 배를 타고 이 나라에 불법으로 들어왔어요. 그래서 여기 우리한테 왔을 때 이름을 바꾼 겁니다. 이민국에서 그를 쫓고 있어서."

"언제 어디서 배에 오른 겁니까?"

"앨런 말로는 1956년, 페드로가 스무 살 때라고 하더군요. 샌페드로(LA 남쪽 해안마을 — 옮긴이)에서 상륙했어요. 어쩌면 그곳이 행운의 장소라고 생각했겠죠. 아무튼 배에서 내려 곧장 학교로 들어오다시피 한 겁니다. 무슨 재주로 들어갔는지 롱비치 주립대를 1년 다니고 그다음 로스앤젤레스 주립대로 옮겼죠.

그는 거기에 2년 있었고, 앨런은 그를 꽤 잘 알게 되었죠. 그는 앨런에게 나에게 남긴 것과 아주 비슷한 인상을 남겼어요. 문제가 있는 아주 지적인 젊은이."

"무슨 문제요?"

"사회적 그리고 문화적 문제요. 역사적 문제. 앨런은 그를 현대의 현실에 적응하려 애쓰는 열대의 햄릿이라고 표현하더군요. 사실 그 표현은 대부분의 중남미 문화에 적용되죠. 도밍고의 문제는 그냥 개인적인 것만이 아니라, 그가 태어난 시대와 장소에 해당되는 거죠. 하지만 그는 눈부신 도시를 갈망했어요."

태핑거 교수는 강의를 하려는 참인 것 같았다.

"뭐라고요?"

"눈부신 도시. 영과 지성의 세계, 과거와 현재의 위대한 정신들의 정수를 일컫는 말입니다." 그는 마치 자신이 그 일원이라고 주장하는 듯이 옆머리를 툭툭 쳤다. "플라톤의 형상론과 아우구스티누스의 신의 나라에서부터 조이스의 출현에 이르기까지 모든 것을 아우르죠."

"조금 천천히 말해 주시겠습니까, 교수님?"

"미안해요." 그는 내가 끼어들어 어리둥절한 것 같았다. "내가 학술 용어를 떠들었나요? 사실 페드로의 딜레마는 상당히 간단하게 정리할 수 있어요. 조국의 모든 희망과 고난 그리고 좌절감을 지닌 가난한 파나마 사람이죠. 그는 산타아나 빈민가에서 태어났어요. 어머니는 파나마 시티 카바레 여자였고, 페드로 본인은 아마 사생아겠죠. 하지만 그는 자기 상태를 받아들이거나 거기 안주하기엔 너무 진취적인 사람이었어요.

그가 느꼈을 기분을 약간은 압니다. 나는 사생아는 아니지만, 시카고 빈민가에서 혼자 힘으로 올라섰고, 대공황 때 배곯는 게 어떤지 알죠. 제대 군인 학비 지원이 아니었으면 대학은 절대 못 나왔어요. 그러니까 난 페드로 도밍고에게 공감할 수 있습니다. 잡았을 때 너무 혹독하게 처벌하지 않았으면 좋겠군요."

"그런 일 없을 겁니다."

그는 나의 단정적인 어조를 알아챘다. 천천히 그의 눈이 나와 마주쳤다. 예민하고 조금은 여성적인, 피로로 충혈되기 전에는 아마 보기 좋은 눈이었을 것이다.

"페드로에게 무슨 일이 생겼습니까?"

"죽었습니다. 어제 총에 맞았죠. 신문 안 읽으십니까?"

"솔직히 아주 드물게 어쩌다 한번 봅니다. 하지만 이건 끔찍한 소식이네요." 그의 섬세한 입매가 일그러졌다. "누가 죽었는지 혹시 짐작 가는 데 있습니까?"

"유력한 용의자는 레오 스필먼이라는 도박사입니다. 드렸던 사진에 나온 다른 남자요."

태핑거는 사진을 주머니에서 꺼내 들여다보았다.

"위험해 보이네요."

"도밍고도 위험한 사람이었죠. 지니가 살아서 벗어난 게 다행입니다."

"파블론 양은 무사한가요?"

"어머니와 남편을 며칠 사이로 잃은 걸 고려하면 뭐 예상할 수 있는 상태죠."

"불쌍한 아이. 만나서 가능하다면 위로해 주고 싶습니다만."

"실베스터 선생에게 확인하셔야 할 겁니다. 그분이 돌보고 있거든요. 지금 그분을 만나러 가는 길입니다."

나는 자리에서 일어섰다. 태핑거가 책상을 빙 돌아왔다.

"오늘은 점심 초대를 못 해 미안합니다." 그는 일종의 공격적인 수선스러운 태도로 말했다. "시간이 없어서."

"시간 없기는 마찬가지라서요. 부인께 안부 전해 주세요."

"아내가 소식 들으면 기뻐할 겁니다. 당신의 상당한 팬이거든요."

"나를 잘 몰라서 그러는 겁니다."

가볍게 넘기려는 나의 노력은 먹히지 않았다. 키 작은 남자는 긴장되고 초조한 눈으로 나를 올려다보고 있었다.

"베스가 걱정돼요. 너무 꿈에 젖어 살고, 망상에 빠져 있거든요.

그리고 당신이 아내에게 좋은 영향을 주지 못하는 거 같습니다."

"내 생각도 그렇습니다."

"다시 아내를 만나지 않았으면 한다고 말씀드리면 이해해 주시
겠죠?"

"만날 계획 없습니다."

태평거는 안도한 기색이었다.

28장

시내로 돌아오는 길에 나는 밖에 공중전화 부스가 있는 주유소에 들러 워싱턴의 크리스트먼에게 전화를 걸었다. 그는 점심 먹으러 나가 아직 돌아오지 않았다. 교환원은 그가 식사 중인 식당으로 전화를 돌려주었고, 마침내 그의 목소리를 들었다.

"크리스트먼이야. 연락하려고 했어, 루. 도무지 사무실에 붙어 있지 않더군."

"요 며칠 못 들어갔지. 우리 친구에 대해 뭐 알아낸 거 있나?"

"조금. 몇 달 전까지 그는 파나마 대사관 2등 서기관이었어. 직책에 비하면 상당히 젊지만 경력이 대단했나 보더라고. 파리 대학에서 대학원을 나왔어. 워싱턴으로 전근 오기 전에는 파리에서 3등 서기관 자리에 있었고."

"왜 대사관 일을 그만뒀지?"

"몰라. 나하고 얘기한 사람 말로는 개인적 사유로 사임했대. 개인적 사유가 뭔지는 설명 안 했어. 하지만 내가 알아본 바로는 도밍고는 의혹으로 인해 떠난 건 아냐. 조금 더 파 볼까?"

"별 소용 없을 거야. 얘기해 준 대사관 사람에게 그 사람이 어제 로스앤젤레스에서 총에 맞았다고 말해 주는 게 낫겟네."

"죽었어?"

"응. 경찰이 시신을 인계할 때 대사관 쪽에서 뭔가 조치를 취하고 싶어 할 테니까. 펄버그 경감이 사건 지휘를 맡고 있어."

나는 실베스터와의 약속에 몇 분 늦었지만, 그쪽은 더 늦었다. 그는 1시 30분쯤 의원에 헐레벌떡 도착하여 나를 진료실로 데리고 들어갔다.

"기다리게 해서 미안해요, 아처. 지니 파블론을 살펴보고 오는 게 좋겠다 싶어서."

"지니는 어떤가요?"

"괜찮아질 겁니다. 물론 충격 때문에 혼란스러워해서 상당히 센 진정제를 줬어요. 하지만 어머니와 남편의 죽음을 현실로 받아들였고, 언젠가는 그 고통 너머를 볼 수 있게 될 겁니다."

"그래도 혼자 둬서는 안 될 텐데요."

"혼자 있지 않아요. 제이미슨 부자가 자기네 별채를 내줬죠. 끼니도 챙겨 주고 피터가 물론 옆에서 시중을 들어 주고 있어요. 늘 그가 원했던 일이니. 지니는 결국 해피엔딩을 맞이하게 될지도 모르죠."

"피터와요?"

"놀랍진 않을 겁니다." 그는 삐딱한 미소를 지으며 덧붙였다. "내게 행복한 결혼이란 개념은 기본적으론 뭐든 잘만 굴러가면 된다는 거라."

"선생님 결혼생활은 어떻습니까?"

"오드리와 나는 이럭저럭 헤쳐 나가겠죠. 우리 둘 다 용서해야 할 일이 많고. 하지만 결혼 상담을 해 달라고 부른 건 아닙니다. 알려줄 정보가 있어서." 그는 책상 서랍에서 마닐라 폴더를 꺼냈다. "아직 레오 스필먼을 찾고 있는 거죠?"

"그렇습니다. 경찰도 마찬가지고."

"어디서 찾을 수 있는지 알려 준다면? 나 좀 봐줄 수 있을까요?"

"그게 무슨 뜻인지 설명부터 해 주시죠."

그는 엄지를 깨물고 잇자국을 살펴보았다.

"어제는 내가 이성을 잃고 다 떠들었어요. 솔직히 충격을 받아서. 당신은 이 마을의 어느 누구보다도 나에 대해 많이 알죠. 아무래도 이 난장판과 관련된 모든 일이 신문에 다 실릴 기미인데. 내 부탁은 거기서 나에 대한 대목은 적당히 좀 가려 줬으면 하는 겁니다. 터지면 난 잃을 게 많은 사람이라서."

"뭐가 안 드러났으면 하는 겁니까?"

"어, 스필먼에게 협조한 일 말인데, 의사와 환자 관계로 해 둘 수 없을까요? 본질적으로는 그게 맞고."

"어차피 그렇게 되기도 했죠. 나머지는 제 힘 닿는 한에선 덮어 두겠습니다."

"그리고 오드리와 파블론 일은…… 그걸 공개해야 하나요?"

"굳이 그럴 이유는 없는 것 같군요. 또 다른 건?"

"너무 지나치게 밀어붙이려는 건 아닌데." 그는 조심스러운 눈으로 내 얼굴을 살피며 말했다. "하지만 월요일에 마리에타가 나한테 돈 빌리려 한 일은 비밀로 해 줄 수 있을까요?"

"글쎄요. 클럽의 스트롬 부인이 알잖습니까."

"거긴 이미 얘기해 놨어요. 안전해요."

"전 아닙니다."

실베스터의 눈이 냉랭하게 굳어졌다.

"왜 그걸 못 해 줘요? 그게 제일 덜 망신스러운 일인데, 진짜."

"마리에타가 선생님을 협박하려 했다면 아니죠."

"뭘로? 스필먼과 파블론 일로? 그건 정리된 줄 알았는데요."

"납득할 만큼은 아닙니다."

"하지만 마리에타를 협박범으로 몰 수는 없어요. 그냥 친구끼리 돈 좀 빌려 달라 한 겁니다. 당연히 난 마리에타가 스필먼 건과 오드리와 그녀 남편의 불륜에 대해 입 다물어 주었으면 했지만."

"당연하겠죠. 입 다물어 주길 바란 게 더 있습니까?"

"당신한테요?"

"누구든 간에요. 예를 들자면, 왜 지니가 선생님 밑에서 일하게 되었나 궁금했습니다. 여기서 몇 년 동안 접수원으로 일했다고 아는데요."

"맞아요, 2년 전까지. 그러다가 다시 학교로 돌아갔죠."

"지니는 왜 학교를 쉬고 일한 겁니까?"

"너무 무리해서 공부를 했으니까요."

"그게 선생님 의견입니까?"

"그 점에 있어 난 마리에타와 의견을 같이 했어요. 그 아가씨에 겐 변화가 필요했죠."

"그럼 개인적인 이유로 여기 일하러 온 건 아니고요?"

"난 그 애 애인 아닙니다." 그는 거슬리는 목소리로 말했다. "그 애기를 묻고 싶은 거라면. 살면서 멍청한 짓 몇 번 하긴 했어도 젊은 아가씨들하고 놀아나진 않아요."

그는 벽에 걸린 수료증 액자들을 올려다보았다. 저걸 어떻게 땄는지 기억이 안 나는 듯이 혼란스러운 눈빛이었다. 그의 표정이 아련해지더니 점점 더 멀어져 갔다. 시간의 고개를 넘어 생명의 근원으로 거슬러 올라가는 듯이.

나는 그를 다시 현재로 끌어왔다.

"스필먼을 어디 가면 찾을지 말씀해 주신다 했죠."

"그랬죠."

"어제 정보를 주셨다면 수고를 덜었을 겁니다. 생명을 구했을 수도 있고."

"어제는 그 정보가 없었어요. 그러니까, 그 정보가 있는 줄 몰랐다고. 오늘 아침 일찍 스필먼의 진료 기록을 살펴보다가 우연히 눈에 들어왔죠." 그는 자기 앞에 있는 폴더를 펼쳤다. "석 달 전쯤, 2월 20일에 산타 테레사의 찰스 파크 박사라는 사람에게서 진료 기록 요청이 왔어요. 내가 직접 요청에 응한 게 아니고, 메모를 보니 로프틴 부인이 처리했는데 나한테 깜박 말을 안 한 겁니다. 아무튼 아까 말했듯이 우연히 눈에 들어왔어요."

"뭘 찾고 계셨습니까?"

"스필먼의 상태가 실제 얼마나 안 좋았나 확인하고 싶어서요. 그는 확실히 아팠고. 보아하니 지금도 그런 모양입니다. 그 메모를 보자마자 파크 박사 진료실에 전화를 했어요. 의사 선생 본인은 자리에 없었지만, 여직원이 케첼이 아직 거기 환자 맞다고 확인해 주더군요. 보아하니 스필먼은 산타 테레사에서 케첼이란 이름을 쓰나 봅니다."

"거기 주소는 받아 놓으셨습니까?"

"그래요. 파드레 리지 로 1427번지."

나는 고맙다고 인사했다.

"고마울 거 없어요. 우린 합의를 본 거니까. 거기에 작은 덤 하나 붙여 줬음 합니다. 레오 스필먼에게 내가 알려 줬단 말 하지 말아요."

그는 스필먼을 무서워하고 있었다. 두려움이 가스와도 같이 그의 목소리에서 새어 나와서 악취처럼 내 뇌리에서 맴돌았다. 산타 테레사를 향해 북쪽으로 가는 길에 나는 아파트에 들러 권총을 챙겼다.

29장

산타테레사 시는 바다 끄트머리에서 시작하여 해안가 산을 향해 점점 더 가파르게 올라가는 울퉁불퉁한 산등성이에 지어져 있었다. 파드레 리지는 그중 첫 번째로 있는 제일 낮은 중턱이었고, 시 경계 안에 있는 유일한 산등성이었다.

꽤 땅값이 비싼 지역으로, 잘 가꾼 오래된 집들로 이루어진 안정된 동네였으며, 그중 다수에 환한 테라스 정원이 딸려 있었다. 1427번지는 그 블록에서 유일하게 가꾸지 않아 보였다. 쥐똥나무 울타리는 가지치기가 필요했다. 경사진 잔디밭엔 잡초가 무성했다.

붉은 타일 아래 핑크색 벽토를 쓴 집조차 뭔가 빈집 느낌이었다. 앞쪽 창문에는 커튼이 내려져 있었다. 유일한 생명의 흔적은 집 베란다로 접근하는 나와 앞을 다투는 집굴뚝새뿐이었다.

나는 사자 머리 모양의 노커를 들었다 놓았지만, 딱히 대답을 기

291

대하진 않았다. 하지만 잠시 후 나지막한 발소리가 집 뒤에서 들렸다. 문이 빼꼼 열리고 젖은 파란색 수영복 차림의 육중한 중년 여자가 있었다.

"제 이름은 아처입니다. 케첼 부인이 댁에 계십니까?"

"볼게요."

여자는 맨발 발치에 고인 물에서 벗어나 집 안쪽으로 사라졌다. 나는 현관문을 활짝 열고, 겨드랑이 아래 양성 종양처럼 불룩 튀어나온 권총을 의식하며 안으로 들어갔다.

복도에는 닫힌 문이 여럿 있었고, 저 끝 쪽에 열려 있는 문이 있었다. 그 문 너머로 방 저편 미닫이 유리문을 통해, 파란 수영장 물이 보였다.

키티가 물을 뚝뚝 흘리며 나왔다. 그녀는 깔개 위에 발자국을 남기며 방을 가로질러 문간에서 나와 마주했다. 그녀는 흰색의 신축성 있는 수영복을 입었고, 헬멧처럼 보이는 하얀 고무 수영모를 써서 아마존 파수꾼처럼 보였다.

"나가요. 경찰 부를 거예요."

"그러시겠죠. 마침 경찰들이 레오를 찾아 샅샅이 뒤지고 있는데."

"그이는 나쁜 짓 아무것도 안 했어요." 그녀는 말을 약간 물렸다. "최근에는."

"본인에게서 직접 듣고 싶습니다."

"아니. 그이랑은 얘기 못 해요."

그녀는 앞으로 나서며 등 뒤로 문을 닫는데, 너무 급히 움직이느라 나한테 부딪혔다. 그녀는 몸의 균형을 잡으려 내 어깨에 양손을 얹었다가, 마치 내가 너무 뜨겁거나 차가운 것처럼 확 움츠러들었다.

내 재킷 아래 총집을 느낀 게 분명했다. 그녀의 두려움이 돌아왔다. 그 바람에 얼굴이 독을 삼킨 것처럼 움직였다.

"날 죽이려 왔군요, 그렇죠?"

"이 얘기는 전에 다 했잖습니까. 계속 살인 생각이 머리를 떠나지 않나 보군요."

"너무나 많이 봤……." 그녀는 입을 딱 다물었다.

"사람 죽는 걸 너무 많이 봤다고요?"

"그래요. 교통사고나 그런 거." 그녀는 순진한 표정을 지으려 했다. 화장을 지우고 요란스러운 머리를 가려 놓으니, 그녀는 더 젊고 진짜같이 보였다. 하지만 순진하진 않았다. "우리한테 뭘 바라요? 돈? 우린 돈 없어요."

"나한테 거짓말하지 마요, 키티. 여기가 돈 공장의 본사 아닙니까."

"내가 한 말은 진짜예요. 자칭 마텔이라는 도둑고양이가 우리 여유 자금을 들고 날랐고, 투자금은 당장 현금화할 수 없어요.

"그가 어떻게 현금에 손이 닿은 겁니까?"

"레오에게 갖다주기로 되어 있었어요. 레오는 그를 믿었거든요. 난 아니었지만, 레오는 믿었죠."

"마텔은 어제 로스앤젤레스에서 총에 맞아 죽었습니다. 당신 기억에 남을 또 한 건의 사고가 되겠군요. 그는 현금으로 10만 달러를 갖고 있었습니다."

"그 돈은 어디 있어요?"

"여기에 있을 줄 알았는데요. 그거 블랙 머니 아닙니까, 그렇죠, 키티?"

그녀는 팔을 휘둘러 주먹을 자기 어깨로 가져갔다가 다시 휙 내
렸다.

"난 아무것도 인정 안 할 거예요."

"이젠 얘기 좀 해야 할 때 아닐까요? 정보를 제공하고 죄를 면제
받는 방법도 있어요. 특히 소득세 혐의는."

복도가 춥지 않았는데도 그녀는 떨기 시작했다.

"살인 혐의는 그렇게 쉽지 않죠. 하지만 이제 감춰 둘 수 없어요.
레오나 부하 중 누군가가 마텔을 해치운 겁니까?"

"레오는 아무 상관 없어요."

"만약 그가 한 짓이고, 그걸 알고 있는 거면, 나한테 말해요. 그
와 같이 재판에 서고 싶은 게 아니라면."

"그가 안 그랬어요. 그는 이 집 밖으로 나선 적이 없어요."

"당신은 나섰죠."

그녀는 격하게 떨고 있었다.

"이봐요, 우리한테 뭘 어쩌려는 건지 모르겠지만……."

"당신이 자초한 일이에요. 남에게 하듯이 너 자신에게 하라. 황
금률을 뒤집은 겁니다, 키티."

"무슨 말인지 모르겠어요."

"살인 세 건. 어제 마텔. 그전날 밤 마리에타 파블론, 우연히 당
신이 몬테비스타에 있을 때였죠. 그리고 7년 전 로이 파블론. 기억
해요?"

그녀는 고개를 끄덕했다.

"파블론은 어떻게 된 건지 말해 줘요. 당신은 거기 있었으니."

"먼저 옷 좀 가져올게요. 얼어 죽겠어요. 레오와 한 시간쯤 물에

있었어요."

"레오는 수영장에 있습니까?"

"네, 물리치료사와 운동하고 있어요. 치료사 앞에선 아무 말도 하지 말아요, 알겠죠? 융통성 없는 사람이에요."

키티는 고무 수영모를 벗었다. 붉은 머리칼이 쏟아져 나왔다. 그녀가 닫힌 문을 열었을 때, 흐트러진 분홍색의 여자 방 안이 보였고 킹 사이즈 침대 위 천장에는 거울이 달려 있었다.

나는 밖으로 나갔다. 휠체어가 수영장 주변 가구들 사이에 세워져 있었다. 파란 수영복 차림의 여자가 가슴 깊이 물속에 남자를 안고 서 있었다. 그의 얼굴은 둥글고 처져 있었으며, 몸은 늘어져 있었다. 검은 눈만이 성인의 자제력을 어느 정도 보여 주고 있었다.

"안녕하십니까, 케첼 씨."

"제가 대신 인사드릴게요." 여자가 말했다. "케첼 씨는 석 달 전에 뇌에 작은 문제가 생겨서 그 후로 말씀을 안 하세요. 그렇죠?"

그의 슬픈 검은 눈이 대답했다. 그러고는 걱정스레 그 눈이 나에게로 향했다. 그는 느슨하게 미소 지었다. 한쪽 입가에서 침이 흘러내렸다.

키티가 미닫이문에 와서 손짓으로 나를 불러들였다. 그녀는 유혹적으로 반짝이는 시퀸 장식 바지와 목선 높은 앙고라 스웨터 차림에, 급한 화장 때문에 밋밋해진 얼굴을 하고 있었다. 그녀가 무슨 마음을 먹었는지 알기 어려웠다.

그녀는 수영장이 눈에 들어오지 않는 앞쪽의 작은 방으로 나를 데려가서 커튼을 젖혔다. 그녀는 창가에 서서 풍경을 완성했다. 그녀의 몸매 굴곡 너머로, 바다 위의 돛들이 빛바랜 파란 식탁보에 세

위 놓은 하얀 냅킨처럼 조그맣고 멀어 보였다.

"내가 무슨 짐을 진 처지인지 봤죠?" 그녀는 손을 뻗으며 말했다. "불쌍하고 병든 늙은이. 걷지도 못하고, 말도 못하고, 자기 이름도 못 써요. 뭐가 어디 있는지 말을 못해요. 날 지켜 주지 못해요."

"누구한테서 지켜야 한단 겁니까?"

"레오는 평생 적을 만들었죠. 만약 이렇게 무력해진 걸 그들이 알면, 그의 목숨은 끝이에요." 그녀는 손가락을 딱 튕겼다. "나도 마찬가지고. 우리가 왜 이런 풀숲에 숨어 살겠어요?"

그녀에게 시카고-라스베이거스-할리우드 축에 속하지 않은 곳은 다 풀숲일 거라는 생각이 들었다.

"레오의 파트너 데이비스가 그 적들 중 하나입니까?"

"그 사람이 제일 큰 위협이에요. 레오가 죽거나 살해당하면 데이비스가 제일 이익을 보죠."

"스코피언 클럽."

"서류상으로는 이미 데이비스의 소유예요. 조세위원회에서 레오가 소유권을 포기하게 만들었죠. 그리고 데이비스는 레오에게 불만을 갖고 있어요."

"어젯밤 데이비스와 얘기했습니다. 레오가 어디 있는지 알려 주면 돈을 주겠다고 하더군요."

"그래서 여기 온 거군요."

"성급하게 결론 내리지 말아요. 난 거절했으니까."

"정말?"

"정말. 레오에게 불만은 왜입니까?"

그녀는 고개를 저었다. 머리칼이 햇빛 속에 확 빛났다. 묘하게도 철로변의 오렌지 일꾼들 모닥불이 떠올랐다. 그날 밤의 피치 못할 기묘한 친밀함은 아직도 나와 키티 사이에 어떤 가능성으로 존재하고 있었다.

"말 못 해요."

"그럼 내가 말하죠. 국세청에선 레오가 위에서 떼어 간 돈 때문에 추적하고 있을 겁니다. 레오와 돈을 찾지 못하면, 어쩌면 혹시 찾을 수 있다 해도 데이비스에게 죄를 덮어씌우겠죠. 최소한 비밀 소유주 대신 바지사장 노릇을 하는 데 필요한 허가를 잃게 될 겁니다. 최악의 경우 남은 평생 연방 교도소행이겠고."

"그 사람만 걸리는 게 아니에요."

"레오 얘기라면, 그의 남은 평생이래 봐야 얼마 안 되겠죠."

"내 남은 평생은 어쩌고요?" 그녀는 털이 보송보송한 앙고라 가슴팍에 손을 댔다. "난 아직 서른도 안 되었어요. 감옥에 가기 싫어요."

"그럼 거래를 하는 게 좋을 겁니다."

"그리고 레오를 넘기라고요? 그러진 않을 거예요."

"몸 상태가 저러니 그에겐 아무 짓도 안 할걸요."

"그를 가둘 거잖아요. 물리치료를 못 받고. 말하거나 쓰는 방법도 못 익히면……." 그녀는 말을 하다 말았다.

"돈이 어디 있는지 당신에게 말해 주지 못하겠군요."

그녀는 머뭇거렸다.

"무슨 돈 말이에요? 돈은 사라졌다고 당신이 그랬잖아요."

"10만 달러는 사라졌죠. 하지만 내 정보에 따르면 레오가 위에서 몇백만을 빼돌렸다던데. 그건 어디 있습니까?"

"나도 알았으면 좋겠어요." 차분한 가면 너머로 계산을 굴리는 게 그녀의 눈에서 보였다. "이름이 뭐라고 했죠?"

"아처요. 돈이 어디 있는지 레오가 아는 겁니까?"

"그런 거 같아요. 아직도 뇌 기능은 일부 남아 있어요. 하지만 그가 얼마나 이해하는지 알기 어려워요. 늘 내가 하는 말을 다 알아듣는 척하죠. 그래서 요전에 헛소리로 시험해 봤어요. 평소와 마찬가지로 미소 지으며 고개를 끄덕이더라고요."

"뭐라고 했는데요?"

"다시 말하고 싶지 않아요. 그냥 그가 말할 줄 알게 되면, 아니면 쓸 줄 알게 되면 이런저런 일들을 해 주겠다고 추잡한 소리 떠들었죠." 그녀는 긴장하여 가슴을 양팔로 꽉 감쌌다. "평화와 안정을 좀 얻겠다는 희망으로 내가 버텨 온 일을 생각하면 미쳐 버릴 거 같아요. 그 사람의 손버릇하고, 다른 것들. 나한테 다른 기회가 없었던 것도 아니에요. 하지만 난 레오한테 발목을 잡혔죠. 발목 잡혔다는 말이 딱이에요. 이젠 불구자에게 발목을 잡혔고 한 달 생활비로 2000달러가 들어요. 병원비와 물리치료비만 한 달에 600달러. 다음 달 생활비는 어디서 나올지도 모르는데." 그녀의 목소리가 커졌다. "내 권리만 찾았다면 백만장자가 됐을 거예요."

"나쁜 일로 말이죠."

그녀는 머리를 휙 넘겼다.

"여러 해 동안 참고 견디면서 번 돈이에요. 나한테 권리가 없단 소린 말아요. 난 여유 있게 살 권리가 있어요."

"누가 그런 소리를 하던가요?"

"누가 말해 줄 것도 없죠. 나 같은 외모의 여자라면 고르고 선택할 수 있잖아요."

유치한 얘기였고, 자기최면이었으며 처량했다. 그녀로 하여금 레오 스필먼을 따라나서 그와 붙어 있게 만든 내적 환상을 엿볼 수 있었다. 그라는 거창한 환상에 의해 현실과 유리된 것이다.

"당신이 선택받았단 말이겠죠. 왜 나가서 활동을 하지 않고요? 몸 건강한 성인 여자 아닙니까."

그녀는 아직도 사춘기적인 환상 속에 있었다.

"어떻게 그딴 소리를 해요? 난 매춘부 아니에요."

"그런 활동 말고요. 일자리를 구하라고."

"난 평생 먹고살려고 일했던 적 없어요, 됐네요."

"이제 그럴 때가 된 거죠. 계속 사라진 몇백만 달러 꿈이나 꾸고 있으면 여자 형무소 신세를 지게 될 겁니다."

"어떻게 나한테 감히 그딴 협박을!"

"협박 아닙니다. 당신 꿈이지. 손가락 하나 까딱하기 싫다면, 해리에게로 돌아가요."

"그 머저리한테? 계속 병원 신세나 지는걸요."

"해리는 자기가 가진 모든 걸 줬어요."

그녀는 침묵했다. 그녀의 얼굴은 고통에 뒤틀리는 형상 사진이 그대로 현실로 옮겨진 것 같았다. 처음으로 그녀의 눈에서 생기가 번뜩였다. 눈물이 뺨을 타고 흘러내렸다. 나는 어느새 그녀 옆에 서서 위로하고 있었다. 그러더니 그녀의 머리가 달리아 조화처럼 내 어깨에 기대 있었고, 슬픔에 젖은 몸의 움직임이 조금 덜 슬퍼지는 것이 느껴졌다.

물리치료사가 문을 노크하고 열었다. 그녀는 일상복으로 갈아입은 차림이었다.

"저 가요, 케첼 부인. 케첼 씨는 편히 휠체어에 앉아 계세요." 그녀는 우리를 엄하게 쳐다보았다. "하지만 너무 오래 밖에 두진 마시고요."

"안 그럴 거예요." 키티가 말했다. "고맙습니다."

여자는 움직이지 않았다.

"지난 주 급료하고 월요일 밤에 연장 근무한 비용 주실 수 있을지 궁금한데요. 저도 돈 내야 할 일도 있고."

키티는 침실로 들어갔다가 20달러 지폐를 들고 돌아왔다. 그녀는 그걸 여자에게 홱 내밀었다.

"이거면 당장은 됐어요?"

"뭐 그래야죠. 제가 서비스해 드리는 걸 아까워서가 아니라, 사람이 정직하게 일을 했으면 거기 맞는 보상을 받아야 하는 거니까요."

"걱정 말아요, 돈 드릴 테니까. 우리 배당금 수표가 이번 달에는 늦게 오네요."

여자는 믿지 않는 얼굴을 하고는 집을 떠났다. 키티는 분노로 뻣뻣해져 있었다. 허공에 주먹 쥔 양손을 흔들어 댔다.

"저 늙은 할망구가! 날 망신 줬어요."

"배당금 들어올 게 있긴 합니까?"

"들어올 돈은 아무것도 없어요. 내 보석을 팔아야 할 판이에요. 비상시를 대비해서 아껴 둔 건데."

"지금이 초비상 사태인 것 같군요."

"뭐예요, 무슨 예보관이에요?"

그녀는 비 오는 날에는 무엇을 할까 하는 옛날 노래를 흥얼거리며 나에게로 다가섰다. 그녀의 가슴이 나를 살며시 밀쳤다.

"레오의 돈을 찾게 도와주는 사람한텐 내가 많이 감사 표시를 할 거예요."

그녀는 일부러 도발적으로 나오고 있었으나, 우리의 그 순간은 이미 지나갔다.

"예를 들어, 진실을 말해 주면 어떻겠습니까?"

"무슨 진실요?"

"로이 파블론. 레오가 그를 죽였습니까?"

한참 생각하고 나서 그녀는 말했다.

"그럴 의도는 아니었어요. 사고였죠. 둘이 싸웠어요. 무슨 일로."

"무슨?"

"굳이 알아야겠다면, 로이 파블론의 딸 일로요. 나이를 먹을수록 레오는 어린 아가씨들을 노렸어요. 참 민망했죠. 어쩌면 그러지 말았어야 했는지도 모르지만, 레오가 파블론과 그 여자애를 두고 거래를 하려 한다는 말을 내가 그 부인에게 흘렸어요."

"당신이 파블론 부인에게 말했다고요?"

"맞아요. 나 자신을 지키는 차원에서 행동한 거죠. 그리고 그 여자애를 돕는 일이기도 했고. 파블론 부인이 남편을 단속했고, 그는 레오에게 안 되겠다고 말했죠."

"왜 애초에 안 된다는 말을 안 했는지 모르겠군요."

"그는 레오에게 빚을 많이 졌고, 레오에겐 그거면 꼬투리로 충분했어요. 그리고 파블론은 그 거래가 무슨 의미인지 모르는 척했죠. 무슨 뜻인지 알죠?"

"무슨 뜻인지 알겠습니다."

"레오가 무슨 자선사업가나 되는 것처럼. 레오는 병든 어머니 피를 한 병에 10달러에 팔고 병 보증금을 받고도 남을 사람이에요. 하지만 그 여자애를 스위스에 있는 학교에 보내 지성을 쌓게 해 주겠다고 했죠. 그리고 파블론은 그걸 잘된 일이라고 생각했죠, 부인이 그 얘기를 듣기 전까진. 솔직히 난 파블론이 딸을 미워했다고 생각해요."

"딸을 애지중지하는 줄 알았는데요."

"가끔은 그 두 가지가 큰 차이가 없죠. 내가 전문가라니까요. 파블론은 딸이 임신했을 때 마음이 돌아섰고, 상대 남자에게서 떼놓기 위해 뭐든 하려고 했어요."

"그 남자가 누굽니까?"

"몰라요. 파블론 부인도 모르고요, 아님 나한테 말하기 싫었거나. 아무튼, 파블론이 그날 밤 독채에 와서 모든 거래를 취소했어요. 레오와 둘이 싸웠고, 파블론이 꽤 얻어맞았죠. 레오는 주먹이 셌고, 아팠을 때도 그랬거든요. 파블론은 엉망이 되어 비틀비틀 독채를 나섰어요. 어둠 속에 길을 잃고 수영장에 빠져 죽었죠."

"당신이 본 겁니까?"

"세르반테스가 봤어요."

"거짓말일 겁니다. 증거 분석 결과에 따르면 파블론은 소금물에 빠져 죽었어요. 수영장은 담수인데요."

"지금은 그런가 보죠. 그때는 소금물이었어요. 내가 당연히 알죠. 2주 동안 거기서 매일 수영했는데."

그녀의 목소리가 추억에 젖었다. 비상시로 접어들고 있고, 보석을 팔아야 하는 상황인지도 모른다. 하지만 그녀는 테니스 클럽에서 태양 아래 2주를 보냈다.

"세르반테스가 그 일에 대해 뭐라 하던가요, 키티?"

"로이 파블론을 수영장에서 발견하고는 레오한테 와서 말했어요. 끔찍한 장면이었죠. 레오는 주먹만 써도 중죄를 범하는 거예요. 파블론이 빠져 죽었으니 사실상 살인이죠. 세르반테스가 시체를 바다에다 던져 버려 자살로 가장할 수 있다고 제안했어요. 그는 전부터 레오의 비위를 맞추며 주위를 맴돌았으니 이건 기회였죠. 다음 날인가 이곳을 떠날 때, 우린 그를 데리고 갔어요. 파블론 딸을 스위스 학교에 보내는 대신, 레오는 그를 프랑스 파리 대학에 보냈죠.

나는 레오에게 미쳤다고 그랬어요. 레오는 자기가 성공한 이유는 몇 년 뒤를 보기 때문이라고 그랬어요. 세르반테스가 쓸모가 있다고, 파블론 일을 겪고 난 후라 믿을 수 있다고 했죠. 그게 그가 틀렸던 때예요. 이번에 레오가 병이 나자마자, 세르반테스는 등을 돌렸어요."

그녀의 목소리가 깊어졌다.

"레오 일은 참 우습게 됐죠. 나를 포함해 모두들 그를 무서워했어요. 거물이었죠. 하지만 병이 깊어지자 그냥 아무것도 아닌 사람이 됐어요. 세르반테스 같은 종업원 따위가 그가 가진 모든 것을 털어갈 수 있었으니."

"어떻게 세르반테스가 돈에 손을 댈 수 있었죠?"

"레오가 그에게 넘겼어요, 한 번에 조금씩, 지난 3~4년 동안. 세르반테스는 무슨 공무원이 되어서, 짐 검사 없이 국경을 넘을 수 있었어요. 그는 돈을 해외 어딘가, 아마 스위스의 번호만 있는 계좌에 넣어 놨어요."

내 생각엔 돈이 스위스에 있을 것 같지 않았다. 파나마에도 번호만 있는 계좌가 있었다.

"무슨 생각 해요?"

"궁금해하고 있었죠. 혹시 파블론 부인이 남편을 죽인 일로 레오를 협박하고 있었을까."

"그랬어요. 시체가 발견된 후 그녀가 라스베이거스로 그를 만나러 왔죠. 자기가 사인심문에서 그를 지켜 줬으니, 레오도 그녀를 조금 도와주는 게 최소한의 도리라고. 그는 정말 끔찍이 하기 싫어했지만, 그때부터 그녀에게 돈을 보냈던 것 같아요." 그녀는 말을 멈추고 날카롭게 나를 쳐다보았다. "파블론 가족에 대해 내가 아는 걸 다 얘기했어요. 이제 나 대신 그 돈을 추적해 줄 건가요?"

"안 한다는 게 아닙니다. 지금 당장은 다른 의뢰인이 있고, 해결해야 할 다른 살인 사건이 두 건 있어서."

"거기엔 돈이 걸린 건 아니잖아요, 그렇죠?"

"인생에 돈만 있는 게 아닙니다."

"나도 그렇게 생각했던 사람이에요, 이틀 전까지만 해도. 당신은 뭐, 선행하고 다니는 사람이라도 되나요?"

"그런 말은 아닙니다. 악행을 하지 않으려는 사람이죠."

그녀는 내게 어리둥절한 표정을 지었다.

"당신이란 사람을 모르겠어요, 아처. 목표가 뭐예요?"

"나는 사람들을 좋아하고, 도움이 되고자 합니다."

"그게 모여서 인생이 된다?"

"그게 인생을 가능하게 하죠, 아무튼. 언제 시도해 봐요."

304

"해 봤어요. 해리하고. 하지만 그에겐 밀고 나갈 강단이 없었죠. 나는 늘 머저리하고 불구자에게 발목을 잡혀요." 그녀는 어깨를 으쓱했다. "레오가 어쩌고 있나 가 봐야겠네요."

그는 격자무늬 방충망 문의 그림자 속에서 참을성 있게 기다리고 있었다. 몸이 수척해져 셔츠와 바지가 헐렁했다. 우리가 다가가자 그는 마치 내가 그를 한 대 치기라도 할 듯이 나를 향해 눈을 깜박거렸다.

"겁쟁이 같으니." 키티가 명랑하게 말했다. "이 사람은 새 남자친구야. 돈을 찾아서 날 데리고 세계 여행을 떠날 거라고. 그러면 당신은 어떻게 될지 알아, 불쌍하고 우스꽝스러운 늙은이? 우린 당신을 공립 병원 다인실에 넣을 거야. 그리고 아무도 당신을 만나러 오지 않겠지."

나는 그곳을 나왔다.

30장

나는 로스앤젤레스로 다시 차를 몰았고, 해 질 무렵 그곳에 들러 저녁을 먹은 다음, 밤에 몬테비스타에 도착했다.

베라가 제이미슨 집의 문을 열어 주었다. 그녀는 태양 무늬 기모노를 입고 있었고, 검은 머리를 풀어 늘어뜨리고 있었다. 그렇게 늦은 시간은 아니었다. 집안의 틀이 조용히 무너져 내리고 있는 듯했다.

"그는 별채에 있어요. 그 여자랑."

베라는 집에 다른 여자가 있는 게 질색인 듯했다.

별채는 정원 뒤쪽에 있는 흰색 프레임의 독채였다. 반쯤 셔터를 내린 창문에서 빛이 흘러나와 주위 화단의 색깔을 살려 주었다. 달콤하고 뭔지 모를 냄새가 공기 중에 떠돌았다.

비극의 후속편이 아니라 전원시를 위한 배경 같았다. 인생은 짧고 달콤하다고 난 생각했다. 달콤하고 짧고.

피터가 소리쳤다.

"누구세요?"

내가 신원을 밝히자, 그가 문을 열었다. 그는 품이 큰 회색 스웨터와 흰색 셔츠 차림이었고 목 단추를 풀어 놓아 살 늘어진 굵은 목이 드러났다. 그의 눈은 꽤나 별나게 번뜩이고 있었다. 순전히 순수한 행복일 수도, 도취 상태일 수도 있었다.

나는 그의 뒤 환한 색색의 방에 있는 여자에게도 비슷한 의심이 들었다. 그녀는 무릎에 책을 놓고 램프 아래 앉아 있었으며, 검은 드레스 차림으로 완벽하게 차분하고 고요했다. 그녀는 내게 고개를 꾸벅 숙였고, 그게 전부였다.

"들어오세요." 그가 말했다.

"당신이 나와 봐요."

그는 문을 약간 열어 둔 채 밖으로 나왔다. 5월치고는 따뜻한 밤이었고 바람도 없었다.

"무슨 일이에요, 아처 씨? 지니를 혼자 두기 싫은데요."

"단 1분도?"

"단 1분도요." 그는 일종의 자부심을 갖고 말했다.

"지니 아버지의 사망에 관해 발견한 사실을 보고하려고요. 내가 하려는 말을 지니가 듣고 싶어 할 것 같진 않은데. 그는 자살한 게 아니었습니다. 사고로 죽었을지도 몰라요."

"지니가 듣고 싶어 할 것 같은데요."

마지못해 나는 안으로 들어가 약간 이야기를 순화시켜 말했다. 지니는 피터보다 차분하게 받아들였다. 그는 지니가 여기 있음에도 불구하고 마음속 억누르지 못하는 한구석에선 도망가고 싶은 듯이 한쪽 발로 초조한 리듬을 타며 쿵쿵거렸다.

나는 그녀에게 말했다.

"이런 일을 밝혀내 면전에 들이대서 미안해요. 최근에 힘든 일을 많이 겪었는데."

"괜찮아요. 이제 끝났어요."

나는 끝났기를 바랐다. 그녀의 평온함이 마음에 걸렸다. 마치 조각상의 생명 없는 평온함 같았다.

"케첼 씨에 대해 뭔가 조치하기를 바랍니까?"

피터는 그녀가 대답하기를 기다렸다. 그녀는 손을 살짝 들었다가 다시 책에 내려놓았다.

"무슨 소용이 있을까요? 늙고 병들어서 거의 식물인간이나 다름없다고 하셨잖아요. 단테 작품 속 천벌 같네요. 덩치 크고 폭력적인 사람이 무력한 불구자가 되다니." 그녀는 머뭇거렸다. "그 사람하고 아버지가 저를 두고 싸운 건가요?"

"그게 대체적인 생각입니다."

"이해가 안 가는데요." 피터가 말했다.

그녀가 그에게로 돌아섰다.

"케첼 씨가 나한테 불쾌하게 접근했어."

"그런데 그 사람을 처벌하는 걸 원치 않는다고?"

"내가 왜? 몇 년 전 일이야. 난 그때와 같은 사람도 아닌걸." 그녀는 웃지도 않고 덧붙였다. "화학적 측면에선 우리가 7년마다 완전히 바뀐다는 거 알고 있어?"

그녀는 그 생각에 위안을 얻는 듯했다.

"넌 천사야."

피터가 말했다. 하지만 그녀에게 가까이 다가가거나 만지진 않았다.

"더 나아간 가능성이 있습니다." 나는 말했다. "아버님의 사망이 케첼-스필먼의 책임이 아닐 수도 있습니다. 멍한 상태로 클럽 부지를 돌아다니는 아버님을 누군가 다른 사람이 발견하고, 의도적으로 수영장에 빠뜨려 죽였을 가능성."

"누가 그런 짓을 해요?" 그녀가 말했다.

"고인이 된 남편분일 가능성이 제일 크죠. 그나저나 그에 대해 추가 정보를 입수했습니다. 상당히 힘겨운 형편의 파나마인으로……."

그녀가 내 말을 잘랐다.

"알아요. 태핑거 교수님이 오후에 오셨어요. 프란시스에 대해 다 얘기해 주셨죠. 불쌍한 프란시스." 그녀는 망연히 말했다. "이제는 그가 온전한 정신이 아니었다는 걸 알겠어요, 그리고 그에게 속은 저도 마찬가지고. 하지만 그가 로이를 해칠 만한 이유가 뭐가 있나요? 그 무렵엔 전 그를 알지도 못했는데요."

"케첼의 약점을 잡으려고 아버님을 죽였을 수도 있습니다. 아니면 다른 누군가가 아버님을 죽이는 걸 목격하고, 케첼에게는 케첼 탓으로 속여 넘겼을 수도 있죠."

"참 끔찍한 상상을 하시네요, 아처 씨."

"고인이 된 남편분도 마찬가지입니다."

"아뇨. 오해하신 거예요. 프란시스는 그러지 않았어요."

"유감스럽지만 당신은 그 사람의 한쪽 면만 알았죠. 프란시스 마텔은 만들어 낸 인물입니다. 태핑거 교수가 그 사람 진짜 이름은 페드로 도밍고이고, 파나마 시티 빈민가 출신 사생아라는 얘기 하던가요? 그게 그라는 실제 인간, 당신과의 환상 속 삶으로 뛰어들게 만든 진짜 삶에 대해 우리가 아는 전부입니다."

"전 그 얘기는 하고 싶지 않아요." 그녀는 마치 현실의 희미한 냉기가 상복을 뚫고 느껴지는 듯이 자기 몸을 감싸안았다. "제발 프란시스 얘기는 하지 말아요."

피터가 의자에서 일어났다.

"나도 찬성이에요. 그건 다 이제 과거 일이니. 그리고 오늘 밤엔 얘기는 충분히 한 것 같습니다, 아처 씨."

그는 문으로 가서 열었다. 달콤한 밤 공기가 안으로 밀려들어 왔다. 나는 그대로 앉아 있었다.

"당신에게만 질문 하나 해도 될까요, 파블론 양? 파블론 양이라고 부르면 되겠습니까?"

"그렇겠죠. 생각 안 해 봤어요."

"'파블론 양'은 오래가지 않을 겁니다." 피터가 눈치 없이 말했다. "조만간 '제이미슨 부인'이 되겠죠, 원래 그렇게 되어야 했던 일이고."

지니는 체념한 듯한, 그리고 몹시 지친 모습이었다.

"뭘 물어보려고요?" 그녀가 나직하게 말했다.

"사적인 질문입니다. 피터에게 잠깐만 자리 비워 달라 해요."

"피터, 말씀 들었지?"

그는 얼굴을 찌푸리고, 문을 활짝 열어 둔 채 나갔다. 나는 그가 정원에서 쿵쿵거리며 돌아다니는 소리를 들었다.

"불쌍한 피터. 지금 피터가 없었더라면 뭘 어쨌을지 모르겠어요. 피터를 어째야 할지도 모르기는 마찬가지지만."

"결혼하면?"

"달리 선택의 여지가 없는 거 같네요. 냉소적으로 들리죠? 그런 뜻으로 한 말은 아닌데. 하지만 지금 당장은 아무것도 가치 있게 여겨지지가 않아요."

"피터를 아끼는 마음이 없다면 그와 결혼하는 건 옳지 않죠."

"아, 전 피터를 아껴요. 그 누구보다도. 늘 그랬고요. 프란시스는 그냥 제 인생의 한 에피소드였죠."

세상에 지친 자세 너머, 나는 그녀의 미숙함을 감지했다. 나는 그녀가 아버지가 죽은 이후로 감정적으로 조금이라도 자라긴 한 걸까 궁금했다.

그리고 나는 지니와 키티, 한 마을의 반대쪽 끝에서 자란 두 여자가 결국은 공통점이 꽤 많다고 생각했다. 둘 다 아름다움이라는 사건을 온전히 극복하진 못했다. 아름다움은 그들을 물건으로, 황량한 사막의 좀비들로 만들었다. 무의미한 십자가 처형만큼이나 바라보기 고통스러웠다.

"당신과 피터가 한때 사귀었다고요, 피터가 그러더군요."

"맞아요. 고등학교 거의 내내. 그때는 피터가 뚱뚱하지 않았죠." 그녀는 설명조로 덧붙였다.

"깊은 관계였나요?"

움직이는 구름 아래 바다가 어두워지듯 그녀의 눈이 어두워졌다. 처음으로 그녀 자신의 삶에 대한 감각을 건드린 듯했다. 그녀는 내가 자기 눈을 보지 못하게 얼굴을 돌렸다.

"그게 무슨 상관있지 모르겠네요." 그건 맞다는 뜻이었다.

"피터 아이를 임신했던 겁니까?"

"대답하면 어디 가서 말하지 않겠다고 약속해 주시겠어요? 아무한테도, 피터한테도?" 그녀가 얼굴을 돌린 채 말했다.

"그러죠."

"그럼 말할게요. 대학교 신입생 때 아기가 생겼어요. 피터에겐 말하지 않았어요. 너무 어렸고, 나이에 비해서도 어렸죠. 피터를 겁먹게 하고 싶지 않았어요. 아무에게도 말 안 했어요, 로이만 빼고 그리고 결국엔 어머니도 알았지만. 하지만 그분들에게도 아기 아빠가 누군지는 말 안 했어요. 학교에서 쫓겨나 억지로 결혼하는 10대가 되고 싶은 마음은 전혀 없었죠. 로이는 아기 일로 제게 상당히 실망했지만, 1000달러를 빌려 저를 데리고 티후아나에 갔어요. 의사와 간호사 그리고 위생적인 환경을 갖춘 고급 낙태 수술을 받았죠. 하지만 그 후 로이는 제가 돈을 빌려간 기분인 것 같았어요."

그녀의 목소리는 무미건조했다. 쇼핑 여행 얘기를 하는 거나 다름없었다. 하지만 그 덤덤한 느낌 자체가 그녀의 감정을 억압하는 트라우마의 존재를 암시했다. 그녀는 별 호기심 없이 말했다.

"제가 임신했던 건 어떻게 알았어요? 아무도 모르는 줄 알았는데."

"어떻게 알았는지는 중요하지 않습니다."

"하지만 로이하고 어머니에게만 말했어요."

"그리고 그분들은 돌아가셨죠."

거의 보이지 않는 떨림이 그녀를 스쳐 갔다. 천천히, 마치 물리적인 저항에 맞서듯이, 그녀는 고개를 돌려 내 얼굴을 쳐다보았다.

"그분들이 제 임신에 대해 알아서 살해당했다고 생각해요?"

"가능하죠."

"프란시스의 죽음은요?"

312

"아무 가설이 없습니다, 파블론 양. 아직 어둠 속을 헤집는 중이죠. 혹시 뭐 떠오르는 거 있습니까?"

그녀는 고개를 저었다. 밝은 색의 머리가 흔들리며 차갑고 창백한 뺨을 어루만졌다.

피터가 초조히 문가에서 말했다.

"이제 들어가도 돼?"

"아니, 안 돼. 나 좀 혼자 있게 가 봐."

그녀가 일어나면서 내게도 나가 달라는 뜻을 비쳤다.

"하지만 혼자 있으면 안 되잖아." 피터가 말했다. "실베스터 선생님이 나한테……."

"실베스터 선생님은 늙은 잔소리꾼이고 너도 마찬가지야. 가. 안 가면 내가 나갈 거야. 오늘 밤에."

피터는 물러났고, 나도 그 뒤를 따랐다. 그녀는 우리 뒤로 문을 닫고 잠갔다. 독채에서 들리지 않을 만큼 멀어지자 피터가 내게 돌아섰다.

"쟤한테 무슨 말을 한 거예요?"

"아무것도, 정말로."

"무슨 말을 했으니 저렇게 반응하는 거잖아요."

"질문 한두 개 했죠."

"무슨 질문을?"

"지니가 당신에게 말하지 말아 달라 부탁했습니다."

"나에게 말하지 말라고 당신에게 부탁했다고요?" 그가 내게 얼굴을 바싹 들이댔다. 잘 보이지 않았다. 그의 목소리는 격하게 화가 나고 사납게 들렸다. "거꾸로 알고 있는 거 아닙니까? 당신은 내가 고용한 사람이에요. 지니는 내 약혼녀고."

"지니는 즉석 약혼을 하는 경향이 있군요, 아닌가요?"

아마 그 말은 하지 말았어야 했던 것 같다. 피터는 더러운 놈이라고 욕하며 주먹을 휘둘렀다. 그의 주먹이 어둠 속에서 날아오는 것을 너무 늦게야 봐서 제대로 피하지 못했다. 고개를 돌려 충격을 줄였다.

나는 맞서 때리진 않았지만, 그가 두 번째 주먹을 날릴 경우를 대비해 막으려고 양손을 들었다. 그는 때리지 않았다. 적어도 물리적으로는.

"꺼져요." 그가 흐느끼는 목소리로 말했다. "당신과 난 끝났어. 당신은 이제 여기선 끝났다고."

31장

미해결 사건을 두고 떠난다는 건 내게는 도덕적 고난이었다. 나는 웨스트 로스앤젤레스에 있는 내 아파트로 들어가 적당히 만취할 만큼 마셨다.

그래도 잠을 잘 못 잤다. 한밤중에 깨어났다. 빗발이 창가에서 셀로판처럼 버스럭대고 있었다. 위스키 기운이 가시고 나는 한순간 공황 상태에 빠져 나 자신을 보았다. 인생이 고속도로의 차들처럼 쌩쌩 지나가는 사이 어둠 속에 홀로 누워 있는 중년 남자.

나는 늦잠을 자고 아침을 먹으러 나갔다. 아침 신문에는 새로운 진전은 아무것도 실려 있지 않았다. 나는 사무실로 가서 피터가 마음을 바꿔 내게 전화하기를 기다렸다.

진짜로 그가 필요한 건 아니라고 내 스스로에게 말했다. 아직 그의 돈이 조금 있었다. 그게 없더라도, 그리고 몬테비스타에서 그의 지원이 없더라도, 나가서 펄버그와 함께 마텔 살인 사건을 수사할 수 있었다. 하지만 어떤 중요한 이유에서 그가 다시 나를 고용해 주기를 바랐다. 밤의 외로움 속에서 나는 상상 속의 아들을, 슬픔을 마셔 버리는 대신 먹어 버린 불쌍하고 뚱뚱한 바보 같은 아들을 낳은 것 같다고 생각했다.

햇볕이 아침 안개를 날려 버렸고, 인도가 말랐다. 내 우울함은 더 느리게 날아갔다. 나는 희망적인 징조를 찾아 우편물을 뒤졌다.

스페인에서 온 재미있어 보이는 봉투에는 프랑코 장군이 그려진 우표가 붙어 있었고 '세뇨르 루 아처' 앞으로 되어 있었다. 안에 든 편지는 이런 내용이었다. "안녕하십니까. 저 멀리 떨어진 스페인에서 투우만큼이나 격정적이고, 플라멩코 춤만큼이나 화려한 고유의 스페인 문양을 사용한 저희의 신제품 피에스타 라인 가구에 주목해 주십사 인사드립니다. 로스앤젤레스 매장 어디라도 방문 환영합니다."

제일 마음에 든 광고물은 라스베이거스 상공회의소에서 온 팸플릿이었다. 도시의 즐길 거리로 수영, 골프, 테니스, 볼링, 워터스키, 미식, 쇼 관람, 그리고 교회 가기를 언급해 놨지만 도박에 대해선 일언반구도 없었다.

그건 전조였다. 내가 아직도 그 팸플릿에 미소 짓고 있을 때, 펄버그 경감이 전화를 걸었다.

"바빠, 아처?"

"별로요. 의뢰인이 관심을 잃어서."

"안됐네." 그는 명랑하게 말했다. "우리 피차 좋은 일 좀 하지. 나이 든 쪽 마텔 부인을 만나서 얘기해 보겠나?"

"그의 어머니요?"

"내 말이 그 말이지. 오늘 아침 파나마에서 제트기로 날아와서 아들 시신을 인도하라고, 그리고 정보를 내놓으라고 소리소리 질러 대고 있어. 자네가 이 사건 배경에 대해 나보다 잘 아니까, 그 부인 하고 만나서 얘기하겠다면 국제적 곤경을 면할 수 있을 것 같은데."

"그 부인 지금은 어디 있습니까?"

"비벌리힐스 호텔에 스위트룸을 잡았어. 지금 당장은 자고 있지 만, 오늘 오후 일찍 만날 수 있을 거야. 2시 15분쯤? 자네한테 훌륭 한 의뢰인이 될걸."

"비용은 누가 내고요?"

"그 부인이. 부자야."

"빈민가 출신인 줄 알았는데요."

"잘못 알았네. 파나마 시티 은행의 부행장 부인이라고 총영사가 그랬어."

"그 사람 이름이 뭡니까?"

"로잘레스. 리카르도 로잘레스."

마리에타에게 더 이상 돈이 없다는 편지를 보낸 뉴 그라나다 은 행 부행장의 이름이었다.

"로잘레스 부인을 찾아뵙도록 하지요."

나는 로스앤젤레스 주립대학 앨런 보슈 교수에게 전화했다. 보슈 는 기꺼이 나와 점심을 같이 하면서 페드로 도밍고에 대해 설명해 주겠다고 했지만, 여전히 시간 문제가 있었다.

"제가 그쪽으로 갈 수 있습니다, 교수님. LA 주립대 캠퍼스 안에 식당이 있나요?"

"세 곳 있죠. 카페테리아, 인페르노(지옥), 톱 오브 더 노스. 말이 나왔으니 말인데 학교 이름이 캘리포니아 주립대 LA로 바뀌었습니다."

"인페르노가 재미있게 들리는데요."

"이름만큼 재미있는 곳은 아닙니다. 사실 그냥 식권 식당이에요. 탑 오브 더 노스에서 만나면 어떨까요? 노스 홀 꼭대기입니다."

대학은 시의 동쪽 경계선에 있었다. 나는 할리우드 고속도로를 타고 샌버나디노 고속도로로 해서 이스턴 대로 분기점에서 빠져나왔다. 학교는 언덕을 깎은 자리에 건물이 복작복작 들어서 있는 곳이었다. 주차 공간이 드물었다. 결국 나는 교직원 주차장에 주차를 하고, 엘리베이터를 타고 여섯 층을 올라가 탑 오브 더 노스로 향했다.

보슈 교수는 30대 중반의 젊어 보이는 남자로, 농구팀 센터를 할 만큼 키가 컸다. 키 큰 사람 특유의 구부정한 자세에, 냉소적인 밝은 눈을 하고 있었다. 그의 말투는 딱딱 끊는 스타카토였고 중서부 억양이 있었다.

"제시간에 오셔서 놀랐습니다. 꽤 먼 길인데요. 창가 자리를 맡아 놨습니다."

그는 크고 북적북적한 식당의 동편 가장자리에 있는 테이블로 안내했다. 창 너머로 패서디나와 산들이 보였다.

"페드로 도밍고에 대해 제가 아는 걸 듣고 싶으신 거죠."

보슈가 양파 수프를 앞에 놓고 말했다.

"네. 그와 친척들에 관심이 있습니다. 태핑거 교수님 말씀으로 그의 어머니가 카바레 여자였다고요. 파나마의 술집 여자 뭐 그런 거죠?"

318

"그렇겠죠." 보슈는 큰 덩치를 의자에서 들썩이며 테이블 너머로 나를 곁눈으로 봤다. "더 얘기 진행하기 전에, 왜 페드로 살인 사건이 신문에 안 나왔죠?"

"나왔습니다. 가명을 쓰고 있었다고 태핑거 교수님이 말씀 안 하시던가요?"

"탭스가 말씀하셨는지도 모르겠는데, 기억 안 나네요. 둘 다 흥분해서 했던 말 또 하고 빙빙 돌았어요." 그의 눈길이 내 얼굴에 꽂혔다. "어떤 가명을 썼습니까?"

"프랜시스 마텔."

"그거 흥미롭군요." 보슈는 이유는 말하지 않았다. "충격 사건 기사 봤습니다. 갱단 살인으로 추정되지 않았던가요?"

"그렇게 추정되었죠."

"미심쩍어하시는 말투네요."

"점점 더 그렇습니다."

보슈는 먹던 것을 멈췄다. 그는 수프에 더 이상 관심을 보이지 않았다. 스테이크가 오자 꼼꼼히 작게 자르긴 했지만 먹진 않았다.

"어째 질문은 거의 제가 하는 거 같군요. 전 페드로 도밍고에 관심이 있습니다. 훌륭한 지성을 갖추었죠, 좀 혼란스럽긴 하지만 확실히 똑똑한. 그리고 생기로 넘쳐났습니다."

"이젠 다 사라졌지요."

"왜 가명을 쓰고 있었죠?"

"큰돈을 훔쳐서 잡히지 않으려고 그런 거죠. 그리고 프랑스에 빠진 아가씨에게 잘 보이려고요. 그는 프랜시스 마텔이라는 프랑스 귀족 행세를 하고 있었습니다. 페드로 도밍고보다 그럴싸하게 들리죠,

특히 캘리포니아 남부에선."

"또한 거의 진짜이기도 합니다." 보슈가 조용히 말했다.

"진짜요?"

"최소한 혈통적으로는 거의 진짜죠. 페드로의 외할아버지 이름이 마텔이었습니다. 정확히 귀족은 아니었지만, 교양 있는 파리·사람이었죠. 프랑스에서 라 콤파니 유니베셀과 함께 온 젊은 엔지니어였습니다."

"전 프랑스어를 모릅니다, 교수님."

"라 콤파니 유니베셀 뒤 카날 인테로세아니크 드 파나마는 드레셉스의 운하 건설 회사 이름이죠. 거대한 건설 사업에 어울리는 거창한 이름. 1890년 전쯤에 무너지고, 마텔 할아버지는 손해를 봤어요. 그는 파나마에 남기로 결심합니다. 아마추어 조류학자였고, 동식물에 끌렸던 거죠.

결국 그는 현지인 비슷하게 되어, 마을 여자와 말년을 보냈습니다. 페드로는 그녀가 프란시스 드레이크와 함께 에스파냐에 맞서 싸운 도망 노예들인 시마론 사람의 후손이라고 했어요. 그는 자기가 그녀를 통해 드레이크의 직계 자손이라고 주장했어요. 그걸로 프란시스란 이름이 설명되죠. 하지만 제 생각엔 이건 순전히 혈통 환상을 지어내고 있었던 거라 봅니다. 페드로는 환상에 꽤 깊이 빠져 있었거든요."

"위험하죠. 그걸 실행에 옮기기 시작하면."

"그렇겠지요. 아무튼 그 마을 여자가 페드로의 외할머니입니다. 그의 어머니와 페드로는 둘 다 그녀 성인 도밍고를 따랐죠."

"페드로의 아버지는 누굽니까?"

320

"페드로는 몰랐어요. 그의 어머니도 몰랐던 것 같더군요. 좋게 말해 그 어머니 인생이 좀 복잡했어요. 하지만 할아버지가 죽고 나서도 오랫동안 그 전통을 따랐죠.

어차피 파나마에는 프랑스 전통이 있기도 했고요. 페드로의 어머니는 아들에게 스페인어와 함께 프랑스어를 가르쳤어요. 할아버지의 책을 함께 읽었죠. 노인은 상당히 교양 있는 사람이어서 장서가 라 퐁텐에서부터 데카르트와 보들레르까지 아울렀고, 페드로는 프랑스어로 상당히 공부를 하게 되었습니다. 왜 그 언어에 집착했는지 이해하시겠죠. 그는 프랑스인뿐만 아니라 원주민과 노예 피가 흐르는 빈민가 소년이었어요. 프랑스다운 것만이 그의 유일한 차이점, 남들과 차별화될 수 있는 유일한 희망이었죠."

"어떻게 이걸 다 아시는 겁니까, 교수님?"

"그 학생과 좀 가깝게 지냈어요. 저는 그에게 장래성이, 어쩌면 아주 유망한 장래성이 있다고 생각했고, 그는 프랑스를 아는 사람과 무척 얘기하고 싶어 했죠. 저는 프랑스에서 1년간 연수했거든요." 그는 별거 아니라는 어조로 덧붙였다. "그리고 제가 가르치는 고급 프랑스어 작문 과목에서 내주는 과제가 있습니다. 우연이지만 탭스에서 익힌 방법이죠. 학생들에게 프랑스어로 내가 왜 이 언어를 공부하는지 설명하는 에세이를 쓰게 하는 거죠. 페드로는 자기 할아버지와 프랑스의 영광에 대한 놀라운 작문을 해 왔습니다. 몇 년 만에 처음으로 A플러스를 줬습니다. 지금 말씀드리는 것 대부분은 그 내용이지요."

"저는 프랑스어를 모릅니다만, 그 작문을 꼭 보고 싶군요."

"페드로에게 돌려줬어요. 고향의 어머니에게 보냈다고 하더군요."

"혹시 어머니 이름 아십니까?"

"세쿤디나 도밍고. 이름을 보면 둘째 딸이었겠죠."

"성을 보아하니 결혼을 안 했군요."

"분명히 그렇죠. 하지만 그녀 인생엔 남자가 많았어요."

보슈는 덤덤히 말을 이었다.

"어느 날 밤 페드로가 와인을 과음하고, 어머니와 같이 오던 미국 해군들 얘기를 하더군요. 전쟁 때, 그가 아직 꽤 어리던 시절이었죠. 그와 어머니가 사는 집은 방이 딱 하나였고, 방에 침대 달랑 하나였답니다. 어머니가 손님을 데려오면 그는 계단참에서 기다려야 했죠. 가끔은 거기서 밤새도록 기다렸어요.

그는 어머니에게 헌신적이었고, 제 생각엔 그 경험 때문에 약간 선을 넘어간 것 같습니다. 그날 밤, 제가 사 준 싸구려 와인에 잔뜩 취해 일장 연설을 늘어놓더군요. 자기 나라가 세계 각국에 짓밟힌 교차로이며 자기는 그 진흙과 백인, 원주민, 흑인이 합해진 그 정수라고 떠들었죠. 자신을 파나마의 유명한 종교적 조각상인 놈브레 데 디오스의 검은 그리스도와 동일시하는 듯했습니다."

"구세주 망상이 있었습니까?"

"그랬다 해도 전 모르죠. 정신과 의사가 아니니. 페드로는 파멸한 시인, 너무 많은 문제를 물려받은 상징적인 이상주의적 영혼이라고 전 생각합니다. 솔직히 꽤 괴상한 생각을 갖고 있긴 했는데, 그 괴상한 생각들도 나름 이치에 닿았죠. 파나마는 그에게 단순한 나라 이상, 북미와 남미를 잇는 지리적 고리 이상이었어요. 그는 파나마가 영혼과 육체의, 머리와 가슴의 근본적 연결을 상징하며, 북미인들이 그 관계를 끊었다고 생각했죠." 그는 덧붙였다. "그리고 이제 우리가 그를 죽였고."

"우리?"

"우리 북미인들요."

그는 접시에서 굳어 가는 시커먼 고기를 이리저리 건드렸다. 나는 창밖 산을 쳐다보았다. 그 위로 제트기가 날아가며 하늘에 하얀 상처를 그었다.

나는 앨런 보슈라는 사람의 인상이 마음에 들었다. 자신과 일에 빠져 사회적 기인이 된 태핑거 같은 나이 든 교수와는 다른 타입이었다. 보슈는 진심으로 학생들을 걱정하는 듯했다. 나는 그런 뜻의 말을 했다.

그는 칭찬에 어깨를 으쓱했다.

"전 선생입니다. 달리 되고 싶은 게 없어요." 주위 학생들의 소음 속에 잠시 시간이 흐른 후 그가 말했다. "페드로가 여기를 떠났을 때 힘들었습니다. 여기든 일리노이든, 제가 가르친 가장 흥미로운 학생이었거든요. 두 군데서만 가르쳤죠."

"태핑거 교수님이 법무부가 그를 추적한다고 하더군요."

"네. 페드로는 불법 입국했거든요. 이민국 사람들보다 한 걸음 앞서 롱비치를 떠나고, 그다음은 이곳을 떠나야 했죠. 사실 그들이 조사하고 있다고 그에게 귀띔해 준 사람이 접니다. 부끄럽지도 않고요."

그는 반쯤 미소 지은 채 말했다.

"제가 신고하진 않을 겁니다, 보슈 박사님."

그의 미소가 비딱하고 방어적이 되었다.

"전 박사가 아닙니다. 일리노이에서 종합시험을 통과 못 했죠. 다시 시도해 볼 순 있겠지만, 별 의미가 없어요."

"왜요?"

"탭스가 거기 없으니까요. 전 그분의 특별 제자 중 하나였기 때문에 제게도 어느 정도 반감이 향했거든요. 그분이 겪은 일로 저역시 사기가 꺾이기도 했고. 이 분야에서 가장 유망한 학자에게 그런 일이 생길 수 있다면, 누구라도 당할 수 있겠다 싶었죠."

"일리노이에서 그분에게 무슨 일이 있었습니까?"

보슈는 입을 딱 다물었다. 나는 기다리다가 접근법을 바꿨다.

"그분은 아직 그 분야에서 대표적인 학자인가요?"

"기회만 제대로 잡았다면 그랬겠죠. 하지만 연구할 시간이 전혀 없어서 답답해해요. 연구비가 나오면 그분은 빼 놓고. 심지어 몬테비스타 같은 이류 학교에서도 승진을 못 해요."

"왜죠?"

"그분 머리 빗는 모양이 마음에 들지 않나 보죠."

"아니면 부인의 머리 빗는 모양이?"

"부인도 어느 정도는 관련이 있을 겁니다. 하지만 솔직히 교수들 소문 전하는 데는 관심 없습니다. 우린 페드로 도밍고, 가명 세르반테스 얘기를 하려던 게 아닌가요. 혹시 그에 대해 더 질문이 있으시다면 기꺼이 답하겠습니다. 그게 아니면……."

"세르반테스란 이름은 어디서 나왔을까요?"

"그가 이곳을 떠나던 밤에 제가 제안했습니다. 그가 돈키호테 타입이라고 늘 느꼈거든요."

나는 그 말은 보슈 본인에게 더 정확히 어울린다고 생각했지만 말은 하지 않았다.

"그리고 태평거 아래에서 공부하라고 보낸 겁니까?"

"아뇨. 탭스에 대해 제가 한두 번 얘기를 꺼낸 적은 있을지 모르지만요. 하지만 페드로는 여자 때문에 몬테비스타로 간 겁니다. 신입생이고, 언어에 상당히 재능 있는⋯⋯."

"누가 그렇게 말하던가요?"

"탭스가 그렇게 말씀하셨고, 사실 저도 그 여학생과 말한 적 있습니다. 탭스가 우리 춘계 예술제에 그 여학생을 데리고 왔었죠. 우린 사르트르의 「출구 없는 방」을 공연하고 있었고, 그 여학생은 전에 프랑스어 현대극을 본 적이 없었죠. 페드로도 그 자리에 있었고, 말 그대로 첫눈에 반해 버린 겁니다."

"어떻게 아시는 겁니까?"

"페드로가 말해 줬어요. 사실 그녀와 그 이상적인 아름다움에 관해 쓴 소네트 몇 편을 제게 보여 주더군요. 순수한 밝은 금발머리의 사랑스러운 아가씨였고, 아주 어렸죠, 열여섯 내지는 열일곱도 안 된."

"이젠 그렇게 어리지 않고, 그렇게 순수하지도 않습니다만, 여전히 사랑스럽죠."

그는 포크를 떨어뜨렸고 딸그락 소리가 식당의 끊임없는 수다 소리에 묻혔다.

"그 아가씨를 아시는 건 아니겠죠."

"페드로의 부인입니다. 지난 토요일 결혼했지요."

"이해가 안 되네요."

"제가 전부 말씀드리면 기분만 더 참담해지실 겁니다. 그는 7년 전, 아마도 여기서 그녀를 봤던 밤에 그녀와 결혼하기로 마음먹었죠. 혹시 그날 밤이나 나중에라도 그가 그녀에게 접근했는지 아십니까?"

보슈는 생각에 잠겼다.

"안 그랬을 거라고 거의 확신합니다. 도덕적으로 확신하죠. 라틴계 사람들이 그렇게 열광하는 비밀스러운 열정 같았거든요."

"단테와 베아트리체처럼요."

그는 약간 놀라 나를 쳐다보았다.

"단테를 읽으셨습니까?"

"드문드문 읽었죠. 하지만 사실 다른 증인의 말을 빌려온 겁니다. 단테가 베아트리체를 쳐다볼 법한 시선으로 페드로가 그녀를 눈으로 따라다녔다고 하더군요."

"도대체 누가 그런 소릴 하던가요?"

"베스 태핑거요. 아십니까?"

"당연히 알죠. 그녀라면 단테와 베아트리체 전문가라고 할 수도 있을 겁니다."

"정말요?"

"진담으로 한 말은 아닙니다, 아처 씨. 하지만 베스와 탭스는 한 때 그 비슷한 입장이었죠. 지성과 이상적인 소녀. 아주 아름다운 플라토닉한 관계를 유지했죠. 현실에 붙들리기 전까지."

"좀 더 분명하게 말씀해 주실 수 있을까요? 그 여자에게 흥미가 가는데요."

"베스요?"

"태핑거 부부 양쪽 다. 현실에 붙들렸다는 게 무슨 뜻입니까?"

그는 내 의도를 읽으려는 듯이 얼굴을 뜯어보았다.

"말씀드려도 해가 될 일은 없겠죠. 사실상 현대 언어 협회의 모든 사람들이 아는 얘기고. 베스는 일리노이 대학에서 프랑스어를 공부하는 2학년 학생이었고 탭스는 학과의 떠오르는 젊은 교수였습니다. 둘 사이엔 플라토닉한 관계가 진행되고 있었죠. 타락하기 전의 아담과 이브 같았습니다. 또는 엘로이즈와 아벨라르. 낭만적인 과장으로 들릴지 모르지만 아닙니다. 제가 봤는걸요.

그러다가 말씀드렸듯이 현실이 추악한 고개를 쳐들었습니다. 베스가 임신했죠. 탭스는 물론 그녀와 결혼했지만, 사태가 복잡하게 굴러갔어요. 일리노이 대학은 당시 상당히 청교도적이었죠. 설상가상으로 여자 부학장이 탭스에게 반해 있었던지라 그를 심하게 몰아붙였어요. 베스의 부모님도 마찬가지고. 오크 파크 출신의 부르주아 타입이었죠. 종국에는 학교 측에서 도덕적 해이로 그를 해고하고 벽지로 보내 버린 겁니다."

"그 뒤로 계속 거기 있는 거고요?"

보슈는 고개를 끄덕였다.

"12년이죠. 사소하고 흔하기도 한 실수에 대한 대가치고는 긴 세월이에요. 임신했든 아니든 선생과 제자의 결혼은 언제나 있는 일인데요. 제가 보기엔 탭스는 아주 혹독한 처분을 당했고, 그 일로 인생을 망쳤습니다. 하지만 얘기가 옆으로 많이 샜군요, 아처 씨." 젊은 교수는 손목시계를 들여다보았다. "1시 30분이고, 전 학생과 약속이 있어서요."

"취소하고 저와 함께 가시죠. 좀 더 흥미로운 약속이 있습니다."

"그래요? 누구와?"

"페드로의 어머니요."

"농담이시겠죠."

"그랬으면 좋겠요. 오늘 아침 파나마에서 날아와 비벌리힐스 호텔에 묵고 있답니다. 통역이 필요할 수도 있고요. 어떻습니까?"

"좋습니다. 차 두 대로 따로 가는 게 낫겠군요, 저를 다시 이리 데려다주실 필요 없게끔."

32장

보슈와 나는 호텔 데스크에서 만났다. 약속시간에 몇 분 늦었고, 직원은 곧장 올라가라고 했다.

스위트룸 거실로 우리를 맞아들인 여자는 쉰 살쯤 되었고, 금니와 눈 아래 분화구만 한 다크서클에도 불구하고 아직 미모가 남아 있었다. 그녀는 온통 검은색으로 차려입었다. 머스크 향이 불 내음처럼 희미하게 그녀 주위를 맴돌아, 다 타 버린 섹스의 분위기를 자아냈다.

"세뇨라 로잘레스?"

"네."

"사설탐정 루 아처입니다. 제 스페인어 실력이 별로라서요. 영어를 하실 수 있다면 좋겠군요."

"네. 영어 해요."

그녀는 내 옆의 젊은 남자를 묻듯이 올려다보았다.

"이쪽은 보슈 교수님입니다. 아드님하고 친했고요."

예상치 못한 감정의 표현으로, 환대한다기보다는 갈급하게 그녀는 우리에게 한 손씩 뻗어 끌어다가 거실 소파 자기 양옆에 앉혔다. 그녀의 손은 일하는 사람의 손으로, 거칠고 지울 수 없는 손때가 스며 있었다. 영어 실력은 괜찮았지만 억지로 주입된 듯이 딱딱했다.

"페드로한테 말씀 들었어요, 보슈 교수님. 그 애한테 친절하게 대해 주셨다면서요, 고맙습니다."

"제가 가르쳤던 학생 중에 최고였습니다. 아드님 일은 유감입니다."

"네, 참 안타까운 일이죠. 훌륭한 사람이 되었을 텐데." 그녀는 내게 몸을 돌렸다. "언제 장례 치를 수 있게 시신을 내줄까요?"

"하루 이틀 안에요. 그쪽 영사가 고국으로 보내는 준비를 해 줄 겁니다. 여기까지 오실 필요는 없었는데요."

"남편도 그렇게 말했어요. 이 나라에 오지 말아야 한다고, 날 체포해서 돈을 빼앗아 갈 거라고 그랬어요. 하지만 그럴 수 있는 건가요? 난 파나마 시민이고, 내 아들도 마찬가지예요. 페드로가 준 돈은 내 거죠." 그녀는 묻는 듯한 반항을 담아 말했다.

"부인과 남편분 거죠."

"네, 당연히."

"결혼하신 지 얼마나 됐습니까?"

"두 달요. 두 달 조금 넘었어요. 페드로는 내 결혼에 만족했어요. 결혼 선물로 라 크레스타에 별장을 사 줬죠. 페드로와 내 남편 세뇨르 로잘레스는 아주 친하답니다."

그녀는 자신의 결혼을 정당화하려고 애쓰는 것처럼 보였다. 마치 그 결혼과 아들의 죽음 사이에 무슨 관계가 있지 않을까 의심하는 듯이. 편의상의 결혼임에는 의심의 여지가 없었다. 어느 나라든 은행 부행장이 배경 불확실한 중년 여자와 결혼했다면, 그럴 만한 사업적 이유가 있기 마련이다.

"사업상의 동료였나요?"

"페드로와 세뇨르 로잘레스요?" 그녀는 멍청한 가면을 쓰고 손과 어깨를 으쓱해 거래하는 듯한 제스처를 해 보였다. "나는 사업은 아무것도 몰라요. 아들이 그렇게 사업에 성공한 게 참 신기한 일이죠, 네스파(안 그런가요)? 그 애는 부르스(파리 증권 거래소 ─ 옮긴이)가 어떻게 돌아가는지 이해했죠. 여기선 월 스트리트라고 하지요? 그 애는 돈을 모아서 똑똑하게 투자했답니다."

그녀는 리드미컬하게 자기 최면을 걸듯 말했다.

하지만 덧붙인 말로 미루어 보면 그녀도 진실을 짐작하는 것이 틀림없었다.

"사실 아니죠, 페드로가 갱단에게 살해당했다는 거?"

"사실인지 아닌지 모릅니다, 세뇨라. 살인자가 아직 잡히지 않아서요."

보슈가 끼어들었다.

"갱단 살인인지 의심스럽다고 이분도 그러셨죠."

여자는 그 말에 위안을 얻었다.

"물론이죠, 내 아들은 갱단하고 아무 관계 없어요. 좋은 남자, 훌륭한 남자였죠. 살아 있었다면 우리 외무부 장관, 어쩌면 대통령도 되었을 텐데."

그녀는 드러날지도 모르는 진실을 가리기 위해 환상을 엮어내고 있었다. 애도하는 어머니와 말씨름할 기분은 아니었지만 나는 말했다.

"레오 스필먼을 아십니까?"

"누구요?"

"레오 스필먼."

"아뇨. 레오 스필먼이 누구예요?"

"라스베이거스 도박사입니다. 아드님이 그의 동료였죠. 스필먼 얘기를 한 적 없습니까?"

그녀는 고개를 저었다. 그녀가 거짓말하는 기미는 보이지 않았다. 하지만 그녀의 검은 눈 깊은 슬픔 속에는 층층이 쌓인 잉카 제국의 역사처럼 깊고 깊은 것이 있었다.

"레오 스필먼이 내 아들을 죽였다고 믿는 건가요?"

"어제까진 그렇게 생각했죠. 페드로가 스필먼에게서 많은 돈을 횡령했습니다.

"횡령?" 그녀는 보슈에게 호소했다. "케 에스타 디시엔도(저 사람 뭐라고 하는 거죠)?"

그는 마지못해 대답했다.

"아처 씨는 아들이 스필먼 씨에게서 돈을 훔쳤다고 생각합니다. 전 모르는 일입니다."

그녀는 금니 사이로 숨을 씩씩거렸다.

"에스타 디시엔도 멘티라스. 페드로 이소 수 포르투나 엔 월 스트리트."

"당신더러 거짓말쟁이랍니다." 보슈는 예의 바르게 말했다.

332

"고맙습니다, 감 잡았어요." 나는 그녀에게 말했다. "재미로 이런 얘기 꺼내는 거 아닙니다, 세뇨라. 아드님이 어떻게 그리 된 건지 알아내려면, 그의 돈에 대한 의문을 파고들어야 합니다. 저는 아드님이 돈 때문에 살해당했다고 생각합니다."

"새신부에게?" 그녀의 어조가 높아졌다.

"좋은 질문입니다. 답은 '아니다'지만, 그렇게 물으신 이유에 관심이 가는군요."

"난 여자들을 알고, 내 아들을 알아요. 사랑에 푹 빠질 수 있는 남자죠. 그런 남자는 늘 여자에 속아 넘어가요."

"페드로가 속았다고 알고 계시는 겁니까?"

"본인도 의심하고 있었어요. 결혼하고 싶은 여자가 자기를 사랑하지 않을까 두렵다고 내게 편지를 썼어요. 그 여자와 얘기해 봐야겠어요."

"좋은 생각이 아닙니다. 지난 나흘 사이 그녀는 어머니와 남편을 잃었어요. 그냥 내버려 두세요, 세뇨라."

그녀는 완고하게 우겼다.

"난 그 여자보다 더 많은 걸 잃었어요. 그 여자와 얘기하고 싶어요. 그리 데려다주면 돈 잘 쳐 줄게요."

"죄송합니다. 그렇게는 못 합니다."

그녀는 벌떡 일어났다.

"그럼 시간 낭비군요."

그녀는 우리를 내보내려 문을 활짝 열었다. 나도 얼른 나오고 싶었다. 알아낼 법한 것, 내게 필요한 것은 다 알아냈고, 그녀의 검은 돈이나 그에 따르는 검은 애도와 관련되고 싶지 않았다.

"그 부인에게 상당히 거칠었어요." 보슈가 엘리베이터에서 말했다. "내가 보기엔 상당히 순진하고 순박해 보이던데."

"그럴 형편이 되니까요. 남편이 수완 좋은 사업가인 게 분명해요. 남편이 그 부인과 돈에 달라붙어 있고, 우리 정부는 한 푼도 되찾지 못할 겁니다."

"이해가 안 가네요. 페드로가 돈 때문에 살해당했다는 말이 무슨 뜻입니까? 어머니가 죽인 건 확실히 아닌데요."

"아니죠, 그리고 누군지 살인자는 아마도 돈이 그 어머니에게 이미 넘어간 줄 몰랐을 겁니다."

"그럼 가능성이 넓어지는데요, 아닌가요?"

하지만 앨런 보슈는 예민한 사람이었고, 내 생각의 진행 방향을 감지했을지도 모른다. 엘리베이터에서 내리자 그는 작별 인사를 하고 단거리 주자처럼 달려가려 했다.

"아직 용건 안 끝났습니다, 앨런."

"아? 별 도움도 안 되었는데요. 그 부인과 이야기할 기회가 있을 줄 알았는데."

"기회는 있었죠. 생각보다 더 많이 알아냈습니다. 이제 당신과 다시 얘기했으면 합니다."

나는 그를 술집으로 데려가 부스 안쪽 자리에 앉혔다. 그가 나가려면 내 위로 지나가야 했다.

나는 진토닉을 두 잔 시켰다. 보슈는 자기 몫은 자기가 내겠다고 주장했다.

"얘기할 게 뭐가 남았다고요?" 그는 시무룩하니 말했다.

"사랑과 돈요. 그리고 태핑거 교수와 그가 일리노이에서 저지른 실수. 왜 그 사건 이후로 그가 12년 동안 대가를 치렀다고 여긴 겁니까?"

"모르겠네요."

"또 같은 일을 반복하진 않겠죠?"

"무슨 생각으로 이러는지 모르겠군요." 보슈는 뒷통수를 긁적이기 시작했다. "탭스는 행복하게 결혼생활을 하고 있어요. 아이가 셋이고."

"아이들이 늘 장애물이 되진 않습니다. 사실 아이들을 보면 자기가 더 이상 젊지 않다는 사실이 떠오른다고 자기 자식들을 등진 남자들도 아는데요. 태평거 교수 부부의 결혼은 거의 무너지기 직전입니다. 부인은 절박한 여자죠."

"말도 안 되는 소리. 베스는 사랑스러운 여자예요."

"하지만 그에게 사랑스러운 여잔 아니죠. 혹시 태평거 교수가 학생 중에 다른 사랑을 발견했을까 궁금한데요."

"당연히 아니죠. 학생들과 놀아나는 분 아닙니다."

"한 번 그런 적 있다고, 당신이 말했……."

"말하지 말았어야 했어요."

"그리고 그건 반복되는 경향이 있는 행동 패턴입니다. 어른이 되지 못하고, 나이 먹는 걸 견디지 못하는 사람들을 일하면서 겪어 봤죠. 매번 더 젊은 파트너로 바꿔 가면서 새롭게 태어나려 합니다."

젊은 남자의 얼굴이 혐오감에 일그러졌다.

"그럴 수 있죠. 하지만 탭스와는 아무 관계없고, 솔직히 이 화제가 약간 역겹군요."

"달갑지 않기는 마찬가지입니다. 난 태평거를 좋아하고, 그분은 내게 잘해 줬어요. 하지만 가끔은 불쾌한 사실을 직면해야 하죠, 우리가 좋아하는 사람에 관한 거라 해도."

"사실을 다루는 게 아니잖습니까. 그저 12년 전에 있었던 일을 기반으로 추측하는 거지."

"아직도 그러지 않는다고 확신할 수 있어요? 7년 전, 태핑거가 여기에 신입 여학생을 데리고 연극을 보러 왔다고 했지요. 다른 학생들도 파티에 있었습니까?"

"아닌 것 같은데요."

"교수가 여학생, 그것도 신입생을 데리고 연극 보러 100킬로미터씩이나 가는 게 흔한 일입니까?"

"그럴 수도 있죠. 저는 몰라요. 아무튼, 베스가 동행했는데요."

"왜 아까 그 얘기를 안 했습니까?"

"그게 중요할 줄 몰랐죠." 그는 일말의 아이러니를 담아 말했다. "태핑거 교수는 성에 미친 사이코패스가 아닙니다. 24시간 보호자는 필요 없어요."

"아니길 바랍니다. 그 아가씨와 얘기했다고 그랬죠. 태핑거에 대해 뭔가 말하던가요?"

"기억 안 납니다. 오래전 일이라."

"같이 있는 걸 봤습니까?"

"네. 사실 셋이 제 집에 와서 저녁식사를 하고 우리 모두 같이 연극을 보러 갔죠."

"태핑거하고 그 아가씨가 서로에게 어떻게 대하던가요?"

"서로 호감을 갖고 있는 듯했습니다." 한순간 그의 얼굴에 훤히 드러났다. 무언가를 기억해 냈다. 그러고는 곧 다시 철저히 감췄다.

그는 반쯤 자리에서 일어났다. "이보세요, 무슨 생각으로 이러는지 모르겠지만……."

"무슨 생각인지 물론 알 텐데요. 둘이 연인처럼 굴던가요?"

보슈는 천천히 조심스럽게 대답했다.

"그 질문의 의미를 확실히 파악하지 못하겠습니다, 아처 씨. 그리고 그게 현재와 무슨 연관인지도 모르겠고. 뭐니뭐니 해도, 7년 전 일이잖습니까."

"그 7년 사이 살인이 세 건 있었고 전부 지니 파블론과 연관이 있죠. 그녀의 아버지와 어머니 그리고 남편 다 살해당했습니다.

"맙소사, 탭스 짓이라는 건 아니죠?"

"그렇게 말하긴 아직 이르죠. 하지만 이 질문들이 연관이 있다는 건 확신합니다. 둘이 연인이었습니까?"

"베스는 그렇게 믿는 것 같았습니다. 당시엔 그녀가 괜한 상상을 한다고 여겼죠. 아니었을지도 모르겠군요."

"무슨 일이 있었는지 말해보세요."

"별거 없습니다. 베스가 연극 중간에 일어나서 나갔어요. 우리는 다 같이 앉아 있었어요. 베스는 저와 탭스 사이였고 그 여자애는 탭스의 다른 쪽 옆이었죠. 베스가 갑자기 벌떡 일어나 어둠 속을 더듬더듬 나갔어요. 제가 따라갔죠. 베스가 아픈가 하고 생각했고, 실제로 주차장에서 토했어요. 하지만 신체적으로 탈이 났다기보단 도덕적인 역겨움이었죠. 그녀는 탭스와 파블론 여자애에 대해 많은 말을 쏟아냈고 그 여자애가 어떻게 그를 타락시키는지……."

"그 여자애가 그를 타락시켜요?"

"베스는 그렇게 주장했어요. 그게 제가 그 말을 곧이듣지 않은 이유 중 하나죠. 베스는 그때 임신한 티가 확연했고, 그런 상태일 때 여자들이 얼마나 미친 듯이 질투하는지 아시잖습니까. 하지만 그녀가 한 말에 뭔가 있었을 수도 있습니다. 따져보면 탭스는 베스가 그 여자애 또래일 때 빠졌으니까요." 보슈는 마치 목을 졸린 듯 얼굴을 시뻘겋게 붉혔다. "이걸 다 털어놓자니 유다가 된 기분이군요."

"그럼 태핑거는 뭐가 되는 거지요?"

보슈는 음료를 홀짝였다.

"무슨 뜻인지 알겠습니다. 탭스는 딱히 그리스도 상은 아니죠. 그래도 예쁜 여자애와 놀아나는 것과 그 부모를 살해하는 건 거리가 먼 일이에요. 상상할 수 없습니다."

"살인은 대개 그렇습니다. 심지어 살인자들도 상상하지 못하죠, 아니라면 저지르지 않을 테니. 화요일 오후 태핑거가 몇 시에 찾아왔습니까?"

"4시요. 미리 약속했고, 제시간에 도착했습니다."

"약속은 언제 정한 겁니까?"

"도착하기 전 한 시간이 안 되어서요. 전화로 언제 시간 되냐고 물어왔습니다."

"어디에서 전화를 했던가요?"

"말하지 않았습니다."

"도착했을 때 그의 마음 상태는 어땠습니까?"

"신문하는 검사 같네요, 아처 씨. 하지만 당신은 검사가 아니고, 전 질문에 답하지 않겠습니다."

"페드로는 화요일 오후 브렌트우드에서 총에 맞았습니다. 태핑거는 1시쯤 몬테비스타를 떠났고요. 1시에서 4시 사이 그는 총을 쏘고 여기 와서 당신과 함께 있었단 평계를 만들 시간과 기회가 있었죠."

"평계를 만들어요?"

"당신을 방문한다는 평계로 화요일 오후 수업을 취소하고 로스 앤젤레스까지 온 겁니다. 태핑거가 총을 다룰 줄 아나요?"

보슈는 대답하지 않았다.

"그는 제대 군인 학비 지원으로 학교를 나왔단 말을 했죠. 그렇다면 복무를 했단 뜻입니다. 태핑거가 총을 다룰 줄 압니까?"

"그분 보병대에 있었어요." 보슈는 마치 쌓여 가는 증거가 그의 유죄를 증명하기라도 하는 듯이 고개를 떨궜다. "열아홉인가 스무 살 때, 파리 해방 작전에 참전했죠. 무시할 만한 사람 아닙니다."

"그런 말 한 적 없습니다. 화요일 당신에게 왔을 때 그의 정신 상태가 어땠습니까?"

"제가 정신 상태에 대한 전문가는 아닙니다. 아주 팽팽하게 긴장했고, 좀 민망해하는 듯이 보였습니다. 물론 우린 몇 년 동안 만나지 못했었죠. 그리고 막 고속도로를 타고 온 참이었고. 그 샌버나디노 고속도로는 정말 고생이……." 그는 하던 말을 끊었다. "탭스는 심하게 충격 받은 모양이었습니다, 그건 부정할 수 없어요. 제가 사진 속 페드로 도밍고를 알아보고, 그에 대한 기본적인 사실을 얘기하자 거의 히스테리 발작을 일으키다시피 했어요."

"뭐라고 하던가요?"

"별말 안 했습니다. 웃음 발작을 일으켰다고 할 수 있겠네요. 그게 엄청난 농담이라고 생각하는 것 같았습니다."

33장

베스 태핑거는 세 살 남자애를 치맛자락에 매단 채 문을 열었다. 버림받은 아내 역에 맞춰 입은 것처럼 찢어지고 색 바랜 면 드레스 차림이었다. 머리에 두른 천 아래로 땀이 그녀의 얼굴을 타고 흘렀다. 팔뚝으로 얼굴의 땀을 닦을 때, 그녀의 면도한 겨드랑이에 번들거리는 땀이 보였다.

"왜 온다고 말하지 않았어요? 집 청소를 하고 있었는데."

"그렇군요."

"나 잠깐 샤워하고 오게 시간 좀 줄래요? 꼴이 흉할 텐데."

"사실 괜찮아 보이는데요. 하지만 구경하자고 온 게 아닙니다. 남편분 집에 계십니까?"

"아뇨. 없어요." 그녀의 목소리가 가라앉았다.

"대학에 계신가요?"

"몰라요. 안 들어올 거예요? 커피 끓일게요. 그리고 애 좀 눕히고. 아직 낮잠 안 잤거든요."

그녀는 반항하는 아이를 데려갔다. 긴 15분 후 돌아왔을 때, 그녀는 씻고 옷을 갈아입고, 짙고 숱 많은 머리를 빗은 후였다.

"기다리게 해서 미안해요. 씻어야 했거든요. 기분이 정말 안 좋을 때면 청소를 하고 싶은 열의가 생겨요."

그녀는 소파의 내 옆자리에 앉아 자신의 깨끗한 냄새를 맡게끔 했다.

"왜 기분이 안 좋았습니까?"

별안간 그녀가 빨간 아랫입술을 삐쭉 내밀었다.

"얘기하고 싶지 않아요. 어제는 얘기하고 싶은 기분이었는데, 당신은 아니었잖아요." 갑자기 그녀는 벌떡 일어나 내 앞에 섰다. 아름답고 여전히 기대감으로 떨고 있었다. 마치 그녀를 결혼으로 끌어들인 육체가 이제 어떻게 그녀를 결혼에서 탈출시킬지도 모른다는 것처럼. "나와 아예 상대하기도 귀찮아하잖아요."

"오히려 그 반대로, 지금 당장 같이 침대로 가고 싶어요."

"그럼 그러지 않고 뭐해요?"

그녀는 움직이지 않았지만, 그녀의 몸은 실체감을 더하는 듯했다.

"집 안에 아이가 있고, 당신에겐 남편이 있으니까요."

"탭스는 신경 쓰지 않을 거예요. 사실 내가 바람피우게 부추긴다는 생각이 들어요."

"뭐하러 그러겠습니까?"

"내가 다른 남자와 사랑에 빠지는 걸 보고 싶겠죠. 자기한테서 나라는 짐을 덜어 줄 사람. 그는 다른 여자애를 사랑해요. 몇 년 됐죠."

"지니 파블론."

그 이름에 무릎 힘이 풀린 것처럼, 그녀는 다시 내 옆에 앉았다.

"그럼 알고 있었군요. 안 지 얼마나 됐어요?"

"바로 오늘요."

"나는 처음부터 알고 있었어요."

"그렇게 들었습니다."

그녀는 흘끗 옆눈으로 나를 쳐다보았다.

"탭스와 이 일에 대해 얘기했어요?"

"아직 아닙니다. 방금 앨런 보슈와 점심을 같이 했어요. 7년 전
어느 밤에 그와 당신과 당신 남편과 지니가 함께 연극을 보러 갔던
얘기를 해 주더군요."

그녀는 고개를 끄덕였다.

"사르트르의 「출구 없는 방」이었죠. 내가 뭘 봤는지 말해 주던가
요?"

"아뇨. 그는 알지 못하는 것 같습니다."

"맞아요, 내가 말 안 했네요. 차마 그에게, 누구에게도 말할 수
없었어요. 그리고 시간이 좀 지나고 나자 내가 봤던 게 더 이상 현
실 같지 않았고. 세 명의 등장인물들이 영원한 심리적 지옥에서 사
는 연극 내용과 기억이 뒤섞여 버렸어요.

나는 깜깜한 극장 속에서 탭스 옆에 앉아 있다가 그가 어디 아
프기라도 한 듯이 작은 신음 소리, 또는 한숨을 흘리는 걸 들었어
요. 쳐다봤죠. 여자애가 그의…… 그의 허벅지 위에다 손을 얹고
있더라고요. 그는 쾌감에 한숨을 내쉬고.

내 눈으로 보고도 믿겨지지가 않더라고요. 너무 역겨워서 거기서 나와야 했어요. 앨런 보슈가 뒤따라 나왔죠. 그에게 뭐라고 했는지 정확히 기억이 안 나요. 그 이후로 의도적으로 그를 만날 일을 피했어요. 탭스에 대해 뭔가 물어볼까 무서워서."

"뭐가 무서웠던 거죠?"

"모르겠어요. 그래요, 사실은 알아요. 사람들이 탭스가 그 여자애를 타락시켰다는 걸, 아니면 그 여자애가 탭스를 타락시켰다는 걸 알까 봐 무서웠어요. 그가 일자리와 앞으로의 취직 기회도 다 잃을까 봐 무서웠어요. 일리노이에서 있었던 일을 봤으니까요, 탭스와 내가……." 그녀는 흠칫 입을 다물었다. "하지만 당신은 그건 모르죠."

"앨런 보슈가 말해 줬습니다."

"앨런은 끔찍이도 입이 가벼워요." 하지만 그녀는 자기 입으로 말하지 않아도 되어 안도한 듯했다. "그 일로 나한테 아직 남은 죄책감이 있나 봐요. 거의 지니 파블론이 나를 재연하는 기분이었죠. 그렇다고 그 애를 덜 미워하게 되진 않았지만, 입은 다물게 되었죠. 지난 7년은 남편의 불륜을 감추느라 보낸 것 같아요. 심지어 나 자신조차도 모르게끔. 하지만 오늘 이후로는 그러지 않을 거예요."

"오늘 무슨 일이 있었는데요?"

"사실 아침 일찍, 해 뜨기 전 일이에요. 그 애가 여기로 전화했더군요. 그는 몇 년 동안 그랬던 대로 서재에서 자고 있었고, 거기 내선전화로 받았죠. 나는 다른 전화로 몰래 들었어요. 그 애는 공황 상태였어요. 냉정한 공황 상태. 당신이 자기를 추적한다고, 더 이상 속일 수가 없다 하더라고요. 특히 뭐가 어떻게 된 건지 모르는 마당에. 그러고는 그에게 자기 아버지와 어머니를 죽였냐고 물었어요. 그는 물론 아니라고 말했죠. 말도 안 되는 질문이라고. 그에게 무슨 동기가 있다고? 그 애는 부모님이 자기 아기에 대해서, 그가 아버지라는 걸 알고 있었기 때문이라고 했어요."

베스는 아주 빨리 얘기했다. 그녀는 이제 손가락을 입술에 대고 자신이 한 말을 듣고 있었다.

"누가 그 부부에게 말한 겁니까, 베스?"

"내가요. 난 첫해 9월까지는 입을 다물고 있었어요. 그해 여름, 내 아기가 태어났을 때 그 여자애가 시야에서 사라졌어요. 이제 그 애를 떨쳐 버린 줄 알았죠. 하지만 다시 세클 프랑셰즈 환영회에 나왔더라고요. 탭스가 그날 밤 그 애를 바래다줬어요. 세르반테스에게서 떼어 놓으려고 그랬던 거 같아요. 그가 집에 돌아왔을 때 우리는 말다툼을 했어요, 말했던 대로. 간 크게도 그는 자기가 그 여자애에게 그렇듯이, 내가 세르반테스에게 관심을 갖고 있다는 소리를 하더군요. 그러더니 그 여자애가 낙태를 해야 했다고 말하는 거예요. 내 탓이라고, 그냥 내가 존재한다는 이유만으로요. 그에겐 내가 무릎을 꿇고 그 여자애를 위해 울어야 하는 상황이었던가 봐요.

울었죠. 울다 말다 하며 몇 주를 보냈어요. 그러고 나니 더 이상 견딜 수 없었어요. 그 여자애 아버지에게 전화해서 탭스에 대해 말했어요. 그는 하루 이틀 후 실종되었고, 나는 그의 자살을 내 탓으로 여겼죠. 다시는 아무 말도 안 하기로 마음먹었어요."

다시금 그녀는 자기가 한 말을 듣고 있는 듯했다. 그 의미가 그녀의 눈에 스며들고 어둠처럼 퍼져 나갔다.

"내 남편이 파블론 씨와 파블론 부인을 죽였다고 생각해요?"

"본인에게 물어봐야 합니다, 베스."

"그랬다고 생각하는 거죠?" 질문을 하면서도 그녀는 침울하게 고개를 끄덕거리고 있었다. "그 애 어머니가 요전날 밤에 여기 전화했어요."

"어느 날 밤?"

"월요일. 그게 그녀가 총에 맞은 밤 아닌가요?"

"알고 있잖아요. 뭐라고 하던가요?"

"탭스를 바꿔 달라고 했고, 그는 집에서 전화를 받았어요. 무슨 얘기 하는지 들을 기회가 없었어요. 어쨌든 별 얘기도 하지 않았고. 그는 그녀와 얘기하고 오겠다며 나갔어요."

"그가 집을 나갔습니까?"

"네."

"몇 시에?"

"꽤 늦은 시간이었을 거예요. 자려던 참이었거든요. 그가 들어왔을 때 난 자고 있었어요."

"왜 전에 이 얘기를 안 한 겁니까?"

"말하고 싶었어요, 어제 아침에. 당신이 기회를 주지 않았잖아요." 그녀의 눈은 조각상처럼 크고 공허했다.

"오늘 아침 통화로 또 무슨 얘기를 하던가요?"

"그 애한테 사랑한다고, 늘 사랑했고 앞으로도 사랑할 거라고 했어요. 그때 내가 수화기에 대고 뭐라고 했죠. 더러운 말이었어요. 그냥 저절로 나왔어요. 우리 아이 셋이 집에서 자고 있는데 다른 여자에게 그리 말할 수 있다는 게 너무 끔찍하게 느껴지더라고요.

나는 잠옷 바람으로 서재로 갔어요. 막내가 생긴 이후로 그에게

간 건 처음이었죠. 우리가 마지막으로 행복했던 시간."

그녀는 말을 멈추고 세 살 아이가 잠결에 울기라도 한 듯이 귀를 기울였다. 하지만 집 안은 너무 조용해서 부엌 싱크대에서 물 떨어지는 소리가 들릴 정도였다.

"그 이후로 우리 생활은 얼음 위에서, 얼어붙은 호수 위에서 캠핑하는 것 같았어요. 위스콘신에서 아빠와 한 번 했었죠. 그 밑에 깊고 어두운 물이 있다는 걸 알면서도, 얼음을 단단한 땅으로 생각하게 되죠." 그녀는 발밑의 닳은 깔개를 마치 그 아래에 괴물들이 헤엄치고 있는 것처럼 내려다보았다. "어떤 면에선 내가 그들과 협력하고 있었구나 싶어요, 그렇죠? 내가 왜 그랬나, 아님 왜 그런 것처럼 느껴질까 모르겠어요. 우리 부부 사이를 그 애가 깨뜨리고 있었는데, 왠지 내 일이 아닌 기분이었어요. 나는 그저 결혼식에만 참석한 것처럼. 이게 내 인생이 아니라고 느껴졌어요. 내 인생은 아직 시작도 안 한 것처럼."

우리는 앉아서 물 똑똑 떨어지는 정적에 귀를 기울였다.

"오늘 아침 일찍 서재에 갔을 때 있었던 일을 말해 주려던 참이었죠."

그녀는 어깨를 으쓱했다.

"생각하기 싫어요. 탭스가 손에 권총을 들고 책상에 앉아 있더군요. 사람들이 죽을 때 그런 것처럼 너무 마르고 코가 뾰족해 보였어요. 그가 자기를 쏠까 봐 무서워서, 다가가서 총 이리 내라고 했어요. 막내가 생기던 날 밤에 있었던 일의 거의 정반대 상황이었죠. 그리고 같은 총이었고."

"무슨 말인지 모르겠군요."

"내가 4년 전에 자살하려고 그 총을 샀어요. 전당포에서 발견한 중고 리볼버였죠. 그때 탭스는 개인 교습을 하는 척하고 밤마다 그 여자애와 외출했고, 나는 더 이상 견딜 수가 없었어요. 우리 셋 다 파멸시키기로 결심했죠."

"권총으로?"

"권총은 그냥 나만이고요. 그걸 쓰기 전에 파블론 부인에게 전화해서 내가 하려는 행동과 이유를 말해 줬어요. 그녀는 물론 딸이 남자를 만난다는 건 알았지만, 상대가 누군진 몰랐어요. 탭스를 그저 지니의 선생님으로, 아버지 같은 존재겠거니 하고 여겼죠.

아무튼, 부인이 어딘가에 있던 탭스와 연락을 취했고 그가 집으로 달려와 나한테서 총을 빼앗았죠. 난 반가웠어요. 그걸 쓰고 싶지 않았거든요. 심지어 탭스가 날 사랑한다고 나 자신을 납득시키기까지 했어요. 하지만 그의 머릿속에는 스캔들을, 또 한 번의 스캔들은 피하자는 생각뿐이었어요.

파블론 부인도 스캔들을 원치 않기는 마찬가지였죠. 부인은 지니더러 학교를 그만두게 하고 병원 근처 의원에 취직시켰어요. 한동안 나는 불륜이 끝난 줄만 알았어요. 나는 세 번째 아이를 임신했고, 탭스는 나를 절대 떠나지 않겠다고 약속했어요. 내 자살용 권총을 바다에 던졌다고 했죠.

하지만 거짓말이었어요. 그 세월 내내 가지고 있었던 거예요. 오늘 아침 내가 권총을 빼앗으려고 하자, 총구를 내게로 돌렸어요. 나더러 지니 듣는데 그런 더러운 말을 했으니 죽어 마땅하대요. 그 애는 완전히 순수하고 아름답다면서요. 난 더러운 두꺼비고요.

나는 잠옷을 벗었어요. 왜 그랬는지 정확히는 모르겠어요. 그저 그가 나를 보길 원했죠. 그는 내 몸이 남자 얼굴 같다며, 비난하는 분홍색 눈이 달리고 선천적 매독 환자처럼 코 있을 자리에는 코가 없고 조그맣고 우스꽝스러운 턱수염이 난 길고 우울한 얼굴이라 그랬어요."

그녀의 손이 가슴에서 배꼽으로, 그리고 더 아래 몸의 중심으로 내려갔다.

"그는 나더러 나가라고, 다시 자기 개인 방에 들어오면 총으로 쏘겠다고 그랬어요. 나는 집으로 다시 들어왔어요. 아이들은 여전히 자고 있었죠. 날이 아직 밝기 전이었어요. 나는 앉아서 하늘이 밝아지는 걸 지켜봤어요. 해가 뜨고 좀 지나 그가 피아트를 몰고 나가는 소리를 들었어요. 아이들을 학교에 보낸 다음 청소를 시작했죠. 그 이후로 계속 청소하고 있었어요."

"그가 대학교에 있는 게 아니라고요?"

"아니에요. 학장실에서 오늘 아침 혹시 그가 아픈가 하고 전화했어요. 난 그렇다고 말했어요."

"그가 리볼버를 가져갔습니까?"

"모르겠어요. 난 서재에 들어가지 않았고, 그럴 생각도 없어요. 이젠 더러운 채로 둬야죠."

나는 얼른 서재를 수색했다. 권총은 없었다. 책상 서랍에서 스티븐 크레인에 대한 프랑스의 영향을 다룬 태핑거의 '책' 서문을 스무 가지 정도 찾아냈다. 가장 최근 버전, 내가 처음 여기 왔던 월요일에 태핑거가 집필하던 분량이 책상 위에 놓여 있었다.

'스티븐 크레인은 그의 정신이라는 견고한 도시에서 신처럼 살았다. 그 도시의 원형을 어디서 찾았을까? 서구의 대리석 틀 아테네에서, 아니면 아우구스티누스가 「신국」에서 우리에게 남긴 천계의 설계도에서일까? 아니면 예술의 도시 파리에서? 어쩌면 그는 마네의 「올랭피아」의 엄청난 차가운 동정심으로 창녀의 육체를 보았을지도 모른다. 어쩌면 그의 정신이라는 눈부신 도시는 코라의 사타구니라는 진흙 속에서 나왔는지도 모른다.'

내게는 헛소리처럼 들렸다. 그리고 그건 태평거가 무너지고 있으며, 내가 처음 들어와 그를 보았을 때부터 무너져 가고 있었음을 시사했다.

가망 없는 문서 옆에는 그가 마텔에게 내려 고안한 다섯 문제의 초안이 놓여 있었다.

1. 『위험한 관계』 구판과 신판의 창작자는?
2. '이포크리트 렉퇴르'
3. 드레퓌스가 유죄라고 믿었던 사람은?
4. 데카르트는 영혼을 어디에?(송과선)
5. 장 주네를 석방시킨 사람은?

태평거의 뇌리에 떠올랐던 대로 그 문제들을 보고, 나는 그 개인적 함의를 깨달았다. 아마도 무의식중에 그는 그 문제들을 이용하여 자신을 몰아붙이고 있는 것들에 대해 말했던 것이다. 위험한 정사, 위선, 죄책감과 구속, 신체 기관에 갇힌 인간의 영혼.

그 문제들이 내게 유난히 한쪽으로 치우쳐 있다 여겨졌다면, 그 해답 역시 태평거의 도덕적 그리고 감정적 갈등에 의한 일종의 암호에서 나왔기 때문일 것이다. 나는 다섯 번째 문제의 답이 사르트르였음을 떠올리고 약간의 충격을 느꼈다. 혹시 태펑거의 괴상하고 복잡한 학문적 암호에서, 그 문답이 7년 전 연극을 본 그날 밤을 이르는 것일까 의문이 들었다.

34장

권총이 없다는 건 아마 태평거가 가지고 있으리라는 뜻이었다. 나는 밖으로 나가 차 뒷 트렁크에서 내 권총과 총집을 꺼냈다. 거리에 아이들이 있어서, 총집을 차려고 다시 집 안으로 들어갔다.

"그를 죽일 거군요."

베스가 말했다. 그녀는 이미 남편을 잃은 것처럼 보였다.

"어쩔 수 없는 상황이 아니라면 이걸 쓰진 않을 겁니다. 내 몸을 지켜야 하니까요."

"아이들은 어쩌죠?"

"그건 당신에게 달렸죠."

"왜 나한테 달린 문제가 되나요?" 그녀가 어린 소녀 목소리로 말했다. "왜 내게 이런 일이 생기는 거예요?"

잘못된 남자와 잘못된 때 잘못된 이유로 결혼했으니까. 나는 마음속으로 그렇게 말했다. 하지만 소리 내어 말해 봤자 아무 소용 없었다. 그녀는 이미 알고 있었다. 사실 그녀는 처음 만났을 때부터 자기만의 괴상하고 불분명한 방식으로 내게 그렇게 말해 왔다.

"최소한 당신은 살아남았잖습니까. 그건 감사할 일이죠, 베스."

그녀는 초조하고 거의 위협적인 동작으로 주먹을 들어 올렸다.

"난 살아남고 싶지 않아요, 이런 식으로는."

"이게 나을 수 있죠. 당신만의 삶을 살게 될 테니."

그 전망에 그녀는 겁먹었다.

"나 혼자 남겨 두지 말아요."

"가 봐야 해요. 친구를 부르지 그래요?"

"우린 친구 없어요. 오래전에 다들 떨어져 나갔어요."

그녀는 자기 집에서 길을 잃은 듯 망연해 보였다. 나는 그녀에게 작별 키스를 하려 했다. 좋은 생각이 아니었다. 그녀의 입은 무반응이었고, 몸은 나무판처럼 뻣뻣했다.

파블론 집을 향해 시내를 가로질러 운전하는 사이 그녀 생각이 뚜렷하고 찜찜하게 뇌리에 남았다. 어쩌면 의식의 표면 아래, 차가운 어둠 속에서 눈부신 괴물들이 헤엄치는 곳에선 베스는 남편의 불륜을 사랑하고 있었는지도 모른다.

지니는 집에 있었다 대펑거는 그녀와 함께였다. 그의 회색 피아트가 참나무 아래 서 있었다. 내가 현관을 노크하자 그들은 함께 대답했다. 그는 눈이 빨갛고 얼굴색이 나빴다. 그녀는 떨고 있었다.

"저 사람 그만 좀 말하게 해 줄 수 있을까요." 그녀가 말했다. "몇 시간째 말하고 또 말하고 있어요."

"무슨 얘기를?"

"말하면 안 돼." 태핑거의 목소리는 걸걸하고 부자연스러웠다. "가 봐요." 그가 내게 말했다.

"제발 가지 마세요. 저 사람 무서워요. 로이랑 다른 사람들을 죽였어요. 하루 종일 그 얘기였어요. 자기가 로이를 죽여야만 했던 이유요. 그리고 계속 다른 이유를 대는 거예요. 로이가 수영장 가에 무릎 꿇고 피 묻은 얼굴을 닦으려 하고 있기에 불쌍해서 밀어 버렸다고. 그게 안락사 이유고요. 그리고 세인트 조지(드래곤을 물리치고 제물로 바쳐질 뻔한 여자를 구해낸 성인 ─ 옮긴이)와 드래곤 이유도 있죠. 로이가 나를 케첼 씨의 손에 넘기려 해서 막기 위해 뭔가 조치를 취해야 했다고."

그녀의 목소리는 무자비하고 냉소적이었다. 태핑거는 움찔했다.

"그렇게 나를 비웃으면 못써."

"이게 비웃는 거라고요?" 그녀가 내게 돌아섰다. "진짜 이유는 아주 간단해요. 어젯밤 맞게 짐작하셨어요. 내가 임신했었고, 로이가 어떻게 해서인지 탭스가 아기 아버지인 걸 알았기 때문이죠."

"나한테는 피터의 아기인 것처럼 생각하게 만들었죠."

"알아요. 하지만 더 이상 탭스를 감싸 주진 않을 거예요."

그는 마치 숨을 참고 있었던 듯이 훅 들이마셨다.

"그렇게 말하면 안 돼. 누가 들을지도 몰라. 안으로 들어가지?"

"난 여기가 좋아요."

그녀는 문간에 굳건히 버티고 섰다. 그는 그녀를 두고 가기를 꺼렸다. 그녀가 무슨 말을 하는지 들어야 했다.

"그날 밤 테니스 클럽에서 뭘 하고 있었던 겁니까, 교수님?"

그의 시선이 방향을 바꾸다가 멈추었다.

"순전히 직업적인 이유로 갔어요. 파블론 양은 2월부터 내 학생이었죠. 상담을 해 주었고, 그녀는 나를 믿고 속내를 털어놓았죠."

"안 그랬어요." 그녀가 말했다.

그는 말이 허공에서 그의 유일한 지지대인 것처럼 쏟아냈다.

"그녀는 아버지가 케첼 씨란 사람에게서 장학금을 원조받아 자기를 스위스에 있는 학교로 보낼 거라고 털어놓았죠. 교육자로서 내 조언이 유용하리라 여겨져, 말해 주려고 클럽으로 갔죠.

도착하니 이미 좀 늦었어요. 비틀비틀 잔디밭을 가로지르는 파블론 씨를 봤고, 내가 말을 거니 그는 나를 모르더군요. 그는 피가 나는 얼굴을 씻을 생각으로 수영장 쪽으로 향했고, 어느새 그만 물에 빠져 버린 겁니다. 나는 수영을 못하지만, 끝에 패드를 감은 갈고리가 달린 인명구조용 막대기로 그를 끌어내려 했는데……"

"그걸로 그를 물속으로 눌렀단 소리겠죠." 그녀가 말했다.

"말도 안 되는 소리. 왜 계속 그러는 거야?"

"프란시스가 요전날 밤에 자기가 목격한 얘기를 해 줬어요. 그때는 믿지 않았죠. 질투심에 지어낸 얘긴 줄 알았어요. 하지만 이젠 믿어요. 그는 당신이 로이를 밀고 막대기로 누르는 걸 봤어요."

"거기 있었다면 왜 개입을 하지 않았고?" 태평거가 다 안다는 듯 말했다. "왜 신고하지 않았겠어?"

"몰라요." 그녀는 내 옆으로 저물어 가는 태양이 자기를 차가운 어둠 속에 버려 두기라도 하는 듯이 올려다보았다. "내가 이해 못할 일이 많아요."

"월요일 밤 어머님에게 그 얘기를 했습니까?" 내가 말했다.

"몇 가지는요. 탭스가 로이를 수영장에 빠뜨려 죽인 게 사실일 수 있는지 물었어요. 그러지 말았어야 했나 봐요. 그 가능성에 정신을 놓은 것 같았어요."

"그랬습니다. 당신이 가고 나서 내가 그분과 얘기했죠. 그리고 그 후 어머님은 태핑거와 통화했습니다. 그게 그분의 마지막 얘기였죠. 그가 이리 와서 그분을 쐈습니다."

그는 확신 없는 어조로 말했다.

"안 그랬어요."

"당신이 그런 거 맞잖아요, 탭스." 그녀의 목소리는 진지했다. "어머니를 죽이고, 그다음 날 브렌트우드에 와서 프란시스를 죽였죠."

"하지만 나는 둘 중 누구도 죽일 이유가 없어."

그는 묻는 듯한 어조로 부인했다.

"이유야 많죠."

"무슨 이유인가요?" 나는 두 사람에게 물었다.

그들은 몸을 돌려 상대가 대답을 알고 있는 것처럼 서로 쳐다보았다. 나는 성별과 나이 차이에도 불구하고 그들이 묘하게 닮았다는 걸 깨닫고 놀랐다. 거의 같은 키에 체중, 그리고 똑같이 섬세한 보통의 이목구비를 지녔다. 남매라 할 수도 있을 법했다. 차라리 그랬더라면 좋았을 것이다.

"마텔을 죽일 이유는 뭡니까?"

그들은 마치 상대가 해몽해야 하는 꿈속의 등장인물인 것처럼 얼굴을 응시하고 있었다.

"프란시스를 질투했죠, 그렇죠?" 지니가 마침내 말했다.

"비이성적인 소리야."

"그럼 당신이 비이성적이겠죠, 애초에 그렇게 말한 사람이잖아요.

내가 전부 취소하기를 바랐으면서."

"전부라니요?"

둘 중 누구도 대답하지 않았다. 금지된 놀이를 하다 걸린 아이들처럼 희미하게 수치를 의식하는 얼굴로 나를 쳐다보았다.

"그를 죽이고 그의 돈을 물려받을 셈이었죠, 안 그런가요? 하지만 늘 속이려는 자가 속기 마련이죠. 당신 자신의 허황된 꿈에 빠져 그의 이야기를 다 믿은 겁니다. 그의 돈이 소득세 탈세자에게서 횡령한 거라는 사실을 몰랐거나 신경 안 썼겠죠."

"그건 사실이 아니에요." 지니가 말했다. "프란시스는 지난주에 자기 인생 얘기를 다 해 줬어요. 파나마의 가난한 아이로 시작한 건 사실이죠. 하지만 그는 어머니 쪽으로 프란시스 드레이크 경의 직계 후속이고, 가문에 전해 내려오는, 드레이크의 보물이 묻힌 곳이 표시된 양피지 지도를 갖고 있었어요. 프란시스는 놈브레 드 디오스 근처 파나마 해안에서 보물을 찾아냈어요. 100만 달러 가치가 넘는 남미 황금을."

나는 반박하지 않았다. 그녀가 뭐라고 믿든, 혹은 뭘 믿는다고 말하든 이제 상관없었다.

"그리고 우리가 그를, 또는 누구든 죽이려 계획했다는 것도 사실이 아니에요." 그녀가 말을 이었다. "원래 계획은 내가 피터와 결혼하는 거였어요. 난 그냥 이혼하고 위자료를 받을 참이었어요, 나와 탭스가 떠날 수 있게……."

태핑거는 그녀를 향해 고개를 홱홱 내저었다 그의 머리칼이 여자 머리처럼 휘날렸다.

"떠나서 유럽에서 공부하려고요?" 내가 말했다.

"네. 탭스는 프랑스로 돌아갈 수 있다면 책을 쓸 수 있을 거라 생각했어요. 그는 몇 년째 책을 시작하려 노력하고 있었어요. 나 역시 절박해져 가고 있었고. 차 뒷좌석에서, 그의 연구실에서, 모텔에서 사랑을 나누는 건 너무 추레해요. 가끔은 학교 사람들 모두, 마을 사람들 모두 우리에 대해 아는 것 같은 기분이었어요. 하지만 아무도 말 한마디 하지 않았죠."

"저 사람에게 다 말하면 안 돼." 태핑거가 말했다. "아무것도 시인하지 마."

그녀는 어깨를 으쓱했다.

"이제 무슨 차이가 있겠어요?"

"원래는 피터와 결혼하고 이혼할 계획이었다는 거죠?"

"네, 하지만 피터에게 그러기 싫었어요. 워낙 돈이 절박해서 그러기로 동의했던 거죠. 나는 늘 피터를 좋아했어요. 프란시스가 여기 와서 청혼했을 때, 나는 계획을 바꿨어요. 프란시스에겐 아무것도 신세진 거 없으니까."

"넌 그에게 끌렸지."

그 말은 태핑거의 입에서 저절로 흘러나온 듯했다. 복화술사가 그를 인형 삼아 말하는 것처럼.

"당신이 그를 질투한다고 내가 그랬잖아요."

그가 침을 튀기며 흥분했다.

"질투? 내가 무슨 질투를 해? 난 그 남자를 본 적조차 없어, 그때 처음……." 그는 입을 딱 다물었다.

"그를 쐈을 때 처음 봤죠." 그녀가 말했다.

"내가 쏘지 않았다고 말했잖아. 내가 그 사람이 어디 있는 줄 알고 찾았겠어?"

"내가 당신에게 주소를 줬으니까요. 그러지 말았어야 했는데. 총에 맞은 후 프란시스가 당신이 그랬다고 말했어요. 로이를 죽인 그 사람이었다고."

"나를 미워해서 그렇게 말한 거야."

"어째서요?" 내가 말했다.

"지니와 내가 연인이었으니까요."

"그럼 인정하시는 거군요?"

태평거의 입이 우물거리며, 허공에서 그를 떠받쳐 줄 말을 만들어 내려 애썼다.

"플라토닉한 의미에서 연인이었다, 그 말을 하려던 겁니다."

그녀는 그를 혐오스레 쳐다보았다.

"당신은 남자도 아니야. 내 몸에 손을 대게 허락한 게 후회돼요."

태평거는 마치 그녀를 떨게 한 냉기가 전염되기라도 한 듯 부들부들 떨고 있었다.

"나한테 그런 식으로 말하면 안 돼, 지니."

"당신은 너무 예민하니까? 미친개도 당신만큼은 예민하겠네요. 자기가 뭘 하는지 미친개만큼이나 알고 있었을까 의심스러워요."

그는 소리쳤다.

"버릇없이 어떻게 그럴 수 있어? 넌 무식한 여자애였다고. 내가 널 여자로 만들었어. 나의 정신을 접할 수 있도록 해 주고⋯⋯."

"알아요, 눈부신 도시. 다만 그렇게 눈부시지 않았죠. 마지막 남은 희미한 불빛은 월요일 밤, 당신이 마리에타를 쐈을 때 꺼졌어요."

그의 온몸이 지니를 덮칠 듯이 갑자기 그녀 쪽으로 확 기울었다.

358

하지만 내가 제지했다.

"이런 거 못 참아."

그는 휙 돌아서서 거실로 달려 들어가다시피 했다.

"조심해요." 지니가 말했다. "저 안에 권총 있어요. 동반 자살을 하자고 날 설득하던 중이었어요."

총이 미안하다는 듯 탕 소리를 냈다. 우리는 마리에타를 쐈던 거실 바닥에 누워 있는 태핑거를 발견했다. 마리에타와 마텔을 살해하는 데 썼던 리볼버가 그 자신의 관자놀이에 검은 구멍을 냈다. 보이지 않는 곳에 두기가 겁이 났던지, 돈이 든 서류가방이 문 뒤에 놓여 있었다.

나는 약실에 아직 총탄이 세 발 남은 리볼버를 챙기고, 이웃집에 가서 주 경찰에 전화했다. 피터는 매우 들떴다. 그는 파블론 집으로 와서 지니를 보살피고 싶어 했다. 보살핌이 필요한 사람은 그쪽이었다. 나는 그에게 집에 있으라고 했다.

그러길 잘한 일이었다. 지니는 태핑거와 얼굴을 마주하고 거실 바닥에 누워 있었다. 그들의 옆모습은 금속판 하나를 오려내어 만든 현대 조형물처럼 맞물려 있었다. 그녀는 소리 없이 꼼짝 않고 그와 함께 누워 있었다. 도로에서 사이렌 소리가 들리자, 그녀는 일어나서 세수하고 차분히 채비했다.

〈끝〉

옮긴이 | 박미영

이화여자대학교 영어영문학과를 졸업한 후 KBS 방송아카데미 영상번역작가 과정을 수료한 기획자 겸 번역가. 프리랜서로 일하며 다양한 책을 기획하고 번역하고 있다. 옮긴 책으로는 『바람과 그림자의 책』, 『프레셔스』, 『굿 메이어』, 『셜록의 제자』, 『뉴욕 미스터리』(공역), 『밑바닥』 등이 있다.

블랙 머니

1판 1쇄 찍음 2017년 10월 20일
1판 1쇄 펴냄 2017년 10월 27일

지은이 | 로스 맥도널드
옮긴이 | 박미영
발행인 | 박근섭
편집인 | 김준혁
책임편집 | 장은진
펴낸곳 | 황금가지

출판등록 | 2009. 10. 8 (제2009-000273호)
주소 | 06027 서울 강남구 도산대로 1길 62 강남출판문화센터 5층
전화 | 영업부 515-2000 **편집부** 3446-8774 **팩시밀리** 515-2007
홈페이지 | www.goldenbough.co.kr

도서 파본 등의 이유로 반송이 필요할 경우에는 구매처에서 교환하시고
출판사 교환이 필요할 경우에는 아래 주소로 반송 사유를 적어 도서와 함께 보내주세요.
06027 서울 강남구 도산대로 1길 62 강남출판문화센터 6층 민음인 마케팅부

㈜민음인은 민음사 출판 그룹의 자회사입니다.
황금가지는 ㈜민음인의 픽션 전문 출간 브랜드입니다.